白香词谱

[清] 舒梦兰 著
丁如明 评订

上海古籍出版社

图书在版编目（CIP）数据

白香词谱/（清）舒梦兰著；丁如明评订.—上海：上海古籍出版社，2011.7（2024.5 重印）
ISBN 978-7-5325-6003-5

Ⅰ.①白… Ⅱ.①舒… ②丁… Ⅲ.①词谱—中国—古代 Ⅳ.①I222.82

中国版本图书馆CIP数据核字（2011）第137007号

责任编辑　钮君怡
装帧设计　田松青
版面制作　周爱明

白香词谱

［清］舒梦兰 著　丁如明 评订

上海古籍出版社出版发行
（上海瑞金二路272号　邮政编码200020）
（1）网址：www.guji.com.cn
（2）E-mail:guji@guji.com.cn
（3）易文网网址：www.ewen.co

制版印刷　上海丽佳制版印刷有限公司
开本　889×1194　1/36
印张　9 4/36　　字数 200,000
印数　48,001－50,300
版次　2011年7月第1版
　　　2024年5月第12次印刷
ISBN　978-7-5325-6003-5/I·2387
定价　30.00元

导读

丁如明

《白香词谱》是一部浅易的、简明的词学入门书。100首名家词、100种常用词调、100种词的格律，把它读熟了，背出了，再去读其他唐宋元明清诸家词作，至少就可以减去不少读不断、自然也就读不懂的麻烦；如果有兴致，还可以依样画葫芦学着填词，试试自己的才情。100种、100首不算多，要全部背出也不难，所以自从它问世之后，就流传不衰。在旧时代，只要不是死抱住四书五经不放、也看点杂书的读书人，是没有不知道《白香词谱》的。不说别的，过去发行量很大的、供学生习字用的字帖《星录小楷》，共收28首词，首首都是从《白香词谱》中选录，于此可见其在社会上影响的深远与广泛。叶圣陶、夏丏尊合著的《文心》里曾向当时的中学生推荐过它，陈毅元帅在《荣宝斋画谱》序文里也说起过它，并把它与《唐诗三百首》相提并论。如果中国的科举考试不仅考八股、考五言八韵，也要考词的话，那么这部《白香词谱》肯定也会与《千家诗》、《唐诗三百首》一样大行其市。这些书同样是最基本的启蒙读物。高明者固然不屑，但普通人读了它却可以终身受用。

词是唐代才开始有的，流行于五代。起先只是在酒边、花间唱唱，多是即景生情之作，写点哥哥妹妹、流连光景的东西，就像当今的流行歌曲，形制很短小。有时文人也写点有关个人身世的感慨，但不多见。南唐的末代皇帝李煜（他实际上并未称过帝），又称李后主，后来做了大宋的俘虏，成天以泪洗面，写了许多思念故国的词，词的内容才开始扩大起来。宋代统一中原以后，天下太平，文人们用词赞美歌颂，所以宋初的一些词作，内容大抵与唐五代相差不多，风格也近似。后人编宋前期词人的集子，就常将五代人的作品掺进去，或是将他们的词作列于唐五代人名下。其中市民歌词作家柳永，经常出入秦楼楚馆，加上他个人的怀才不遇，心有不平，他的词中就常写歌妓们的内心世界和自己飘泊不定的生活，在靡靡之音中加点感慨，使词的题材进一步扩大开来。待到苏轼出现，词的作法才一改故辙。他什么都写，又不喜受声律束缚，性情豪放，写下了不少优秀的有个性的词作，开一代风气。围绕在苏轼周围的一些文人，像秦观、黄庭坚、贺铸等，多少都受了点他的影响，而且凡是跟着苏轼的人都有点倒霉，于是在词中也常有不少个人身世的感叹，这些作品一出来，就被人争相传布。稍后一点的周邦彦精通音律，在制订调式和写作技巧上，有很多创造和讲究，但在词的内容上并无多大扩展，相思、离别、飘泊是他作词的主题。后来金兵打了过来，北宋灭亡，大批作家与普通老百姓一样，受到了国破家亡的巨大冲击，而且他们在这场灾难中失去的可能比普通老百姓更多一些，这样就使词的题材又有了新的拓展，追怀昔日欢乐、思念故国、立志恢复等内容成了这一时期词的主旋律。代表作家有李清照、张元幹、张孝祥、岳飞等人。过了一段时期，南宋小朝廷安顿下来，人们逐渐忘记了亡国之痛，大家又是歌舞升平、熙熙攘攘，“直把杭州作汴州”。一些有志气的文人对此很看不入眼，于是大声疾呼要抵抗外侮，恢复河山，发之于词，慷慨激烈。辛弃疾、陆游、陈亮等人就是其中的佼佼者。同时，也有些文人用深情曲笔，表达一点故国之思，他们所赋者小，怀念的是青楼梦好、桥边红药，但总是爱国情思的一种寄托。姜夔、史达祖一些人就是这样。这种爱国的、浅斟低唱的声音一直唱到南宋灭亡。南宋灭亡，自然引起词人们的很大震动，但是除了几个爱国志士和民间无名词人之外，正统词人并没有发出高亢的强音来。凉蝉咽露，声音嘶哑，词意非常曲折隐晦，显得有气无力，似乎大家都很疲倦了。不过，经过两宋词人的努力，词的创作无论在意境的开拓方面，还是写作技巧、音律完善方面，都有了长足的进步，达到了全盛时期。然而词到了南宋后期，这一源自民间的歌唱，与原来生动活泼、粗犷通俗的原型距离越来越远了。词人追求用词典雅，考究音律，甚至以牺牲词意去迁就音律，词由此变成了文人手中的玩物，渐渐地走上绝路；一些词作含义隐晦，无人能解。小家碧玉一旦变成了贵妇人，她就失去了原来的天真烂漫，缺少了活力。金元时期，除了元好问、萨都剌之外，也再无人写出更好的作品。萨都剌等作家是异族人，较少沾染传统汉族文人的习气。明清两代的文坛是八股、小说、戏曲、民歌的天下，词在清代号称中兴，但也是词人词作多而优秀作品少。以朱彝尊为代表的浙西词派主清空，师法白石、玉田，末流却只剩下一个“空”字。以张惠言为代表的常州词派主寄托，将词的地位抬高，然而所寄托的意思常令人莫名其妙；看他对14首温庭筠词的解说，真像在听梦话。尚可以读读的倒是不主派别的陈维崧与纳兰性德两人的作品。前者曾经历明亡劫难，中年学词，尽多风云之色；后者是一异族贵公子，词作以白描深情见长，赢得了无数读者的心。词到了清代，创作再怎样繁荣，毕竟已是明日黄花；而词学研究却出现了前所未有的兴盛：词律、词话、辑订前人词集的著作多了起来，意义也比创作本身来得大。清代，词的创作方法和理论都进入了总结时期。文学史上一个有趣的现象是：凡一种文学形式到了它应该总结的时候，它本身也就要消亡了。

虽然如此，词却依然受到人们的喜爱。

词是中国传统诗歌与外来音乐相结合的产物。它那长短不一的句式，比诗更善于表达细腻的感情，因此一旦出现，就迅速蔓延流传，受到文人、市民的热烈欢迎。词最初是以“酒吧音乐”、“舞蹈音乐”的副产品面目登上歌坛、文坛的。词有这样几个特点：一是它的音乐性，词原先都可以歌唱；二是它的短小形式（最长的词牌也只有240字）；三是词句错落，不像近体诗那样死板，又有各种词牌调式，可任人选择；四是有些不便于在诗中诉说的隐秘之情，可以在词中表达出来；五是一般不用来表达重大题材，是小夜曲式的，很适宜普通人写作。因此词到了清代之后，固然在消亡下去，可是爱好读词、偶尔写写的人从来没有少过。但是词到金元以后，有关乐谱多已散失，不再能歌唱，变成了别一种诗体，所以又被人们称为“诗余”。

词怎样作法？尤其是在乐谱散失、只能依靠前人的作品去捉摸它们的平仄规律后，人们迫切需要有一部统一的词谱来让人填写。

据现在所知，最早的词谱是明代人张綖所著的《诗余图谱》，但《四库总目提要》说它“校雠不精”，平仄“亦多混淆”，“殊非善本”。后来有程明善的《啸余谱》、赖以邠的《填词图谱》，但也不佳。以后清道光年间还出了一种词谱《碎金词谱》，旁注工尺（古代的音阶符号），可以唱。但那是根据昆曲制订的，是个假货。不过，清康熙年间曾出过两种大型词谱：《词律》和《钦定词谱》。两书在纠谬补漏、排比声律等方面立了规矩，成为填词必须参照的工具书。后人填词，即均以这两本书为准。但是两书所收词调实在太多，初学者是难以取用的。初学者一般只需要简易的词谱，好学好记。《白香词谱》正好满足了这种需求。

《白香词谱》著者舒梦兰，字白香，南昌靖安（今属江西）人。诸生，有诗名。他在《山村》诗中写道："耳目不外惊，声色等枯草。养气如洪河，万古春浩浩。"可见其平生志趣。著有《白香集》、《天香词》、《香词百选》及《白香词谱》。《白香词谱》选常见词调100种（实为99调），每调录词一首，自唐至清代作者共59人。谱以词长短为序编次，字数从少到多。词旁用黑白圈标注平仄，并有表示句逗的符号。每首词调下，舒梦兰分别加了简明题目。此书最早刊印于乾隆三十一年（1766），出版在《词律》与《钦定词谱》之后，谱中平仄格律当用两书校过。一般读者喜其简便，既可当作词谱用，又可当词选读，因此出版后很快就流行起来。到了同治、光绪年间，广东南海人谢朝徵为此书作笺，搜罗了许多与作品相关的材料，并改变原书以词长短为序的编次，改用按作者生活年代为序，还删去了一首词，成为98调、99首词，并去掉声谱，刊印出版。这样《白香词谱》就完全成了一本词选读物，失去了词谱的意义。这书也很流行，一再重印。据我所知，1949年后有两家出版社就出了谢笺的《白香词谱》，有一种还参照《词谱》，另订了词谱。

作为一部词谱简编或词选，《白香词谱》并不是完美无缺的。首先，有些该收的常用词调没收，而不该收的一些稀见词调却收了进去，如《荆州亭》、《春风袅娜》等。其次，选词不用初制名作（尤其是自度曲），如《暗香》、《疏影》、《翠楼吟》不用姜夔原唱，却选了朱彝尊与张炎、黄之隽的词作。第三，某些入选作品格调不高，流于色情恶俗，如秦观的《河传》。第四，作者与作品之间有张冠李戴的情况，如王观的《卜算子》却挂在苏轼名下。虽然有以上种种阙失，但它仍不失为一部较好的简易词谱和启蒙词选。为此，我在同仁的鼓励怂恿下，不揣谫陋，着手对《白香词谱》加以整理评订。

这次整理评订，增加了“注释”、“评析”、“说明”三部分内容。“注释”与“评析”相辅相成，此详彼略，此略彼详，目的是疏解词意，便于读者理解；“评析”中写了一些赏析性文字，目的也是如此。“说明”是指对词的格律说明，如词调得名由来，适于写哪一类题材，关于词的平仄、四声、用韵、句式等方面的补充说明。同词调名下，又补充了少量的常用格式。

书中正文用上海古籍书店影印的振始堂本《白香词谱》，并用其他总集、别集校勘。对明显错字，径行改正，不出校。对于异文，即使是优于原文的亦不改。因为一字之改，有时会牵涉到字的平仄。有些作品的作者，原书有误，也径行改正，并在“评析”中加以说明。对有些作品的作者迄无定论者，则仍依原书。

词谱重行订正，附注于该词字下。○代表可仄，●代表可平。◎代表平韵，△代表仄韵。①②代表不同的平声韵部，意味着换韵；⚠②△也是如此。可平可仄则据《词律》、《词谱》执衷而定，有时据同词调中句式、字数一致者的作品酌定。词的格律定得太严，固然束缚性灵，不便初学；但订得太宽，也会使人觉得无所适从。常见某些词谱，一首词下面除了韵脚之外，几乎都是可平可仄，这就使人有点依违失据了。词的平仄是有规律的，无非是律句与拗句两种。如四字句，不外乎“平平仄仄”、“仄仄平平”、“仄平平仄”、“平仄仄平”四式，偶然还有“平仄平仄”、“仄平仄平”两式。示人以法，总要有规矩可循。初时走狭路，后来走大道，从必然王国到自由王国，这是学习者的必由过程。给开始学习的人以太多的自由，这样也可以，那样也可以，反而会使他不知怎么做才好。我不采用这字字可平可仄的订谱方法，而采用在“说明”中指出有几种格律可遵的方式加以介绍。

前辈词学大师常认为，在词的转折跌宕处要多用去声，甚至规定某处某处一定要用上去或去上；但本书只是指出除了某些领字要用去声之外，一般不作过严的要求。古今声韵大变，现在好些地方已无入声字，而且多将上声字读成了去声字，要严也难。冒广生先生曾在《四声钩沉》中举出了许多例外现象，指出许多大家，甚至是很讲究音律的词人作词，也并不完全遵从这种四声规则。昔贤尚且如此，何况今人呢？我在本书“说明”中用了“例”和“宜”、“多”、“一般”等词。“例用去声”表示规定用去声，“宜用对偶”、“一般用入声”则表示前人规定如此，但可以不全遵从之意。此外还有一个“以入代平”的问题，在这次订谱中我发现这种现象在宋词中很普遍。我想有些入声已消失的地区，如果作词时遇到平入两可之处，一律用平声字就可以了。

振始堂本《白香词谱》原书后附《增订晚翠轩词韵》，本书未予收入，而以收字更多、更权威的清人戈载的《词林正韵》替之。《词林正韵》分词韵为十九部，其中收字有因一字分属不同的韵部（读音、意义完全相同）而重出的情况；也有因一字根据它的不同意义、用法，形成读音（包括声调）不同而分属两个至数个韵部的情况；甚至有一字在同一韵部中重复出现的情况，如“朝”（朝气）与“朝”（朝廷），因此，读者在使用它时，应注意这几种情况的区别。

原书后还附有《词人姓氏录》，相当于“作者简介”，按笔划编排，但它将唐宋元明清的主要词人都介绍了（其中一半以上词人的作品《白香词谱》中根本不收）。我重新编写了“词人简介”，只将《白香词谱》选到的词人作了简单介绍，按词人的生卒年或生活年代为序编排，材料则大多取自《唐五代词》、《全宋词》、《全金元词》及其他参考资料。

本人对词也只是处于学习阶段，尤其对声韵方面的知识，了解不多。因此本书要求之高与自己所知之少，是有很大反差的。就我本人来说，只是尽量做到言之有据而已。书出版后，读者如发现问题，进行批评指正，我当竭诚欢迎。在写此书时，无论在词意的阐释方面，还是词律的审订方面，都参阅汲取了不少前人和时贤的研究成果，恕不一一指明，谨在此一并致谢。此书交稿后，又承史良昭、曹明纲、聂世美诸兄认真审阅，帮助改正了不少错误，这份友情是令人难忘的。

目录

白香词谱

忆江南 怀旧[1]

〔南唐〕李 煜

多少恨，昨夜梦魂中。还似旧时游上
平 ● 仄 ● 仄 仄 平 ◎ ○ 仄 ● 平 平 仄

苑[2]，车如流水马如龙[3]。花月正春风。
仄 ○ 平 ○ 仄 仄 平 ◎ ○ 仄 仄 平 ◎

【注释】〔1〕词牌后的题目，大多是后人编词集、选集时所加，不一定是作者本意，也不一定能概括词意，此后一般不再作注释。　〔2〕上苑：古代帝王的园林，内养禽兽，以供游猎。〔3〕车如句：语出《后汉书·明德马皇后纪》：“前过濯龙门上，见外家问起居者，车如流水，马如游龙。”形容车马众多，络绎不绝。唐初文人苏颋有《夜宴安乐公主新宅》七绝，首句与此同。

【评析】李煜是南唐的末代国主，公元975年11月，被俘入宋，做了亡国之君，受尽凌辱，过着以泪洗面的日子。这首词作于入宋之后，抒发了作者的故国之思和对往事不堪回首的感慨。“多少恨”是此词的总纲。国破家亡，当然什么都没有了，他只能凭回忆去抚慰刻骨铭心的伤痕，到残梦中去寻找昔时的欢乐。李煜年轻时曾有一首《玉楼春》词，描写自己的宫廷生活，那真是嫔娥鱼贯排列、凤箫声动、醉舞春风、马蹄踏碎月色、香气袭袭的世界。这一切都可与《忆江南》中的回忆相印证。而今，曾江山之几何，一切安在哉？除了两三宫婢相伴，就剩下一个冷冷清清的苦命囚徒了。所有这一切都化作一个“恨”字，不能去怀。美丽的梦境与醒后的痛苦现实是无法调和的。又，后汉明德皇后所言“车如流水，马如游龙”原是对外戚王公贵族奢华生活的批评，从这一点上来说，李煜的回忆也仅是表达了对自己过去豪侈生活的向往，并无深刻的社会意义。

【说明】《忆江南》又名《梦江南》、《望江梅》、《望江南》、《谢秋娘》、《江南好》、《安阳好》等。词名始自唐李德裕镇浙日，为亡妓谢秋娘所作，本名《谢秋娘》。后因唐人白居易用此调作词三首，其第一首末句为“能不忆江南”，遂改名为《忆江南》。到宋代，常有将两首《忆江南》分成上下阕成一双调词者。单阕《忆江南》二十七字，五句，三平韵。首句第二字虽然可平可仄，但以用仄为宜。若第二字用仄，则第二句的第一字用平为宜。如唐刘禹锡“春去（仄）也，多（平）谢洛城人”；敦煌曲子“天上（仄）月，遥（平）望一团银”。又，第三、第四句多用对偶句格，类似平起七律中的第二联。

捣练子 秋闺

〔南唐〕李煜

深院静，小庭空，断续寒砧断续
平仄仄　仄平◎　仄仄平平仄仄

风[1]。无奈夜长人不寐，数声和月到帘
◎　○仄仄平平仄仄　仄平平仄仄平

栊[2]。
◎

【注释】〔1〕砧（zhēn）：这里指用来捶打衣料的石板。〔2〕帘栊（lóng）：挂着帘子的格子窗。

【评析】此词一作南唐冯延巳作，见《尊前集》。在唐代，由于边地战争的频繁，或者因商业经济的发达，丈夫外出镇守边关，或出外经商的很多，妻子在家独守空房，思绪绵绵，惆怅寂寞。她们常会见杨柳而起“悔教夫婿觅封侯”之感、闻秋砧而生万里玉关之叹。这首词就是写闺中女子思念远行人的作品。《诗经·豳风·七月》：“九月授衣。”就是说每年秋季，人们就要纷纷制备寒衣，准备过冬。“长安一片月，万户捣衣声”。这是一个引动思妇怀念良人的季节。词正是在这样萧瑟的氛围中开始的。“深院静，小庭空”，正点出了清秋冷落的背景。正因为如此的静与空，所以远处随着阵风飘来的断断续续的捣衣声，才能在思妇的耳中听得那么分明，感到那么惨淡。“寒砧”之“寒”，一方面是深秋的气候象征，同时也是思妇孤独凄凉的心情写照。那几声捣衣声，伴随着秋风，趁着月色（而明月也正是相思的同义语，“隔千里兮共明月”），一齐扑进思妇的窗户，使她长夜难眠，勾起无限思量。

【说明】《捣练子》，又名《深院月》、《夜如年》、《杵声齐》、《捣练子令》等。词牌得名，始于李煜此词，内容多写思妇怀念征夫。二十七字，五句，三平韵。首两句多作对仗，且为上二下一句法。第三、四、五句似平起七绝的第二、三、四句；虽说每句第一、第三字平仄可不论，但万树《词律》规定较严。此词下所标平仄，即以《词律》为准。

忆王孙 春词

〔宋〕李重元

萋萋芳草忆王孙[1]，柳外楼高空断
○平○仄仄平◎ ●仄平平○仄
魂。杜宇声声不忍闻[2]。欲黄昏，雨打梨
◎ ●仄平平●仄◎ 仄平◎ ●仄平
花深闭门。
平○仄◎

【注释】〔1〕萋萋句：《楚辞·招隐士》："王孙游兮不归，春草生兮萋萋。"萋萋，草盛貌。　〔2〕杜宇：即杜鹃鸟、子规鸟。相传是古代蜀国望帝死后所化，叫声哀伤，吻常带血；其声似"不如归去"，能引起旅人的思乡之情。

【评析】此词作者旧说有多人，如李煜、李甲、秦观等均是。这是一首表现闺中少妇怀人的作品。一开首即化用《楚辞·招隐士》句意，点明主题。王孙，这里是指游子。思妇在楼头眺望，但见满眼的萋萋芳草，直接到天涯尽处，"闺中风暖，陌上草薰"，离情恰似芳草，更行更远还生。又见楼边杨柳青青，不禁别魂飞扬，黯然神伤。中国古代有折柳赠别的习俗，想当时此妇与丈夫离别时也当有此一举，所以她再见到杨柳依依时，不免引动对昔时分手那天的忆念；况且杨柳又是青春美好的象征，她见柳而起自怜自惜年华的感叹，也是很自然的事。此时，又传来杜鹃的凄厉叫声，更令她难以为怀，所以就不忍心再听它了。回去吧，她

回到闺房，关起房门，想把一片愁人的世界关在门外。但是满天的愁绪是关不住的，依然会飘进闺中。天色晚了，门外雨打梨花，这撩乱的愁思也更加深了，更加浓了。思妇的心，也像这被雨淋湿的梨花，破碎、狼狈。如花美眷，似水流年，转眼间美人就将进入迟暮之年，她还能经得起几回牵肠挂肚的离愁折磨呢？

【说明】《忆王孙》，又名《忆君王》、《豆叶黄》、《阑干万里心》、《怨王孙》、《画娥眉》等。词牌名即由此词而得。三十一字，五句，五平韵。第四句第一字用去声为宜。第二、第三、第五句的第五字一般宜用平。

调笑令 宫词

〔唐〕王　建

团扇[1]，团扇，美人并来遮面[2]。玉
平△　平△　仄○仄平平△　仄
颜憔悴三年，谁复商量管弦[3]。弦管，弦
平平仄平◎　平仄平平仄◎　平△　平
管，春草昭阳路断[4]。
△　平仄平平仄△

【注释】〔1〕团扇：一种圆形有柄的扇子。　〔2〕并来遮面：舞时的一种姿态。演员跳舞时，有时两扇交并，用以遮脸。并，一作“病”。则另是一种理解。　〔3〕管弦：管乐与弦乐，泛指乐器。　〔4〕昭阳：汉宫殿名，汉成帝时，赵飞燕、赵合德姐妹曾居此宫，装饰奢华。

【评析】中国古代帝王实行一妻多妾制。宫中妃嫔、昭仪、才人等，动辄成千上万。有些少女进宫时，尚得皇帝宠幸，风光几天。但皇上总是喜新厌旧，见异思迁的。那些女子，还未到色衰的年龄，就被抛在一边，病恹恹、冷凄凄地打发日子，消磨青春。此词即写一宫女的哀怨。想当初，她在皇帝前跳着舞着，显露着自己的娇美舞姿与美丽面庞。那团扇分开时，一霎时的丽若朝日芙蓉的艳容，大概是曾“常得君王带笑看”的吧。然而，曾几何时，君王不顾，莲脸憔悴，还有什么心情去理会那箫儿、笛儿、筝儿、琵琶？皇帝不来临幸，宫门前青草乱长，连路也被遮没了。宫嫔一旦失宠，其

下场就是这样。这遭遇就像宫女手中的团扇，要用时，“出入君怀袖，动摇微风发”，轻怜重惜；到了秋风飒至时，则“弃捐箧笥中，恩情中道绝”了。这就是此词以“团扇”起兴的由来。

【说明】《调笑令》，又名《三台令》、《转应曲》、《宫中调笑》等。白居易《代书诗一百韵寄微之》“打嫌调笑易”下自注云：“抛打曲有《调笑令》。”其来历如此。三十二字，四仄韵，二平韵，二叠句叠韵。第二处的叠韵，必须是上句（六言）最末两字倒转，写作此词故有一定的难度；此词又名《转应曲》，就是因此而得。此调的平仄、用韵在唐五代时尚未固定，形式多样。如这首词前后两处叶同一仄韵，而有的词就叶不同的仄韵，今再举两首例如下（字下一概不注可平可仄）：

调啸词

〔唐〕韦应物

河汉，河汉，晓挂秋城漫漫。愁人起望相思，
平△1　平△1　仄仄平平仄△1　平平仄仄平◎

江南塞北别离。离别，离别，河汉虽同路绝。
平平仄仄仄◎　平△2　平△2　平仄平平仄△2

转应曲

〔唐〕戴叔伦

边草，边草，边草尽来兵老。山北山南雪晴，
平△1　平△1　平仄仄平平△1　平仄平平仄◎

千里万里月明。明月，明月，芦笳一声愁绝。
平仄仄仄仄◎　平△2　平△2　平平仄平平△2

这里△1△2代表不同的仄声韵部，平仄出入也较大。

如梦令 春景

〔宋〕秦 观

莺嘴啄花红溜，燕尾点波绿皱。指冷
○ 仄 ● 平 平 △　● 仄 ● 平 ● △　● 仄
玉笙寒[1]，吹彻小梅春透[2]。依旧，依
仄 平 平　○ 仄 仄 平 平 △　平 △　平
旧，人与绿杨俱瘦。
△　○ 仄 仄 平 平 △

【注释】〔1〕玉笙：笙之美称。笙，一种管乐器，大者19簧，小者13簧。 寒：指吹笙时间长了，笙片潮湿，不能合律。〔2〕吹彻：吹到最后一曲。彻，大曲最后一段。 小梅：乐曲名。唐《大角曲》里有《大梅花》、《小梅花》曲。

【评析】这首词一说黄庭坚作。元至正本《草堂诗余》作无名氏词。全词写一位吹笙人在明媚春光里的寂寞心情。春天是那么美丽，黄莺用嘴轻轻地啄着花瓣，绯红的花瓣无声地掉在地上。轻灵的燕子飞快地在绿波上掠过，溅起微微的涟漪。一个“溜”字，一个“皱”字，将宁静的春色搅动，然而是那样地轻柔，那样地温和，它应该是那样地令人陶醉，销魂。但是词中的吹笙人却对景黯然神伤，久久地吹着笙，将《小梅花》曲吹遍，吹得手指僵冷，簧片湿润，音声凄咽。那是为什么呢？“草长花繁非我春”，吹笙人大概是别有怀抱吧？或是在企盼着亲人的归来吧？“年年岁岁花相似”，可是惆怅依旧，依旧，形容憔悴，腰肢瘦损，就

像初发芽的杨柳一般，黄黄的，细细的……

【说明】《如梦令》，原名《忆仙姿》，五代时后唐庄宗创作。后苏轼改为《如梦令》，盖后唐庄宗词内有“如梦，如梦”叠句之故。又名《宴桃源》、《比梅》。三十三字，五仄韵，一叠句叠韵。全词由六言句及叠句组成。其六言句虽然第一、三、五字可平可仄，但总以“平仄仄平平仄”格式为宜，尤其是最后一句。像此词第二句只有一个平声字，这情况在唐五代、宋词中是少见的，不宜仿效。

长相思 别情

〔唐〕白居易

汴水流〔1〕，泗水流〔2〕，流到瓜洲古渡

●●◎　●●◎　○仄平平●仄

头〔3〕。吴山点点愁〔4〕。

◎　○平●仄◎

思悠悠，恨悠悠，恨到归时方始休。

●○◎　●○◎　●仄平平○仄◎

月明人倚楼。

●平○仄◎

【注释】〔1〕汴水：古水名，又名汴渠、汴河，隋炀帝时开凿。西通河洛，南达江淮，今已湮废。　〔2〕泗水：又名泗河。源于今山东泗水陪尾山，因其四源合为一水，故名。经今山东曲阜、江苏徐州，南流至淮阴注入淮河。　〔3〕瓜洲：古渡口，在今江苏扬州邗江南。原系长江口沙碛，其状如瓜，故名。〔4〕吴山：泛指吴地（今江南一带）群山。

【评析】这首词写一位思妇登楼倚栏眺望时，对出门在外的丈夫的思念。楼大概就靠着汴水，她极目远望，汩汩的汴水向南流去，她的思绪也随着逝水一起涌动。汴水南边，连结泗水，再一齐注入淮河，再接大运河，直达长江口古渡头，再往南就是江南。她的丈夫就在那儿。青山点点，勾起她无限的离愁别恨。当然，这吴山点点，也只是她的凌虚玄想，所以俞陛云的《唐宋词选释》说此词："通体虚明，不着迹象，而含情无

际。”心中愁，自然物物皆成愁的影子。下片紧承上片的“愁”字，思绪无限，愁恨无限，这刻骨的相思与离愁只有到丈夫归来团聚时，才能从心头抹去。到那一天月团圞，人团圆，人月双圆，倚楼共对明月，话别后的相思，相逢的欢乐。如今，她还只能在妆楼凝望，久久地注视着汴水，心中默默地祈盼。

【说明】《长相思》，又名《双红豆》、《忆多娇》、《吴山青》、《相思令》、《山渐青》等。双调三十六字，上下片各三平韵，一叠韵。此调平仄格律虽然多处可平可仄，但上下片的第一、二句（三字句）均宜用“仄平平”的格式，不允许出现三平（本篇“思”字作仄读［寘韵］）。上下片的最后一句（五字句）均宜用“仄平平仄平”的格式。

相见欢 秋闺

〔南唐〕李 煜

无言独上西楼，月如钩。寂寞梧桐深
○平●仄平◎ 仄平◎ ●仄○平平
院锁清秋。
仄仄平◎

剪不断，理还乱，是离愁。别是一般
●●△ ●平△ 仄平◎ ●仄●平
滋味在心头。
平仄仄平◎

【评析】此词抒写一种极度深沉的哀愁，难以名状，无法形容，所以沈际飞说：“七情所至，浅尝者说破，深尝者说不破。破之浅，不破之深。”（《草堂诗余续集》卷下）因此，作者所愁究为何事，不得而知。有人说此词是李煜因其同母弟从善朝宋，被羁留不得南归而作；有人说这是李煜被俘入宋后所作，写亡国之痛。两说皆乏佐证。相对地说，前一种说法还有一点影子。马令《南唐书·后主书》云：“自从善不还，四时宴会皆罢，登高赋文以见意曰……常怏怏以国蹙为忧。”从《相见欢》词意看，似为未亡国前的作品。词一开头即总摄全篇凄惋神情。无言独上，残月如钩，梧桐深院，冷锁清秋，人与物显得那么孤独，冷清，寂寞。形象的叠加造成了浓重的悲凉气氛。这就使得下片的写离愁更觉凄楚感人。那离愁像剪不断的一堆乱麻，越理越乱，异样的哀感盘踞心头，无法拂去，但又难以用言辞来表达。无声而泣的哀恸，一般较之放声大哭要沉痛得多。词的末句言离愁，也正是如此。

【说明】《相见欢》，又名《乌夜啼》、《上西楼》、《秋夜月》、《忆真妃》等。双调三十六字，上片三平韵，下片二仄韵，二平韵。全词五平韵用同一韵部。下片首两句三字句均以“仄平仄”为宜。上下片两结为九字句，《词律》将它分作六字、三字两句；有人主张宜于第二字处略逗，也有人主张在第四字处作逗。似不必强作规定。

醉太平 闺情

〔宋〕刘 过

情高意真，眉长鬓青。小楼明月调
平平去◎　平平去◎　●平○仄平

筝[1]，写春风数声。
◎　仄平平仄◎

思君忆君，魂牵梦萦。翠绡香暖云
平平去◎　平平去◎　●平○仄平

屏[2]，更那堪酒醒。
◎　仄平平仄◎

【注释】〔1〕调筝：弹筝。筝，弹弦乐器，十三弦。　〔2〕翠绡：丝制的帐子。　云屏：云母石制屏风，也指绘有云纹图案的屏风。

【评析】“情高意真”是说词中少妇的意态娴淑，“眉长鬓青”是说她容貌的自然淡雅。寥寥八字，即写出了她气度高华而又美丽的形象。这是一种互补式的形容，形与神两方面都点到了。她大概刚喝过一点酒，薄醉微醺，对着高天明月，独坐小楼，抚弄筝弦。她低眉信手，续续地弹着，曲中透出春风的温情，诉说着自己的心事。这软软的春风、款款的深情都倾注在对意中人的忆念中。这相思铭心刻骨，以至于魂牵梦绕，悠悠长想。这时炉香不断，融融地烘暖了闺楼，熏暖了锦衾云屏，人也渐渐地从醉酒中醒来。她在沉醉中尚对意中人一刻也未能去怀，如今酒醒时，这相思叫她如何再能忍受。这是加一倍的写法，用笔似轻实重。

【说明】《醉太平》，又名《醉思凡》、《四字令》。双调小令，三十八字，八平韵。上下片前二句平仄要求甚严，不可移易，第三字须用去声。又上下片第三句第一第三字虽平仄可通用，但多数词人仍严守“仄平平仄平平”格式，且两处仄声字多用去声。上下片第四句为上一下四句式，不可作上二下三或上三下二或二一二句式。本词真、青通押，最后一字“醒”字作平声（青韵）。诗词中有一些字如“醒”、“思”、“望”等字，即使意义、用法全同，但作平作仄，似有一定的随意性。

生查子 元夕

〔宋〕欧阳修

去年元夜时[1]，花市灯如昼[2]。月上
● 平 ○ 仄 平　○ 仄 平 平 △　● 仄

柳梢头，人约黄昏后。
仄 平 平　○ 仄 平 平 △

今年元夜时，月与灯依旧。不见去年
○ 平 ○ 仄 平　● 仄 平 平 △　● 仄 仄 平

人，泪湿春衫袖。
平　● 仄 平 平 △

【注释】〔1〕元夜：即元夕，农历正月十五日，为元宵节，亦称上元节。　〔2〕花市：繁华热闹的街市。

【评析】此词一说为女词人朱淑真所作，见于她的词集《断肠集》。但曾慥《乐府雅词》认为是欧阳修所作，应较可信。正因为《断肠集》中收了这首词，联系到她的不幸婚姻遭遇，所以有些卫道者就骂朱淑真为“失行妇人”。这是一种偏见。封建时代女子所遇不淑，比比皆是，偶然另有追求，也无可厚非，岂能轻易加以“失行”之罪？何况朱氏所作，词句含蓄蕴藉，此词未必就出自其手呢？这首小令其实是一篇很纯真的爱情词。读罢全词，会使人起一种悲凉惆怅的情感。旧情不再，物是人非，惟有饮泣吞声而已。词通过今与昔，身外的热闹欢乐——光风霁月，灯市如昼——与内心的孤独哀伤的强烈对比，反映出女主人公的情

感世界，引起后人对她的无限同情与共鸣。“月上”两句，写得那么旖旎温馨，令多少青年男女为之心迷神往；“不见”两句，又是写得那样黯然神伤，令世上那些有情无缘者痛苦不堪。

【说明】《生查子》，本名《生楂子》。双调，四十字。上下片各两仄韵。词多抒写抑郁之情。此调上下片首句欧词作“●平平仄平”，而较多作者则作“●仄●平平”。

昭君怨 春怨

〔宋〕万俟咏

春到南楼雪尽[1]，惊动灯期花信[2]。

○仄○平●⚠ ○仄○平○⚠

小雨一番寒，倚阑干。

●仄仄平① 仄平①

莫把阑干频倚，一望几重烟水。何处

●仄○平○⚠ ●仄●平○⚠ ○仄

是京华，暮云遮。

仄平② 仄平②

【注释】〔1〕南楼：古楼名，在今湖北鄂城县南。《世说新语》载，晋代庾亮在武昌（即今鄂城）时，感秋夜景色宜人，与殷浩、王胡之等人登楼玩月，清谈吟咏。此处南楼不一定是实指。　〔2〕灯期：指正月十五日元宵灯节。花信：犹言花期，指开花的消息。

【评析】这首词写的是登楼怀念友人之情。首句用南楼的典故，就将眼前景与思友之情联系起来。旧地再临，自然别有一番滋味涌上心头。昔年欢聚，已成逝水。何况当此冬春相交、积雪消融、灯节将届、春花欲萌时节？楼外是无边细雨，丝丝欲愁，寒意阵阵，使词人感到分外孤独、凄凉，与回忆中的热烈欢快场面恰成鲜明对照。于是他只能凭栏远眺，长望长想。但是极目所见，只是一派烟水茫茫而已，徒然使人生愁。因此，他觉得还是莫去倚栏为好。他的友人也许是去了京城，但神京路遥，暮云遮断了望远的视线。于是，在这细雨、寒风、阴云中，他只能独自徘徊低吟。词中没有出“愁”字及其他相类词句，但触处生愁。这是由此词所营造的氛围产生的效果。

【说明】《昭君怨》，又名《宴西园》、《一痕沙》。双调小令，四十字。全词四换韵，两仄两平递转。上下片的第二句第五字，一般多用平。

点绛唇 闺情

〔元〕曾允元

一夜东风，枕边吹散愁多少。数声啼
●仄平平　●平○仄平平△　仄平平

鸟，梦转纱窗晓。
△　●平平平△

来是春初，去是春将老。长亭道[1]，
○仄平平　●仄平平△　平○△

一般芳草，只有归时好。
仄平平△　●仄平平△

【注释】〔1〕长亭：古人在路边置亭，供旅人休息停留。《释名》："亭，停也。"十里一长亭，五里一短亭。

【评析】古代交通不便，游子出外谋生，千里奔波，备极艰辛，常对故乡与亲人，魂牵梦萦。这一点思念之情，只有到归时才能去怀。这首词是游子在行将告别客地、踏上归程时的作品。因为他就要回去与亲人团聚了，所以几个月来的离愁别恨已全部化为乌有，愁眉锁眼的神情一扫而空。对此词人却说，这是被一夜东风吹散的。我们可以想象，他在临走的前夕，是怎样地激动难眠啊。在夜色将尽时，大概他才刚刚入梦，但一觉醒来，已是"处处闻啼鸟"的世界了。词的上片洋溢出作者欢天喜地的神情。他想到自己离家时正是柳吐金芽的初春，而如今已是暮春时节。这美丽的春天，他是在客中度过的。这里用了"初"字、"老"字，说明时间的转换，也容易使人引出人生易老的联想。如今长亭道上，又是芳草萋萋，与离家时别无二致，但心情已迥然不同。景物随人哀乐，移情及物，别有会心。

【说明】《点绛唇》，又名《南浦月》、《沙头雨》、《点樱桃》。双调四十一字，共七仄韵。上片第八字，有暗增一韵者。第二句（七字句）的第一字，第三句（四字句）的第一字一般多用去声。

菩萨蛮 闺情

〔唐〕李 白

平林漠漠烟如织〔1〕，寒山一带伤心
○ 平 ● 仄 平 平 △1　○ 平 ● 仄 平 平

碧。暝色入高楼，有人楼上愁。
△1　● 仄 仄 平 ①　● 平 平 仄 ①

玉阶空伫立，宿鸟归飞急。何处是归
● 平 平 仄 △2　● 仄 平 平 △2　○ 仄 仄 平

程，长亭连短亭〔2〕。
②　○ 平 平 仄 ②

【注释】〔1〕林：平地上的树林。　〔2〕长亭：见《点绛唇》注。

【评析】这首词相传是北宋人魏泰在鼎州（今湖南常德）沧水驿楼的墙壁上见到的，不知何人所作；后来在长沙曾布家中见到一书，方知是李白所作（见释文莹著《湘山野录》）。但后人常对此词的著作权发生怀疑，当然也有人搬出证据，肯定其为李白所作，迄无定论。虽然如此，这首词的意思是很明白的，是一首"望远怀人"的作品。词的前二句，很注意用词的色彩。作者站在驿楼上，放眼望去，一片平林，显得辽阔苍茫，上面笼罩着密沉沉的烟雾。秋山本来就带一点寒意，再加上游子心情暗淡，更觉得山容清冷，显出惨绿的颜色。"伤心碧"，这是作者的心理感觉。此时，渐近傍晚，灰暗的夜色进入楼中。作者在这薄暮中独自沉思、愁叹。下片首句的“玉阶”，代言驿楼。他在楼上抬头仰望，见疲倦的飞鸟正急急归巢。鸟尚思巢，人怎能不想家？归鸟触动了他的归思。但纵目一望，路远漫漫，长亭短亭，连绵不断，不知还要经过多少亭驿，才能抵家。他的愁绪因此更加深了。全词写景由远及近，再由近及远，中间以归思贯穿，感人至深。

【说明】《菩萨蛮》，又名《重叠金》、《子夜歌》、《巫山一片云》等。苏鹗《杜阳杂编》：“大中初，女蛮国入贡，危髻金冠，璎珞被体，号菩萨蛮队。当时倡优遂制《菩萨蛮》曲，文士亦往往声其词。”则该曲原系异域传入，后成为唐五代文人使用最多的词牌。双调，四十四字，每两句一转韵，共四仄韵，四平韵。温庭筠作《菩萨蛮》今存十五首，其中十四首的首句为“仄平平仄平平仄”，第四句为“仄平平仄平”，而且此二句的首字大多用去声。

卜算子 别意

〔宋〕王 观

水是眼波横，山是眉峰聚。欲问行人

● 仄 仄 平 平 ○ 仄 平 平 △ ● 仄 平 平

去那边，眉眼盈盈处。

仄 仄 平 ○ 仄 平 平 △

才是送春归，又送君归去。若到江南

○ 仄 仄 平 平 ● 仄 平 平 △ ● 仄 平 平

赶上春，千万和春住。

仄 仄 平 ○ 仄 平 平 △

【评析】此词在王观的词集《冠柳集》中调下有题：“送鲍浩然之浙东。”鲍浩然，作者友人，名不详。浙东，为今浙江东南地区，宋属浙江东路。这是一首送别之作，首两句即从友人归途的山水着眼。中国古代文人描写美人常以“眼似秋水，眉若春山”来形容。这里则用反喻，说水犹如美人秋波流慧，山犹如美人眉峰聚簇，给人以一种新鲜与美丽的感觉。而友人所要去的地方，更是山清水秀的浙东地区。南朝文人吴均所作《与宋元思书》说：“自富阳之桐庐，一百许里，奇山异水，天下独绝。水皆缥碧，千丈见底……夹岸高山，皆生寒树，负势竞上，互相轩邈。”吴均所写，正是浙东一带景色。盈盈，美好的样子，字面形容眉眼，实际是喻山水。下片首两句点明送别的季节。最后两句嘱咐友人，及时归家，把春色尽情欣赏。春归人归，这是何等的赏心乐事。有人谓此词中所送的友人是回浙东看望他美丽的小妾，这是由“眉眼”生发的想象之词，于是全词都成了双关语，当然也讲得通，可是未免太坐实了，反觉俗气。

【说明】《卜算子》，又名《百尺楼》、《眉峰碧》、《缺月挂疏桐》等，都是据名家用此调所作词的字句改名。北宋时盛行此曲，万树《词律》认为取义于“卖卜算命之人也”。双调小令。四十四字，四仄韵。有四十六字者，于上下片结句各加一字，变五字句为六字句，于第三字处作逗。如杜安世所作，上片结句为“又别是、愁情味”，下片结句为“细认取、斑点泪”。

减字木兰花 春情

〔宋〕王安国

画桥流水，雨湿落红飞不起。月破黄
● 平 ○ ⚠ ● 仄 ● 平 平 仄 ⚠ ● 仄 平

昏，帘里余香马上闻。
① ○ 仄 平 平 ● 仄 ①

徘徊不语，今夜梦魂何处去。不似垂
○ 平 ● ⚠ ○ 仄 ● 平 平 仄 ⚠ ● 仄 平

杨，犹解飞花入洞房〔1〕。
② ○ 仄 平 平 ● 仄 ②

【注释】〔1〕洞房：幽深的房户。

【评析】人生南北，因缘偶逢，然而“多情却被无情恼”，苦恋不能自遣，只得徒然怅惘。词人大概正落入这样的境界之中。这是一个“云破月来花弄影”的美丽良夜，一带小桥流水如画。落花沾雨，无限依恋委地。一切都是那样柔柔的，轻轻的，美美的，温馨而凄清。他骑着马在路上走着，旁边是一辆油壁香车，缓缓而过。车内美人的脂粉香、玉肌温香透过车帘，飘入词人的鼻管，令他浮想联翩，心驰神飞。一忽儿，车儿已去，但词人的心依然摇曳不定。他默默无语，信马徘徊，仔细思量。“今夜梦魂何处去”，这是明知故问，是词人的自言自语。他自恨不能身轻如杨花，飘呀飘的，飘进玉人的洞房深户，与她去共诉衷肠。词人之奇思，想入非非，单恋者往往如此。全词充满一种美感，美的景，美的人，美的情。

【说明】《减字木兰花》，又名《减兰》、《天下乐令》、《木兰香》等。较《木兰花》减少十二字（上下片的第一、第三句各减少三字）。双调，四十四字。每两句一转韵，共四仄韵，四平韵。《木兰花》为常用词牌，今附录宋祁词一首于下：

东城渐觉风光好，縠皱波纹迎客棹。绿杨烟外
○平●仄平平△ ●仄○平平仄△ ●平○仄

晓寒轻，红杏枝头春意闹。
仄平平 ○仄○平平仄△

浮生长恨欢娱少，肯爱千金轻一笑。为君持酒
○平○仄平平△ ●仄○平平仄△ ●平○仄

劝斜阳，且向花间留晚照。
仄平平 ●仄○平平仄△

丑奴儿 春暮

〔宋〕朱 藻

障泥油壁人归后〔1〕，满院花阴，楼影
● 平 ○ 仄 平 平 仄 ● 仄 平 ◎ ○ 仄

沉沉，中有伤春一片心。
平 ◎ ○ 仄 平 平 ● 仄 ◎

闲穿绿树寻梅子，斜日笼明，团扇风
○ 平 ● 仄 平 平 仄 ○ 仄 平 ◎ ○ 仄 平

轻〔2〕，一径杨花不避人。
◎ ● 仄 平 平 ● 仄 ◎

【注释】〔1〕障泥：垂置于马腹两侧，用以遮挡尘土的障物。油壁：妇女所乘装饰精美的轻便车。因车壁用油涂饰得名。〔2〕团扇：见《调笑令》注。

【评析】这是一首惜春之作，中间也许含有因为所思不见而产生的惆怅之意。春意阑珊，玉人离去，原来喧闹欢乐的庭院霎时冷清起来，似乎跟着春天的脚步一起走了。花阴寂寂，楼影深邃，只剩下孤零零的伤春词客，对景依依徘徊。他信步穿过浓绿的树丛，找寻梅子。“寻梅子”既切春末夏初光景，又当有所寄寓。唐代诗人杜牧曾作过一首七绝《叹花》，诗云：“自恨寻芳到已迟，往年曾见未开时。如今风摆花狼藉，绿叶成阴子满枝。”作者的心境大概也是如此。这时，夕阳返照，给庭院涂上一层亮丽的色彩，但毕竟使人起黄昏迟暮之感。团扇轻摇，凉风微微，扇不去他心中的烦恼。小径上杨花扑面，真叫人想起苏轼的名句：“春色三分，二分尘土，一分流水。细看来，不是杨花，点点是离人泪。”他因此感到更加惘然若失了。

【说明】《丑奴儿》，通常称为《采桑子》，又名《罗敷媚》、《罗敷艳歌》、《丑奴儿令》等。双调，四十四字，六平韵。

谒金门 春闺

〔南唐〕冯延巳

风乍起[1]，吹皱一池春水。闲引鸳鸯
平●△　平仄仄平平△　○仄○平
香径里，手挼红杏蕊[2]。
平仄△　仄平平仄△

斗鸭阑干独倚[3]，碧玉搔头斜坠[4]。
●仄○平●△　●仄○平平△
终日望君君不至，举头闻鹊喜[5]。
○仄●平平仄△　仄平平仄△

【注释】〔1〕乍（zhà）：突然。　〔2〕挼（ruó）：揉搓。　〔3〕斗鸭：古代有斗鸭的游戏。平时用栏杆圈养鸭子。〔4〕碧玉搔头：碧玉簪。　〔5〕闻鹊喜：古人认为听到喜鹊叫，是有客来或出门在外的亲人归来的吉兆。

【评析】这首词很有名，引起后人的激赏。其得名原因是开头二句“风乍起，吹皱一池春水”。俞陛云说此两句“破空而来，在有意无意间，如絮浮水，似沾非著”。这话说得很在理。用今天的话来说，就是寓情于景，但又不露痕迹。看似无“我”之境，实为有“我”之境。“我”就是词中那位百无聊赖的少妇。她的爱人出门在外，独守空闺，实在感到寂寞，只能揉着杏花花蕊逗引鸳鸯，倚在栏杆上看鸭子嬉戏。她头上斜斜地插着玉簪，词中说“坠”，其实不一定簪子真的会掉下来，只是说明玉簪的倾斜之势而已。这时头上传来喜鹊的鸣噪，她暗暗心喜，猜料爱人就要回家团聚，这样寂寞无聊的日子，大概可以结束了。词中用了一些禽鸟如鸳鸯、斗鸭、喜鹊等来点缀，目的只是兴起情感，都是为了“终日望君君不至”这中心句服务的。至此，我们就可以明白首两句的意义了：春风吹皱一池春水，其实是漾起了少妇心中的涟漪，使她加倍引起春愁与相思，但看上去又像纯客观的写景句，“似沾非著”，所以称妙。

【说明】《谒金门》，又名《垂杨碧》、《花自落》、《杨花落》等。双调小令，四十五字，八仄韵。首句第二字，唐五代词人较多用仄，六字句（上片第二句，下片第一、第二句）结尾较多用“平仄”格式。

诉衷情 眉意

〔宋〕欧阳修

清晨帘幕卷轻霜，呵手试梅妆[1]。都
○平○仄仄平◎ ○仄仄平◎ ○
缘自有离恨，故画作、远山长[2]。
平●仄平仄 ●仄仄 ●平◎
思往事，惜流光，易成伤。拟歌先
平仄仄 仄平◎ 仄平◎ 仄平平
敛，欲笑还颦，最断人肠。
仄 仄仄平平 ●仄平◎

【注释】〔1〕呵（hē）手：朝手上哈哈热气。梅妆：古代妇女的一种面饰。据《太平御览·时序部》引《杂五行书》载，南朝宋武帝女寿阳公主卧含章殿檐下，梅花落额上，成五出花，宫女效尤，称梅花妆。　〔2〕远山：喻眉。葛洪《西京杂记》："（卓）文君姣好，眉色如望远山。"

【评析】古代的歌女，以色艺事人，仰承鼻息，随人欢笑，内心自有一种怨恨哀愁。这首词正写出了她们的生活和内心世界。她们冒着轻寒薄霜，早早起来梳妆打扮。"呵手"与前句的"轻霜"相应。她们不得不如此。把眉画得长长的，似有离恨。打扮完了，去筵前表演，内心因思念往事，感叹如水流年的消逝而哀伤。因此临到上场时，先装起端庄的样子，笑靥未露，却蹙起了双眉，看了叫人心痛欲绝，引起无限同情。但是，以上的絮絮解说，或许只是我们今天站在歌女的立场所发出的议论；在作者说来，恐怕未必如此。古代的文人常有一种欣赏病态美、娇姿弱质美的陋习。眉画作远山长，是一种美，“城中好广眉，四方且半额”；“拟歌先敛，欲笑还颦”，又有一种含蓄蕴藉美；“最断人肠”，不是说歌女伤心欲绝，而是说主人看了感到销魂摄魄，与上面所述意义正相反。从全词看，作者应是带着欣赏态度来写的。我们仿佛听到作者在说：“您瞧，那副俏模样，怪招人疼的。”事实上，歌女的表情也不会太显露。否则，她那副悲悲切切、哽哽咽咽（“敛”一作“咽”）的样子，不被赶下台才怪呢。士大夫畜养声伎，只为自己取乐而已。她内心是苦是乐，主人是不管的。作者的本意与作品所反映的客观社会意义之间的矛盾，也是文学创作中的常见现象。

【说明】《诉衷情》，又名《一丝风》。此调变体甚多，欧阳修词，为常用格式。双调小令，四十五字，六平韵。

好事近 初夏

〔宋〕蒋元龙

叶暗乳鸦啼〔1〕，风定老红犹落〔2〕。蝴
● 仄 仄 平 平 ○ 仄 仄 平 平 △ ○

蝶不随春去，入薰风池阁〔3〕。
仄 仄 平 平 仄 仄 ○ 平 平 △

休歌《金缕》劝金卮〔4〕，酒病煞如
○ 平 ○ 仄 仄 平 平 ● ● 仄 平

昨〔5〕。帘卷日长人静，任杨花飘泊。
△ ○ 仄 仄 平 平 仄 仄 ○ 平 平 △

【注释】〔1〕乳鸦：小鸦。 〔2〕风定句：《南史·谢贞传》载，谢贞八岁时作《春日闲居》诗，有句云“风定花犹落”，为王筠所激赏。 〔3〕薰风：南风。 〔4〕《金缕》：曲调名，唐人无名氏《杂词》有云：“劝君莫惜金缕衣，劝君须惜少年时。”金卮（zhī）：酒杯的美称。 〔5〕煞：很。

【评析】这首词写春末夏初时节的情景。词中所写的一切景象，都有那个季节的特点，丝丝入扣，移易不得。首句“暗”字，突出树叶的浓绿深密，残花无风自落，一片绿肥红稀的情形。蝴蝶乱飞，扑入亭台池阁，一点也不畏避人群。那正是一个“困人天气日初长”的日子，客人宿醉未醒，病恹恹地，昏沉沉地，对于主人的殷勤劝酒，懒得理睬，年光就在静悄悄中流过。他只有对四处飘泊的杨花有点怅触。这杨花既显示春夏季节的转换，又是自己游子身份的象征。全词由远景而

移到近景，再写到人，然后由人及景，人景合一，表现在那种时候游子的感慨，只是说得比较含蓄而已。

【说明】《好事近》，又名《钓船笛》、《倚秋千》、《翠圆枝》等。双调，四十五字，四仄韵，多用入声韵。每句倒数第二字用平声为宜。上下片末句句法多为上一下四。

忆秦娥 秋思

〔唐〕李 白

箫声咽，秦娥梦断秦楼月〔1〕。秦楼
○○△　○平●仄平平△　平平
月，年年柳色，灞陵伤别〔2〕。
△　○平●△　仄平平△

乐游原上清秋节〔3〕，咸阳古道音尘
●平○仄平平△　○平●仄平平
绝〔4〕。音尘绝，西风残照，汉家陵阙〔5〕。
△　平平△　○平○△　仄平平△

【注释】〔1〕箫声二句：《列仙传》载，秦穆公有女名弄玉，爱听萧史吹箫。后来弄玉嫁给萧史，日日学习吹箫，作凤鸣声。居数年，有凤凰来止。穆公作凤台，使萧史夫妇居住，后随凤凰仙去。秦楼即凤台。　〔2〕灞陵：汉文帝陵墓，在长安（今陕西西安）东。附近有灞桥，唐人于此折柳赠别。　〔3〕乐游原：乐游苑，在长安东南，与曲江同为汉唐游览名胜。　〔4〕咸阳：今属陕西省，在长安西北。　〔5〕汉家陵阙：汉代帝王陵墓多在长安四郊。阙，指陵墓前类似宫门牌楼的建筑。

【评析】此词气象萧森，声情悲壮。尤其是最后“西风残照，汉家陵阙”两句，王国维评云：“寥寥八字，遂关千古登临之口。”作为一首闺怨词，它给人的感觉是远远地超出了闺怨的范围。俞平伯认为这首词“盖中晚唐时人伤乱之作”，正是从此感觉得出的结论。全词的意思是这样的：呜咽的箫声，惊醒了少妇的好梦；窗外团团的明月，令她记起灞桥离别时伤心的情景。年年柳色青青，却不见伊人归来。想当年，清秋时节乐游原上，人们登高赏玩，何等繁华；如今爱人西去，音信全无，再也不能同车游览。登楼眺望，但见坟冢垒垒，静静伏卧在西风残照下的枯草丛中。上片写离情，下片咏秋望，风物盛衰、山河兴废之意，都蕴含在字里行间，所以感人。

【说明】《忆秦娥》，又名《碧云深》、《双荷叶》、《玉交枝》、《秦楼月》等。双调小令，四十六字，六仄韵，二叠韵，多用入声韵。叠韵句都叠上句的结尾三字。后人填此调，平仄多依李词，有些作者填此调平仄有出入者，又脱得离谱。今所注可平可仄处，均依龙榆生《唐宋词格律》，取执衷之义。上下片结句第一字，古代作手多用去声。此调变格甚多，也常有押平声韵的。

更漏子 本意

〔唐〕温庭筠

柳丝长，春雨细，花外漏声迢递[1]。
仄 平 平　平 仄 △1　○ 仄 ● 平 ○ △1

惊塞雁，起城乌，画屏金鹧鸪[2]。
○ 仄 仄　仄 平 ①　● 平 ○ 仄 ①

香雾薄，透帘幕，惆怅谢家池阁[3]。
平 ● △2　● 平 △2　○ 仄 ● 平 ○ △2

红烛背，绣帘垂，梦君君不知。
○ ● 仄　仄 平 ②　● 平 ○ 仄 ②

【注释】〔1〕漏声：此指打更击点的报时声。漏，古代计时器具。　〔2〕金鹧鸪：用金线绣的鹧鸪。鹧鸪，鸟名，性畏霜露，形似母鸡，叫声像是“行不得也哥哥”。　〔3〕谢家池阁：泛指女子居所。谢家，谢娘家，魏晋六朝时已有此称。

【评析】细雨霏霏，杨柳依依，词一开首就营造了一种缠绵沾滞的氛围，象征着思妇绵绵不断的情思。突然间，从远处越过花枝传来更鼓之声，它惊起了塞外的孤雁、城头的栖鸦，但是屏风上的鹧鸪却纹丝不动。因为塞雁与城乌都是有情之物，而鹧鸪则是绣在屏风上的，无情感，也无灵性。作为万物之长的人，尤其是一位怀春思妇，这更声是何等的令她思绪翻飞啊。这里“花外”之“花”，不过是点明春天罢了，并不一定漏声是从花外传来。塞雁、城乌、鹧鸪，也不一定全是实指。温庭筠作闺怨词，特别善用禽鸟点缀，或象征比拟，或营造氛围。今存十四首《菩萨蛮》词，六首《更漏子》词，分别用了雁、鹧鸪、雀、燕、鸂鶒、莺、凤凰等禽鸟，有取其对对双双之意者，有取其象征富贵之意者，简直可以说是有禽鸟情结。下片“香雾薄”表达夜深的意思，炉烟渐消，透出重帘，思妇在楼头叹息惆怅不已。她用东西遮起烛光，放下帘子，准备安睡，去做个梦儿，与爱人相见。但她这里无论怎样相思成梦，她的爱人也不一定会心灵感应。思者自思，徒劳无益。“别梦依稀到谢家”，古代女子在情爱生活中所分享到的，大多仅是一杯苦酒、一个别梦罢了。

【说明】《更漏子》，又名《付金钗》、《独倚楼》等。始于温庭筠，多咏夜间相思。双调，四十六字。上片两仄韵转两平韵，下片三仄韵转两平韵。上下片仄韵、平韵属不同韵部。下片首句也可不用韵。词中六字句的倒数第二字，唐宋词作品绝大多数为平声字。

荆州亭题柱

〔宋〕吴城小龙女

帘卷曲栏独倚，江展暮云无际。泪眼
○ 仄 仄 平 仄 △　○ 仄 ● 平 平 △　● 仄
不曾晴，家在吴头楚尾[1]。
仄 平 平　○ 仄 平 平 ● △
数点雪花乱委，扑漉沙鸥惊起[2]。诗
● 仄 仄 平 仄 △　● 仄 ○ 平 平 △　○
句欲成时，没入苍烟丛里。
仄 仄 平 平　● 仄 平 平 ○ △

【注释】〔1〕吴头楚尾：指江西地区。以长江而言，此处为吴地的上游、楚地的下游，如首尾相接，故称。　〔2〕扑漉（lù）：象声词。

【评析】据《冷斋夜话》载，黄庭坚登荆州亭，见亭柱上题有此词。入夜梦见一女子，说此词是她所作。醒后，黄庭坚说，她肯定就是吴城小龙女。细味词意，这首词似为一飘泊异乡的女子所作。孤身无依，对景伤怀，吟成此词。她卷上珠帘，独自倚立栏杆，纵目远望，但见冻云暗暗，无边暮色苍苍茫茫，不禁悲从中来，簌簌地泪如雨下。说“不曾晴”，可见其哀痛之深，也许是经常如此的吧！这是思乡之泪，思亲之泪，是对目前处境不如意的伤心之泪。这时雪花又飞舞起来，惊起了栖息的沙鸥，扑楞楞地向远处飞去，被沉沉的暮霭所吞没。自由自在的飞禽令她产生了一种人不如鸟的感慨。在万般惆怅伤感中，她写下了这首小词。下片并未出现女子主观情感的描写，但处处给读者以如见其人的感觉。这是因为有了上片铺垫的缘故。

【说明】《荆州亭》，又名《江亭怨》。《花庵词选》作《清平乐令》，但与此调格式不合，而与《昭君怨》有点近似。但《昭君怨》上下片结句均为三字句，且全词用平仄韵转换格。双调，四十六字，上下片平仄、句式同，各三仄韵。

清平乐 晚春

〔宋〕黄庭坚

春归何处，寂寞无行路。若有人知春
○平○△　●仄平平△　●仄○平平
去处，唤取归来同住。
仄△　●仄○平○△

春无踪迹谁知，除非问取黄鹂[1]。百
○平○仄平◎　○平○仄平◎　●
啭无人能解，因风吹过蔷薇。
仄○平○仄　○平○仄平◎

【注释】〔1〕黄鹂：黄莺，常于春夏间啼鸣。

【评析】宋代话本《京本通俗小说·碾玉观音》的入话，提出这样一个问题：春天是怎么来的，谁送来的？春天又是怎样走的，谁带走的？其中举了十几首诗词。在这送来带走的名单中，有东风、风雨、蝴蝶、蜜蜂、黄莺等等。本来春去秋来，乃是自然规律，谁也无法改变。可是，春天总是美丽的，所以，为人们所依恋。对于春天的无可奈何的逝去，世人每每深感惋惜。这首词可说是惜春之士的代言。词的上片是问，明知无人可答，还是要问，表达了人们对春天的执着追求。下片是聊作解答，其实也是等于不答。只因为太执着了，所以有一点不着边际的回答，也算是聊胜于无吧。黄鹂能知道春天的踪迹，可是它整天啼鸣诉说，无人能够领会。黄鹂只能乘风独自去追踪春天的脚步，飞去了。也许正是黄鹂驮着春天飞去的呢。全词大有“无可奈何花落去”的况味，但格调明快，不像晏殊词那么低回缠绵。而构思的新颖、想象的奇特，则是此词为人们所激赏的主要原因。

【说明】《清平乐》，又名《清平乐令》、《忆萝月》、《醉东风》。双调，四十六字。上片四仄韵，下片三平韵。

误佳期 闺怨

〔清〕汪懋麟

寒气暗侵帘幕，孤负芳春小约。庭梅
平 仄 ● 平 平 △　○ 仄 ○ 平 仄 △　平 平
开遍不归来，直恁心情恶[1]。
平 仄 仄 平 平　仄 仄 平 平 △
独抱影儿眠，背看灯花落。待他重与
● 仄 仄 平 平　● 仄 平 平 △　仄 平 平 仄
画眉时[2]，细数郎轻薄。
仄 平 平　仄 仄 平 平 △

【注释】〔1〕直：竟然。 恁（rèn）：这样，如此。 〔2〕画眉：汉代张敞曾为妻画眉，后因用为夫妻恩爱的典故。

【评析】这首词写思妇春寒独宿无聊，对爱人又想又恨的情态。首句点出春天乍暖还寒的气候特点，但主要是对思妇孤独冷清心境的烘托。爱人负约不来，使她望眼欲穿，百无聊赖。俯看庭中梅花已经开遍，可是春归人未归，心情自然很坏。凄凄凉凉的她只能抱影独眠，辗转反侧，无法安睡。她翻过身来，见灯花坠落，不禁又按捺不住心中的喜悦。因为古人认为灯花结蕊，是个好兆头；她自然地联想到爱人就将归家。当然，“背看灯花落”也可以解释成为夜深了，灯花已落，说明她悠思之长。说“背看”，是因为她是面朝里睡的，背着烛光。她想象着爱人归来后恩爱亲昵的情景：他对自己奉承安抚，自己则佯怒薄嗔，又爱又恨，又怨又喜；这就活脱脱地画出了小夫妻俩久别重逢的旖旎风情。全词刻画思妇心理，入木三分。

【说明】此调最早见于明人杨慎《升庵长短句》，《词律》附载于《竹香子》后，云："查旧词无此体，或升庵自度……因其前段与此《竹香子》同，附录于卷。"双调，四十六字。上片三仄韵，下片二仄韵。字下可平可仄据杨慎词校定。

阮郎归 春景

〔宋〕欧阳修

南园春半踏青时[1]，风和闻马嘶。青
○平平仄仄平◎　○平○仄◎　○

梅如豆柳如眉，日长蝴蝶飞。
平平仄仄平◎　●平○仄◎

花露重，草烟低，人家帘幕垂。秋千
平仄仄　仄平◎　○平○仄◎　○平

慵困解罗衣，画堂双燕栖。
○仄仄平◎　●平○仄◎

【注释】〔1〕南园：泛指园圃。晋代张协《杂诗》之八："借问此何时，南园蝴蝶飞。" 踏青：春日郊游。

【评析】本词作者一作南唐冯延巳，又作北宋晏殊。词写三月艳阳春景，一片太平盛世气象。清明前后，人们纷纷去城外踏青。和煦的春风微微吹动，骏马在芳草地上奔驰嘶叫，热闹非凡。"青梅"两句更是点出了暮春的特有景物风光。而比喻的新颖贴切，使人有身临其境的感觉。上片以人起景结，下片则以景起，句意联绵如卷帘。"花露重，草烟低"，一切都显得那么滋润，充满了生机。家家珠帘低垂，说明人们都出门赏春去了。姑娘们荡过秋千之后脱下外衣，娇娇的，怯怯的，倦倦的。"慵困"两字，将少女的娇憨之态活现纸上。她们玩罢归来，只见燕子双双归巢，栖息在美丽的厅堂雕梁上。空气中充满了宁静甜美的气息，景美，人也美。

【说明】《阮郎归》，又名《醉桃源》、《碧桃春》、《宴桃源》。刘义庆《幽明录》载，刘晨、阮肇入天台山采药，进桃源洞，遇二仙女，留住半年。后归家，已经历七世。词牌得名由此。双调，四十七字，上下片各四平韵。下片第一、第二句多为三字对句。又上下片的结句最后三字，大多为“平仄平”格式。

画堂春本意

〔宋〕黄庭坚

东风吹柳日初长，雨余芳草斜阳。杏
○平○仄仄平◎　●平○仄平◎　●
花零落燕泥香，睡损红妆。
平○仄仄平◎　●仄平◎

宝篆烟销龙凤[1]，画屏云锁潇湘[2]。
●仄○平○仄　●平○仄平◎
夜寒微透薄罗裳，无限思量。
●平○仄仄平◎　○仄平◎

【注释】〔1〕宝篆：盘香。　龙凤：龙凤形（的盘香）。〔2〕潇湘：泛指今湖南地区。

【评析】词面是一幅仕女春睡图。春天里，白昼随着柳丝渐渐加长，雨后斜阳，照着青青芳草，清新而富有诗意。杏花随风飘落，化作春泥，使泥土也带有杏花的芳香。而这香泥又被燕子衔去筑巢。“谁家新燕啄春泥”，即是此景。词句比白居易的诗句写得更美，色香味俱全。但它的真正出处是温庭筠的《菩萨蛮》词：“雨后却斜阳，杏花零落香。”不过，温词少了春天的信使——燕子。在这样美丽的春天里，一个女子春睡恹恹，把着意打扮的粉脸也“睡损”了。损，含有娇慵、脂粉白一块红一块、头发蓬松等意象。她睡得时间太久了，以至于盘香已烧尽，香烟消散，到夜来就再也无法入睡。娇眼四顾，只见屏风上绣的潇湘山水图，云烟朦胧。这里也许是一种暗示：她的爱人大概去了那儿了，令她忆念不止。夜寒袭人，侵入薄薄罗衫，沁人肌骨。她只得斜倚绣床，千万遍地想呀想。美丽的春光，凄凉的意绪，形成上下片鲜明的对照。而选韵的悠扬，增加了全词的缠绵之意，如春天的游丝般的轻柔，袅袅不绝。

【说明】《画堂春》，又名《万峰攒翠》。双调，四十七字，上片四平韵，下片三平韵。下片第一、二两句，较多用对仗句。

摊破浣溪沙 秋恨

〔南唐〕李 璟

菡萏香销翠叶残〔1〕，西风愁起绿波
● 仄 平 平 仄 仄 ◎ ○ 平 平 仄 仄 平

间。还与韶光共憔悴〔2〕，不堪看。
◎ ○ 仄 ○ 平 仄 平 仄 仄 平 ◎

细雨梦回鸡塞远〔3〕，小楼吹彻玉笙
● 仄 ● 平 平 仄 仄 ● 平 ○ 仄 仄 平

寒〔4〕。多少泪珠何限恨，倚阑干。
◎ ○ 仄 ● 平 平 仄 仄 仄 平 ◎

【注释】〔1〕菡萏（hàn dàn）：荷花。　〔2〕韶光：春光。〔3〕鸡塞：即鸡鹿塞，在今内蒙古境内磴口西北哈萨格峡谷口。东汉时窦宪曾率军出鸡鹿塞与南匈奴交战，获胜后登燕然山勒石记功而还。此泛指边塞。　〔4〕彻：大曲的最后一遍。吹彻意谓吹到最后一曲。　玉笙寒：吹笙久了，簧片潮润，所以说"寒"，不合律，需用微火烘炙。

【评析】这首词写思妇怀念远出从军的征夫。词意很凄苦，使人不堪卒读。这应该是一个秋天的薄暮。池塘里荷花已经凋谢，香销翠减，败荷零乱。西风吹动池水，绿波荡起，一片萧瑟的景象。"愁起"之"愁"，是思妇的主观情感，水波是无所谓愁与不愁的。宋玉《九辩》"悲哉秋之为气也"，秋天是肃杀的，引起愁人的悲叹。这位思妇感到大自然的萧败气象，正是自己年华老去的写照。面容的憔悴、心灵的憔悴与外界合而为一，所以她“不忍看”，无法面对。她为谁憔悴为谁愁呢？原来她的爱人远在边关驻防，只得做个好梦与爱人相见，然而这好梦被阴冷的绵绵秋雨滴碎了，因此感到无限惆怅。她无聊地捧起玉笙吹奏，吹了一遍又一遍，以排遣心头的寂寞。笙簧寒，心更寒，不由得将相思化作一腔伤心热泪。恨，这里应作悲痛解。她无奈地独倚栏杆，默默思念。上片侧重写景，景中有情；下片侧重抒情，情中带景。词中对人物的一系列举动的描写无不与人物心灵相应。“细雨梦回鸡塞远”是点睛之笔，贯穿全词，所以一向为后人称道。

【说明】此调本名应作《山花子》，双调小令，四十八字，上片三平韵，下片两平韵；五代时即已出现。宋人认为它是《浣溪沙》的变体，所以改名为《摊破浣溪沙》。从严格意义上说，这不是“摊破”，而是添声或添字。“摊破”的“意思是将某一个曲调，摊破一二句，增字衍声，另外变成一个新的曲调，但仍用原调名”（见施蛰存《词学名词释义》）。例如将《浣溪沙》上下片的第三句（七字句）改成四字、五字各一句，成四五句式，而这首词是上下片分别增加了一个三字句。《浣溪沙》，历代词人使用极多，兹举晏殊词一首并附格律如下：

一曲新词酒一杯，去年天气旧亭台。夕阳西下
● 仄 ○ 平 ● 仄 ◎　● 平 ○ 仄 仄 平 ◎　◎ 平 ○ 仄

几时回。
仄 平 ◎

无可奈何花落去，似曾相识燕归来，小园香径
○ 仄 ● 平 平 仄 仄　● 平 ○ 仄 仄 平 ◎　● 平 ○ 仄

独徘徊。
仄平◎

其中下片第一、第二句，多用对仗。

人月圆 有感

〔金〕吴激

南朝千古伤心事，还唱后庭花[1]。旧
○平○仄平平仄　○仄仄平◎　●

时王谢，堂前燕子，飞向谁家[2]。
平○仄　平平仄仄　○仄平◎

恍然一梦，天姿胜雪，宫鬓堆鸦。江
●平●仄　○平●仄　○仄平◎　○

州司马，青衫泪湿，同是天涯[3]。
平○平　平平仄仄　○仄平◎

【注释】〔1〕南朝二句：唐杜牧《泊秦淮》诗："烟笼寒水月笼沙，夜泊秦淮近酒家。商女不知亡国恨，隔江犹唱后庭花。"南朝，指先后建都于金陵（今江苏南京）的六个皇朝：东吴、东晋、宋、齐、梁、陈。后庭花，即《玉树后庭花》，乐曲名。据说是南朝最后一个亡国之君陈后主所作。　〔2〕旧时二句：唐刘禹锡《乌衣巷》诗："朱雀桥边野草花，乌衣巷口夕阳斜。旧时王谢堂前燕，飞入寻常百姓家。"王谢，东晋时两个世家大族，曾是支持东晋皇朝建立和发展的重要力量，门第显赫。　〔3〕江州三句：唐元和十一年（816）秋，白居易在贬谪地九江送别友人，听到一个琵琶女的演奏，写下长诗《琵琶行》，表达了身世沦落之感，其中有句云："同是天涯沦落人，相逢何必曾相识。""座中泣下谁最多，江州司马青衫湿。"江州，今江西九江。司马，官名，州郡地方长官属下的武职佐吏。青衫，唐代文官八、九品的服色。

【评析】关于此词有一则掌故：据刘祁的《归潜志》记载，曾先后奉使赴金国被留任职的吴激与宇文虚中等人，一次在宴会上见到一个侍儿在吹笛劝酒。打听之下，方知她是赵宋宗室之女。众人都十分感慨，纷纷作词题咏。在这些作品中，以吴激这首《人月圆》为第一。作者以天衣无缝的手段，巧妙地将前人诗句组合入词，非常贴切自然，句句似从自己胸臆中流出，毫无生涩感。其次，全词把眼前情景、家国之恨、身世之感等诸多内容，融入短短四十八字之中，简括凝炼，尤见巧思。首两句点明歌女身份，并布下全词悲凉的基调。“旧时”两句写世家王族的衰落，进一步说明歌女的来历。这位沦落女子其实连王谢堂前的燕子还不如。燕子虽飞入寻常百姓家，但不失自由身；而如今她却成了供人驱使的奴隶，与昔年荣华对比，真有霄壤之别。下片的“恍然一梦”，过渡得略无痕迹，一气直下。作者先写歌女的姿容打扮，但浓脂重粉却掩饰不住她内心的忧伤。自然，这身世、这情绪深深感染了作者，触动了自身的伤心之处，随后，“同是天涯沦落人”，“江州司马青衫湿”的内心痛苦，一下子就迸发出来了。在座诸公，大多处于同一境地，相对唏嘘的场面当是非常感人的。

【说明】《人月圆》，又名《青衫湿》。双调，四十八字，上下片各两平韵。

桃源忆故人 冬景

〔宋〕秦 观

玉楼深锁多情种[1]，清夜悠悠谁共。
● 平 ○ 仄 平 平 △　○ 仄 ○ 平 平 △
羞见枕衾鸳凤，闷则和衣拥。
○ 仄 ● 平 平 △　● 仄 平 平 △
无端画角严城动[2]，惊破一番新梦。
○ 平 ● 仄 平 平 △　○ 仄 ● 平 平 △
窗外月华霜重，听彻梅花弄[3]。
○ 仄 ● 平 平 △　● 仄 平 平 △

【注释】〔1〕多情种：其他各本均作“薄情种”，唯《白香词谱》作“多情种”。〔2〕无端：没来由。严城：古代戒夜称严，严城就是戒夜的城池。〔3〕彻：大曲的最后一遍。梅花弄：乐曲名，有《大梅花》、《小梅花》等，一曲称一弄。

【评析】这首词写冬夜一位思妇的幽怨。首两句写爱人离家后，思妇孤栖高楼深院，漫漫长夜，冷清凄凉，无人可与消此长夜。她见了枕头上、被儿上绣的成双作对的鸳鸯、凤凰，油然而起人不如鸟的感叹。这种以禽鸟的和合双飞来反衬思妇孤单寂寞的手法，在旧诗词中屡见不鲜，但这里妙在接了一句“闷则和衣拥”，将思妇恹恹无聊的情状描绘了出来，联结自然。这一句既照应了上片的全部内容，又开启了下片，是全词的关锁。“和衣拥”的结果自然是朦胧地做了一个好梦，大概是梦见伊人了吧，但又被城头的号角声惊醒了。画角是角的美称。她睡意全消，凄凄地望着窗外一轮皓月，遍地浓霜，听着寒夜中传来的《梅花弄》曲调。听彻，正说明她此后彻夜难眠，相思无限。下片意境似从本书所收李璟《摊破浣溪沙》“细雨梦回鸡塞远，小楼吹彻玉笙寒”化出。

【说明】《桃源忆故人》，又名《虞美人影》、《杏花风》、《胡捣练》等。双调，四十八字，上下片各四仄韵。

眼儿媚 秋闺

〔明〕刘 基

萋萋芳草小楼西，云压雁声低。两行
○ 平 ○ 仄 仄 平 ◎　○ 仄 仄 平 ◎　● 平
疏柳，一丝残照，万点鸦栖[1]。
○ 仄　● 平 ○ 仄　● 仄 平 ◎
春山碧树秋重绿[2]，人在武陵溪[3]。
○ 平 ● 仄 平 平 仄　○ 仄 仄 平 ◎
无情明月，有情归梦，同到幽闺。
○ 平 ○ 仄　● 平 ○ 仄　○ 仄 平 ◎

【注释】〔1〕一丝二句：宋秦观有《满庭芳》词："斜阳外，寒鸦数点，流水绕孤村。"乃从隋炀帝诗"寒鸦千万点，流水绕孤村"中化出。　〔2〕春山句：南朝齐谢朓《酬王晋安》："春草秋更绿，公子未西归。"　〔3〕武陵：今湖南常德。武陵溪是东晋陶渊明所作《桃花源记》中桃花源的所在地。

【评析】这首词抒写思妇秋日怀人的情愫。上片为思妇目中所见秋景，景中含情。首句标明思妇的住处，隐寓思归人之意。《楚辞·招隐士》："王孙游兮不归，春草生兮萋萋。"次句"压"字，给人以天低云沉的压抑感。哀雁低鸣，令她想到自身的孤单。接着用三句四字句，大力渲染秋天萧瑟景象。"多情自古伤离别，更那堪、冷落清秋节"，思妇对着疏柳夕阳，点点寒鸦，真是难以为怀了。下片首句既是对上片首句的回应，兼引发下文。思妇的爱人远在武陵溪畔，是桃花源仙境所在地。由桃花源可以联想到刘晨、阮肇所到的桃源洞。她的爱人会不会移情别恋而不归呢？她当然不愿意继续再往下想。她睡了，多情的郎君将随着明月一起归来，走入思妇的梦境。说明月无情，是因为月儿不管人间的悲欢离合，长向别时圆。

【说明】《眼儿媚》，又名《秋波媚》。双调，四十八字，五平韵。

贺圣朝 留别

〔宋〕叶清臣

满斟绿醑留君住〔1〕，莫匆匆归去。三
● 平 ● 仄 平 平 △ 仄 平 平 平 △ ○
分春色二分愁，更一分风雨。
平 ○ 仄 仄 平 平 仄 ● 平 平 △

花开花谢，都来几许〔2〕，且高歌休
○ 平 ○ 仄 ○ 平 ● △ 仄 平 平 平
诉。不知来岁牡丹时，再相逢何处？
△ ● 平 ○ 仄 仄 平 平 仄 平 平 平 △

【注释】〔1〕醑（xǔ）：美酒。　〔2〕都来：总来，犹“算来”。

【评析】这首词应是在饯别友人宴席上的即景之作。全词明快流转，不作儿女哽咽情态，但深厚的友情、依依惜别的情感仍流寓笔底。词一开首，即大有“劝君更尽一杯酒，西出阳关无故人”之慨。三、四句直接言愁，可见离愁还是掩饰不住。雨丝风片，原为春天的气候特点，如“十日雨丝风片里”。用在这里，是离愁的象征，因为春天的风雨，密密的，酥酥的，细细的，与离愁有着某些共通之处。下片是强作解语，人生离多合少，犹如这春光，一年好景就不过这几天，应抓住这春光尽情享受。离别在即，相见无期，且高歌一醉，莫言离愁。虽然如此，仍流露出浓重的惜别情怀。这是强忍着离恨的欢笑，是按下心头忧愁的故作旷达之语。词中“三分春色”二句似可稍加注意。我们的古人似乎很喜欢将自然景色划成等分，如唐人徐凝的《忆扬州》：“天下三分明月夜，二分无赖是扬州。”苏轼《水龙吟》：“春色三分，二分尘土，一分流水。”其实都是诗人借景抒情而已。

【说明】《贺圣朝》，有四十七字、四十八字、四十九字诸体，又有押平韵、仄韵两种。此为双调，四十九字，上下片各三仄韵。上下片的五字句，多为上一下四句式，且第一字多用去声。

柳梢青 纪游

〔清〕朱彝尊

障羞罗扇，花时犹记，者边曾见〔1〕。
● 平 平 △　○ 平 ○ 仄　● 平 平 △
曲录阑干〔2〕，玲珑窗户〔3〕，也都寻遍。
● 仄 平 平　○ 平 ○ 仄　● 平 平 △
两峰依旧青青，但不比、眉梢平远。
● 平 ○ 仄 平 平　仄 ● 仄　○ 平 ○ △
第一难忘，重来崔护，去年人面〔4〕。
● 仄 平 平　○ 平 ○ 仄　● 平 平 △

【注释】〔1〕者边：这边。　〔2〕曲录：刻木成曲折形。〔3〕玲珑：指窗格雕成花形图案空明透亮的样子。　〔4〕重来二句：唐人孟棨《本事诗》载，诗人崔护，清明日往都城南郊踏青，酒渴，向一村女求饮。村女开门纳崔进室，送以杯水。女美，眉目含情。崔归，明年清明复往，门墙如故，然女已锁门他往。崔怅然，题诗于门："去年今日此门中，人面桃花相映红。人面不知何处去，桃花依旧笑春风。"

【评析】这也许是一首怀念昔日情人的作品。情人是谁，不得而知。他们曾在某年的春日相会过，他们曾一起倚着曲栏倾诉衷肠，曾在雕花窗下喁喁而语；她手执团扇，轻掩朱唇，脸上红潮滚滚。如今旧地重游，旧踪寻遍，却"人面不知何处去"。远山依然青青，像她的蛾眉，哦不，远山怎及她双眉秀长含情。他对她的思念是那么铭心刻骨，终身难忘。这景象仿佛就是崔护当年“桃花人面”故事的重演。词通篇在带着苦涩滋味的回忆中展开，一往情深。

【说明】《柳梢青》，又名《早春怨》、《玉水明沙》、《云淡秋空》、《陇头月》等。双调，有押平仄韵两种，均四十九字。此为押仄声韵者，上片三仄韵，下片两仄韵。上片第四第五句，多用对仗。下片首句也有用韵的。第二句于第三字逗，且这三字多为衬字；且于第六字（平）多用去声。《柳梢青》平韵格式为常用正格，兹举宋人秦观一首，并标平仄如下（其中对偶、逗衬、用去声的情况与仄韵式同）：

岸草平沙，吴王故苑，柳袅烟斜。雨后轻寒，
●仄平◎ ○平●仄 仄仄平◎ ●仄平平

风前香细，春在梨花。 行人一棹天涯，酒醒
○平○仄 ○仄平◎ ○平●仄平◎ 仄●

处、残阳乱鸦。门外秋千，墙头红粉，深院谁家。
仄 平平仄◎ ○仄平平 ○平○仄 ●仄平◎

词中“轻”字、“残”字、“门”字、“秋”字，也可用入声字。

西江月 佳人

〔宋〕司马光

宝髻松松挽就[1]，铅华淡淡妆成[2]。
● 仄 ○ 平 ● 仄 ○ 平 ● 仄 平 ◎
红烟翠雾罩轻盈，飞絮游丝无定[3]。
○ 平 ● 仄 仄 平 ◎ ○ 仄 ○ 平 ○ △
相见争如不见[4]，有情何似无情[5]。
○ 仄 ○ 平 ● 仄 ● 平 ○ 仄 平 ◎
笙歌散后酒微醒，深院月明人静。
○ 平 ● 仄 仄 平 ◎ ○ 仄 ● 平 ○ △

【注释】〔1〕宝髻：古代妇女梳的一种发型。 〔2〕铅华：搽脸的粉。 〔3〕游丝：飘动着的虫丝。 〔4〕相见句：李白《相逢行》："相见不相亲，不如不相见。" 〔5〕有情句：杜牧《赠别》："多情却似总无情，唯觉尊前笑不成。"

【评析】这首词写得很香艳，情致缠绵，因此很多人都怀疑它是否出于古板、方正的司马光之手。实际上在历史的长河中，一些忠贞刚节之士作艳词的也并不鲜见，"无情未必真豪杰"，唯真性情中人方能称君子。不过就这首词来说，也未必就能见出司马光的真性情，可能是他在宴席上逢场作戏的赠妓之作，开开玩笑，如此而已；后人读它，无须太认真，更不必去为他辩护。全词围绕一位歌舞妓展开。她薄施脂粉，淡扫蛾眉，松松地挽一个云髻，显出天然丽色。她跳着转着舞着，如一团烟、一团雾，轻盈婀娜，又似飞絮游丝般飘忽不定，神龙见首不见尾。面对这美景佳人，作者感动了，沉醉了，消魂了，真是不见可欲心不动，想想还是没见到这场景为好；又一想，自己如果无爱欲之心，漠然置之，也未必有此烦恼，有情怎及得上无情的心定气闲。“菩提本无树，明镜亦非台。本来无一物，何处惹尘埃。”但要做到心中空空，又谈何容易！酒阑人散，他还在庭院中徘徊，思想着刚才的一幕。可见“相见争如不见，有情何似无情”，也排遣不了他心中的耿耿忆念。我以为这下片全是调侃语，是变了花样在向舞女说奉承话。

【说明】《西江月》，又名《白蘋香》、《步虚词》、《江月令》、《壶天晓》等。双调，五十字。上下片各两平韵，结句各叶一仄韵，平、仄韵属同一韵系。上下片的第一、二两句多为对偶句。上下片结句第五字虽然可平可仄，但多数作者用平声字。

惜分飞 本意

〔宋〕毛 滂

泪湿阑干花著露〔1〕，愁到眉峰碧
●仄平平平仄△　　○仄平平仄
聚〔2〕。此恨平分取，更无言语空相觑〔3〕。
△　●仄平平△　●平平仄平平△
断雨残云无意绪〔4〕，寂寞朝朝暮暮。
●仄平平平仄△　●仄平平仄△
今夜山深处，断魂分付潮回去。
○仄平平△　●平平仄平平△

【注释】〔1〕阑干：指泪流纵横的样子。　〔2〕愁到句：张泌《思越人》："东风澹荡春无力，黛眉愁聚春碧。"　〔3〕觑（qù）：凝视。　〔4〕断雨残云：语意双关，一指景，一指男女欢爱。宋玉《高唐赋序》谓楚怀王游高唐，昼寝，梦见一女子。王因幸之，女子离去时说："妾在巫山之阳，高丘之阻。旦为朝云，暮为行雨；朝朝暮暮，阳台之下。"

【评析】此词《宋六十名家词》题作《富阳僧舍作别语赠妓琼芳》，说明它是一首赠妓的留别之作。词开首从对面落笔，写琼芳的泣别愁情。泪湿句令人想到白居易《长恨歌》中的"梨花一枝春带雨"，哀美动人。琼芳的哀啼说明两人平昔情爱之深，所以接下去说"此恨平分取"，你一半，我一半，作者也是悲恸欲绝，他俩当然是"执手相看泪眼，竟无语凝咽"。上片写别时之悲，下片则写别后之悲。含愁独去，此后"纵有千种风情”，也总是无情无绪的，朝朝暮暮，寂寞无聊。瞻念前程，山店野宿，只能将一片愁心，寄托于潮水，让它回到琼芳的身边，反过来去安慰她的寂寞。这是由己及人的写法，设想对方仍然沉浸在离别的哀伤之中。作者似乎对这段旧情一直不能忘怀，以致在迟暮之年重经富阳时，又作《菩萨蛮》词寄慨，词云：“春潮曾送离魂去，春山曾见伤离处。老去不堪愁，凭栏看水流。东风留不住，一夜檐前雨。明日觅春痕，红疏桃杏村。”首句直接《惜分飞》结句。梦断香消，伤心春水，也只能付之无可奈何了。

【说明】《惜分飞》，又名《惜芳菲》、《惜双双》等。双调，五十字，上下片各四仄韵。毛滂此词上下片末句第四字“语”字、“付”字也均叶韵，可是无严格规定。

南歌子 闺情

〔宋〕欧阳修

凤髻金泥带〔1〕，龙纹玉掌梳〔2〕。去来
● 仄 平 平 仄 平 平 仄 仄 ◎ ● 平
窗下笑相扶，爱道画眉深浅入时无〔3〕？
○ 仄 仄 平 ◎ ● 仄 ● 平 ○ 仄 仄 平 ◎
弄笔偎人久，描花试手初。等闲妨了
● 仄 平 平 仄 平 平 仄 仄 ◎ ● 平 ● 仄
绣工夫〔4〕，笑问鸳鸯两字怎生书〔5〕？
仄 平 ◎ ● 仄 ○ 平 ● 仄 仄 平 ◎

【注释】〔1〕凤髻：发髻梳成凤凰式。 金泥带：用屑金为饰制成的束带。 〔2〕龙纹句：用玉制成刻着龙的花纹的掌形梳子，插于发髻。 〔3〕画眉深浅入时无：语本唐朱庆馀《近试上张水部》诗："洞房昨夜停红烛，待晓堂前拜舅姑。妆罢低声问夫婿，画眉深浅入时无？"入时无，合时吗。 〔4〕等闲：白白地。 〔5〕怎生：怎么。

【评析】此词一说是僧仲殊（即张挥）作。这是一首艳词，刻画新嫁娘的憨态。那是一位梳着凤髻、用泥金带绾着头发、发髻上插着龙纹玉掌梳的天真少妇，她来来去去，娇笑着拉着夫婿的手，含情脉脉地问道："我这打扮合不合时代新潮？"烂漫之态，旖旎风光，尽在其中。她久久地依偎在夫婿身边，又是写字，又是绣花，又是情话绵绵，结果一事无成，白浪费了时间，把刺绣这正事也给耽误了。可她还是像饴糖似地

黏着丈夫，笑盈盈地提笔问道："这'鸳鸯'两字怎么个写法？你教教我嘛！"情态传神，我们仿佛见到一对新婚夫妇缠绵心喜的样子。词上片写态，下片写情，都能曲尽其妙。

【说明】《南歌子》，又名《十爱词》、《水晶帘》、《南柯子》、《望秦川》、《风蝶令》等。任二北《唐声诗》以为《南歌子》是唐人饮筵行令间所用之著词，配合短歌小舞。此词牌有单调双调和平韵仄韵各体。宋人多用双调，五十二字，上下片各三平韵。上下片首两句例用对仗；结句多为上二下七或上六下三句式。

醉花阴 重九

〔宋〕李清照

薄雾浓云愁永昼，瑞脑消金兽[1]。佳
● 仄 ○ 平 平 仄 △ ● 仄 平 平 △ ○

节又重阳，玉枕纱厨[2]、昨夜凉初透。
仄 仄 平 平 ● 仄 平 平 ● 仄 平 平 △

东篱把菊黄昏后[3]，有暗香盈袖。莫
○ 平 ● 仄 平 平 △ 仄 仄 平 平 △ ●

道不销魂，帘卷西风、人比黄花瘦。
仄 仄 平 平 ○ 仄 平 平 ○ 仄 平 平 △

【注释】〔1〕瑞脑：又名龙瑞脑，香料。 金兽：铜制兽形香炉。 〔2〕纱厨：纱帐。 〔3〕东篱句：陶潜《饮酒》诗："采菊东篱下，悠然见南山。"后因以东篱为种菊、赏菊的地方。

【评析】此词向负盛名，这与一段流传的文坛佳话有关。据元人伊士珍《琅嬛记》载，李清照重阳节写了这首《醉花阴》，寄给她丈夫赵明诚。赵叹赏不已，自愧弗如，但又不甘心，就废寝忘食三天三夜，写了五十首《醉花阴》，并将它与李清照的原作夹杂在一起，拿给友人看。友人再三诵读这五十一首《醉花阴》后说："其中只有三句极佳。"赵问是哪三句，友人说："莫道不消魂，帘卷西风，人比黄花瘦。"正是李清照所作。黄花，就是菊花。唐人司空图《诗品》云："落花无言，人淡如菊。"李词结尾三句恰恰道出了清高淡雅、多愁善感、为思念爱人而憔悴的词人自我形象，所以得到赵明诚友人的激赏。这首词可以说是词人在向出门在外的爱人报告自己重阳节一天的生活与感受。白天，愁绪如烟如雾，与炉香一起袅袅空际。第一句的“永”字与次句的“消”字相应，说明她是长时间地处在一种悠悠思念的心态中。昨夜的秋寒沁人肌骨，直钻入卧室纱帐，心绪与气候一样凄清，使她在枕上辗转难眠。今晚她独自一人去东篱赏菊，幽香阵阵，惹满衣袖。因为是“把菊”，所以这里说“盈袖”。我国古代有重阳节赏菊、插菊、饮菊花酒的习俗，但此时此地，一人冷冷清清、孤孤单单的，插了菊花给谁看？又与谁共饮呢？想到这里，不觉悲从中来，因此就有了“莫道不消魂”这三句。消魂，就是为离别而感伤。帘卷西风就是西风卷帘。景与情都融合在这三句中间。

【说明】《醉花阴》，双调，五十二字，上下片各三仄韵。

浪淘沙 怀旧

〔南唐〕李 煜

帘外雨潺潺[1]，春意阑珊[2]，罗衾不耐五更寒。梦里不知身是客，一晌贪欢[3]。

○仄仄平◎　○仄平◎　○平●仄仄平◎　●仄●平平仄仄　●仄平◎

独自莫凭栏，无限江山，别时容易见时难。流水落花春去也，天上人间。

●仄仄平◎　○仄平◎　●平○仄仄平◎　○仄●平平仄仄　○仄平◎

【注释】〔1〕潺（chán）潺：雨声。　〔2〕阑珊：将尽。〔3〕一晌（shǎng）：片刻。

【评析】此词写于作者被俘入北宋京都之后。一个丢掉了江山的亡国之君，寄身于敌国皇帝的卧榻旁边，成为刀俎上随时可被宰割的肉，处境是极为危险而可悲的。他一方面忘不了昔日花团锦簇、车水马龙的繁华生活，一方面又不得不面对凄惨屈辱的残酷现实，发为诗词，真可以说是字字血泪。这首词确实写得很伤感，当时一些稍有心肝的旧臣听了，无不泣下。词一开始就写出了令人感伤的环境，帘外是淅淅沥沥的春雨，一滴滴，一声声，滴碎了词人的心。春天快要过去了，到天快亮时，寒意袭人，被儿内没有一丝热气，冻醒了他刚才做的好梦。他大概是梦见了自己做小朝廷国君时的欢乐日子了吧，可是上天连这点点快意也给得那么吝悭，仅片刻功夫就梦破影无了。他感到难堪，就起身倚栏独眺，但还是触目生愁，想起故国的万里江山，自从仓皇辞庙北上之后，就再也难返家园，永无见期了。这江山、家园、昔日的繁华都像落花流水一样，随着春天远去了，再也无法追回。词以片刻的仅是梦中的欢乐来反写眼前的悲哀，形成极为强烈鲜明的对照，使人不堪卒读。五代张泌《浣溪沙》词云："天上人间何处去，旧欢新梦觉来时。"可以帮助我们理解这首词的意境。

【说明】《浪淘沙》，又名《卖花声》、《过龙门》。原为七言绝句，至五代时始成双调小令，五十四字，上下片各四平韵，多作激越凄壮之音。

鹧鸪天 别情

〔宋〕聂胜琼

玉惨花愁出凤城[1]，莲花楼下柳青青。
●仄平平●仄◎　○平○仄仄平◎

尊前一唱阳关曲[2]，别个人人第五程[3]。
○平●仄平平仄　●仄平平●仄◎

寻好梦，梦难成，有谁知我此时情。
平仄仄　仄平◎　●平○仄仄平◎

枕前泪共阶前雨，隔个窗儿滴到明。
●平●仄平平仄　●仄平平●仄◎

【注释】〔1〕凤城：春秋时，秦穆公女弄玉学吹箫作凤鸣声，有凤来降，因号其城为丹凤城。后称国都为凤城。　〔2〕阳关曲：送别之曲。唐王维《送元二使安西》诗："劝君更尽一杯酒，西出阳关无故人。"　〔3〕人人：对亲昵者的称谓。　第五程：极言路程遥远。

【评析】这首词有一段本事：礼部属官李之问因任职期满来到京城改官，遇见名妓聂胜琼，非常喜爱。不久李将出京，胜琼送别，饯饮于莲花楼，唱了一首词，词的末句是："无计留春住，奈何无计随君去。"李很感动，又留居了一段时间。后因家中催促，李只得离京回家，在半路中，收到聂寄来的这首《鹧鸪天》词。回家后，词被李妻发现，她深为词中流露的真情感动，遂劝李将聂纳为小妾。有情人终成眷属，这首词促成了一段姻缘。词上片写送别，李郎离去，自己玉容惨淡，如花容失色，在此莲花楼上含愁泣别。楼外杨柳青青，更触发她的离愁别恨，因为古人有折柳赠别的习俗。宴席上唱起了别离悲歌，送别远去的情人。下片则写自己伤心的怀念之情。人远去，惟有做个好梦相随，但好梦难成，心情更加悲苦。而这一腔相思之情又有谁能理解呢？她不禁悲从中来。此时窗外春雨如泪，窗内人泪如雨，彼此交织成一曲哀恸欲绝的乐章。

【说明】《鹧鸪天》，又名《思佳客》、《于中好》、《思越人》、《千叶莲》等。此调实由两首仄起平韵七言绝句组成，唯下片开首改成两三字句而已。词的上片第三、第四句，下片两个三字句一般宜对仗（此词未用）。

虞美人 感旧

〔南唐〕李　煜

　　春花秋月何时了，往事知多少？小楼
　　○平○仄平平△　●仄平平△　●平
昨夜又东风，故国不堪回首月明中。
●仄仄平①　●仄●平○仄仄平①
　　雕栏玉砌应犹在，只是朱颜改。问君
　　○平仄仄平平△　●仄平平△　●平
能有几多愁，恰似一江春水向东流。
○仄仄平②　●仄●平○仄仄平②

【评析】此词作意与前选《忆江南》、《浪淘沙》同。李煜被俘后曾写一信给旧宫人说："此中日夕，唯以眼泪洗脸。"其愁苦境况可以想见。春花秋月，本是赏心悦目之物，但在愁人眼中则是另外一回事了。春非我春，秋非我秋，只能勾起对美好往事的无限追忆。对美好往事的追忆，往往说明对眼前现实的不满与伤感，于是只得"寄语羲和快著鞭"，希望这种痛苦的日子快些了结。他住的小楼上昨夜东风习习，皓月当空，这是从他的故国江东吹来的风，是故国的明月，他又沉浸在回忆中了，但一切都是那样不堪回首。他想到了故国的宫殿，那雕花曲栏，那汉白玉石阶，大概还在的吧，但山河依旧，人的容颜已经老去。如今人去楼空，往事是那样地令他心酸，他的愁绪变得更深了，更悠长了，就像一江春水向东流去，欢乐不再，愁恨永远无边无际。这首词最能反映出他作为昔日一个国家的君主，今日成为臣虏的悲苦心境，故国之思，在他心中是一道永远也抹不去的阴影。词中充满了哀伤和绝望之情，给人以一种痛彻心肺的感觉。这种感觉在人类的心灵上是可以沟通的，所以也难怪一些处于民族危亡境地的人们，会不由自主地低吟这首亡国之痛的小词。有一部叙述日帝侵华、八年离乱故事的电影，片名就叫《一江春水向东流》，其原因即在于此。

【说明】《虞美人》，又名《一江春水》、《玉壶冰》、《虞美人令》等。词调是因秦汉年间项羽作《虞兮》歌而得名。有五十六字、五十八字等格。此为五十六字，双调，每两句平仄转韵，共四仄韵，四平韵。上下片末句为九字句，可以二七式，也可以四五、六三式。词中上下片第三句及第四句（九字句）之后七字，虽说第一第三字的平仄可以不论，但大多数词作均作“仄平平仄仄平平”。

南乡子 春闺

〔宋〕孙道绚

晓日压重簷，斗帐春寒起未忺[1]。
● 仄 仄 平 ◎　● 仄 平 平 仄 仄 ◎

天气困人梳洗懒，眉尖，淡画春山不喜添[2]。
○ 仄 ● 平 平 仄 仄　平 ◎　● 仄 平 平 仄 仄 ◎

闲把绣丝挦[3]，认得金针又倒拈。
○ 仄 仄 平 ◎　● 仄 平 平 仄 仄 ◎

陌上游人归也未，恹恹[4]，满院杨花不卷帘。
● 仄 ○ 平 平 仄 仄　平 ◎　● 仄 平 平 仄 仄 ◎

【注释】〔1〕斗帐：形如覆斗的小帐。　忺（xiān）：适意。〔2〕春山：喻女子的眉毛。　〔3〕挦（xín）：摘取，这里指挑线。　〔4〕恹恹（yān）：精神萎靡。

【评析】这是一首思妇怀人的词，下片“陌上游人归也未”一句是全词的关锁。上片之写慵懒，下片之写颠倒相思之情，都因这一句展开。朝阳高出了双层屋檐，她方从斗帐中起身，春寒恻恻，睡思昏昏，一副春愁无法排遣的样子。正是“困人天气日初长”的季节，无情无绪，懒得梳洗打扮，蹙着双眉，无心描画，正如元人王实甫《西厢记》里所写的“有甚么心情花儿、靥儿，打扮得娇娇滴滴的媚”，丈夫不在，打扮给谁看呢？闲来无事，还是拿起花绷绣花吧，但是她又心不在焉，把针倒拈了。金针倒拈，刻画出她因相思而失神的模样，说明她绣花的目的完全是为了打发日子，而并非真的要做成什么。她一心想的是丈夫外出，究竟几时归来，归还是不归。忧思伤人，自然也就精神萎靡不振了。此时，帘外风起杨花，濛濛扑人，她只得垂下珠帘，不让杨花飞入卧房；实际上是她怕春色入帘，更引动自己的愁心。

【说明】《南乡子》，又名《好离乡》、《蕉叶怨》。有单调、双调两体。双调，五十六字，上下片各四平韵。上下片各有一个二字句。宋以后多用双调。

鹊桥仙七夕

〔宋〕秦 观

纤云弄巧，飞星传恨，银汉迢迢暗
○平●仄 ○平○仄 ○仄○平●
度〔1〕。金风玉露一相逢〔2〕，便胜却、人间
△ ○平●仄仄平平 仄●仄 平平
无数。
○△

柔情似水，佳期如梦，忍顾鹊桥归
○平●仄 ○平○仄 ●仄●平○
路。两情若是久长时，又岂在、朝朝暮
△ ●平●仄仄平平 仄●仄 平平●
暮〔3〕。
△

【注释】〔1〕飞星二句：关于牵牛织女七夕鹊桥相会的传说由来已久，《风俗记》：“七夕，织女当渡河，使鹊为桥。”《白氏六帖》卷二九引《淮南子》说：“乌鹊填河成桥渡织女。”《文选》曹丕《燕歌行》李善注：“牵牛为夫，织女为妇。织女牵牛之星各处一方，七月七日得一会同矣。”《初学记》卷四注：“世人至今云，织女嫁牵牛是也。又傅玄《拟天问》：七月七日牵牛织女会天河。”飞星，指牵牛、织女星。银汉，天河；银河。〔2〕金风句：唐李商隐《辛未七夕》：“由来碧落银河畔，可要金风玉露时。”金风，秋风。 〔3〕朝朝暮暮：见前《惜分飞》词注。

【评析】这是一首著名的情词，曾感动过无数真情相爱的青年男女。男女相悦相恋，在受到客观条件的限制、不能长相厮守时，就常拿这首词，特别是最后两句“若是两情久长时，又岂在朝朝暮暮”相互勉励，来捍卫与维系他们之间坚贞、至死不渝的爱情，同时又从中寻求感情安慰的力量，不求朝朝暮暮，但求地老天荒，表现出持久的耐心与坚毅。这是伟大而又崇高的真诚爱情！词是由牛女七夕鹊桥相会这一美丽的民间传说展开而生发出来的美好想象。上片写相逢时是那么美好、愉快，连云彩也变幻出奇丽灵巧的花样；双星在金风送爽、玉露滋润的时刻相逢，那么一年来的离愁别恨也会消逝得无影无踪。俗话说小别胜新婚，那久别重逢的欢娱是人间日日聚首一起的夫妇所无法领会的。下片紧承上片相逢之意，把久久的思念、日日的企盼、相会的快乐写足。但是欢会未已，分离在即，心情不免又有一点惆怅。这里词意作了一点转折，是抑；结尾两句又转而为扬，表达了对未来“但愿人长久，千里共婵娟”、“人事多错迕，与君永相望”的真诚愿望。

【说明】词调取名，得自七夕织女渡河与牵牛鹊桥相会事。双调，五十六字，上下片各两仄韵。上下片的第一、第二句应对仗，所以首句第三字与次句的第三字，平仄应错开，即首句第三字如用平，则次句第三字当用仄，反之亦然。

一斛珠 美人口

〔南唐〕李 煜

晚妆初过，沉檀轻注些儿个[1]。向人微露丁香颗[2]。一曲清歌、暂引樱桃破[3]。

●平○△ ○平○仄平平△ ●平○●平平△ ●仄平平 ●仄○平△

罗袖裛残殷色可[4]，杯深旋被香醪涴[5]。绣床斜凭娇无那[6]，烂嚼红茸[7]、笑向檀郎唾[8]。

○仄●平平仄△ ○平○仄平平△ ●平○仄平平△ ●仄平平 ●仄○平△

【注释】〔1〕沉檀：唐代女子用的一种化妆品，据宋人洪刍《香谱》载，它用丁香、馢香、沉香、檀香、麝香各一两，细剉，加上鹅梨十只，研成汁，放于银制盛器内，蒸三次，待梨汁干，即可用，用于眉端或嘴唇。檀是浅红色的，色深而润泽称沉。注：点。 些儿个：一点儿。 〔2〕丁香颗：丁香的花蕾，此处指美女舌尖。丁香又名鸡舌香，因为它的种仁由两片形似鸡舌的子叶抱合而成，有辛郁香味，古人常含于口中，以除秽气。〔3〕樱桃破：指张开樱桃似的小口。 〔4〕裛（yì）：沾湿。殷：深红色。 可：犹“可可”，不在意。 〔5〕香醪（láo）：美酒。 涴（wò）：污。 〔6〕无那：无可奈何，慵困无力的样子。〔7〕红茸：红色丝绒。 〔8〕檀郎：对所爱男子的美称。晋美男子潘岳小名檀奴，后故称美男子为檀郎。

【评析】此词写一歌女的美丽天真、恃宠娇憨的情态，色、香、味、声俱足，虽然没有什么意义，但是有一定的审美价值。那位歌女，晓妆才罢，嘴上轻轻点了点红色的沉檀，一副俏丽的模样。唱歌之前，先向人伸了伸舌头，似乎是润湿双唇，又似乎是在向人装怪相，撒娇。朱唇未动，先让人闻到一股口脂香。她向人一展歌喉，张开了樱桃小口。樱桃鲜红、圆小，历来被用来形容美人的小嘴。歌后小宴，她大概是喝醉了，连罗袖也被酒沾湿了，由浅红变成了深红；到用大杯喝酒时，衣衫更是被酒弄脏了，可她对此一点也不在乎。酒后乏力，她斜倚绣床，把红绒含在嘴里咬碎了，娇嗔地笑着，朝心爱的郎君吐去。自然，檀郎对此也只能笑笑而已，对一个醉得脸如桃花的天真少女，你又能怎样呢？一说绣床是指绣花的绷，红茸是红色的丝缕，绣花用的。本作的用词很有讲究，如"轻注"、"丁香颗"、"樱桃破"等，能于细微处恰到好处地塑造人物外在形象及心态。而词的结尾三句，更是把一个娇憨少女的形容、情态、声音、笑貌、戏谑性的动作活托出来，令人叹赏。后人对于这三句也不是没有微词，总的意思是认为那女子太轻狂，不足取法。但是我们认为，评论这三句不能离开人物、场景、时间的特点，人物是天真无邪的少女，场景是酒宴，时间是醉后，所以这三句描写是无可非议的，那种戏谑性的动作是少女内心喜悦、娇痴的自然流露，全无矫揉造作之态；像清人李渔所说如"倡妇倚门"，"唾枣核瓜子以调路人"，那当然只会引起人们的反感与恶心。

【说明】《一斛珠》，又名《醉落魄》、《一斛夜明珠》、《章台月》等。据《梅妃传》载，唐明皇爱上杨玉环后，梅妃失宠。一次使臣来朝，唐明皇命赐梅妃一斛（古代十斗为一斛）珍珠。梅妃写诗谢绝。唐明皇将梅妃的诗命乐工谱成曲，即名为《一斛珠》。双调，五十七字，上下片各四仄韵。首句或作“仄平平仄”，或作“平平仄仄”，不能犯孤平。上下片末句为九字句，于第四字处逗；最后三字，平仄要同，或者“平平仄”，或者“仄平仄”。

踏莎行 春暮

〔宋〕寇 准

春色将阑[1]，莺声渐老，红英落尽
○仄平平　○平仄△　○平●仄
青梅小。画堂人静雨濛濛，屏山半掩余香
平平△　●平○仄仄平平　○平●仄平平
袅。
△

密约沉沉，离情杳杳，菱花尘满慵将
●仄平平　○平仄△　○平○仄平平
照[2]。倚楼无语欲销魂，长空暗淡连芳
△　●平○仄仄平平　○平●仄平平
草。
△

【注释】〔1〕阑：尽。　〔2〕菱花：镜子。

【评析】暮春时节，在人的感觉上，莺声已不再像芳春时那般脆亮，落花满地，枝头成空，梅树上长出了小小的青梅。华丽的堂室内，人声寂寂，炉香袅袅，画着山水的屏风摆在堂中，将厅堂隔成两半。帘外是濛濛的细雨。在这样的迟暮光景中，一个害着相思的女子，心事重重地思念着情人。他们曾经订过后会的幽期密约，如今这相约的日子早已过期，然而他仍未出现，这期约犹如泥牛入海，无一点音息。分离已经成了永远存在的痛苦，期会也变成了永久的等待。在这离别的日子里，她无心照镜，无心梳洗打扮，任那菱花镜积满了灰尘。“自伯之东，首如飞蓬。岂无膏沐，谁适为容？”情人不在眼前，还打扮什么呢？再说，从情人去后，自己因为这铭心刻骨的思念，也许是瘦了，憔悴了吧？脸儿黄黄的，还照什么镜子呢？她独立楼头，久久无语，默默凝注，望尽天涯路。天空是那么暗淡，连天的芳草使人想起“王孙游兮不归，春草生兮萋萋”的句子，她的情思更加深沉，心绪也更加暗淡了，几乎与长空化为了一体。词上片写景，用“阑”，用“老”，用“濛濛”，用“袅袅”，都与主人公的心情相应合；下片写情，最后又以景结：暗淡的长空，连天的芳草，又是她此际心情的写照——她的愁绪就像长空一样暗淡，连天芳草似的无穷无尽。

【说明】《踏莎行》，又名《柳长春》、《江南曲》、《芳心苦》、《潇潇雨》等。双调，五十八字，上下片各三仄韵。上下片的首起两句宜对仗。

临江仙 妓席

〔宋〕欧阳修

柳外轻雷池上雨，雨声滴碎荷声[1]。
● 仄 ○ 平 平 仄 仄　● 平 ● 仄 平 ◎

小楼西角断虹明，栏干倚处，遥见月华生。
● 平 仄 仄 仄 平 ◎　○ 平 仄 仄　○ 仄 仄 平 ◎

燕子飞来窥画栋，玉钩垂下帘旌[2]。
● 仄 ○ 平 平 仄 仄　● 平 ○ 仄 平 ◎

凉波不动簟纹平[3]。水精双枕，犹有堕钗横[4]。
○ 平 ● 仄 仄 平 ◎　● 平 ○ ●　○ 仄 仄 平 ◎

【注释】〔1〕柳外二句：唐李商隐《无题》诗："飒飒东风细雨来，芙蓉塘外有轻雷。"　〔2〕帘旌：帘额，帘子上部所缀的软帘，此即指帘子。　〔3〕凉波句：韩愈《新亭》诗："水纹凉枕簟。"和凝《山花子》词："水纹簟冷画屏凉。"　〔4〕水精：水晶。古人有以水晶制枕，或枕镶以水晶者。

【评析】旧说欧阳修因与妓缱绻，误了郡守的宴期，郡守要求欧作一词，以免妓受罚。欧即席赋此词，结果妓人受赏。那么这首词应是记欧阳修的风流韵事的。足为明证的是词的最后两句："水精双枕，犹有堕钗横。"又是"双枕"，又是钗横鬓乱，自然是风流韵事了。但也有人极力反对此说。俞平伯先生则认为，这首词的作法大体与李商隐《偶题》、唐人韩偓《已凉》诗相似。这说法当是可信的。词写艳情，写一个贵妇人的夏日生活，用语华美。雷声从远处的柳外传来，所以说轻雷。雨滴在池塘的荷叶上，更加纷杂、响亮，所以说雨声滴碎荷声。碎含有杂、混合的意思。夏日天气多变，忽雨忽晴，晚来时雨止天晴，西边角上露出一抹彩虹，明丽动人。她走出房外，倚着栏杆，欣赏这夏日风光，静待明月东升。人倦意懒，复又回到房中，此时飞燕归来，隔帘相窥这位贵妇人。燕子大概是对对双双的吧，以此反衬出她的孤独。我们知道，旧诗词写到思妇的，常以禽鸟相形，这里也用这种手法。她放下帘子，独宿凉簟。因簟（竹席）是清凉的，令人想到水，所以用"凉波"来形容簟，而这"波"又无浪，平平的。然而"冰簟银床梦不成"，她心有所思，难以成眠，老是翻来覆去，以至于把头上的钗子也掉在了枕边。词中的"画栋"、"玉钩"、"簟纹"、"水精"，都是为了表现富贵气象而设的词。为了便于理解此词的意境，这里特将《偶题》与《已凉》两首诗附录于后：

偶 题

〔唐〕李商隐

小亭闲眠微醉消，山榴海柏枝相交。水纹簟上琥珀枕，旁有堕钗双翠翘。

已 凉

〔唐〕韩 偓

碧栏杆外绣帘垂，猩色屏风画折枝。八尺龙须方锦褥，已凉天气未寒时。

【说明】《临江仙》，又名《庭院深深》、《谢新恩》、《瑞鹤仙令》等。有三种格式。第一格（即欧词）双调五十八字，六平韵。上下片第四句四字，只可作“平平仄”或“仄平平仄”。第二格亦双调五十八字，六平韵。上下片首句为六字，作“●仄○平平仄”；上下片的第四句为五字，作“●平平仄仄”。其他与第一格同。第三格双调六十字，六平韵。上下片第四句为五字，作“●平平仄仄”，其他与第一格同。

蝶恋花 春景

〔宋〕苏 轼

花褪残红青杏小。燕子飞时，绿水
○ 仄 ○ 平 平 仄 △ ● 仄 平 平 ● 仄

人家绕。枝上柳绵吹又少，天涯何处无芳
平 平 △ ○ 仄 ● 平 平 仄 △ ○ 平 ○ 仄 平 平

草。
△

墙里秋千墙外道。墙外行人，墙里
○ 仄 ○ 平 平 仄 △ ○ 仄 平 平 ○ 仄

佳人笑。笑渐不闻声渐杳，多情却被无情
平 平 △ ● 仄 ● 平 平 仄 △ ○ 平 ● 仄 平 平

恼。
△

【评析】这首词大约是苏轼贬官惠州（今广东惠阳）途中所作。上片写景，表现了暮春时节的风物特点，并略带感伤情绪。那二月里“红杏枝头春意闹”的一番热闹春景，如今是杏花凋落，树上缀着小小的青杏，成了另一番景象了。燕子飞来，碧粼粼的河水在村舍边奔流；长日柳絮飘雪，二分尘土，一分流水，枝头渐稀；连天芳草，更行更远还生。这一切都表明春意尽矣。此时词人忧郁地行进在贬官途中，路边隔墙传出荡秋千佳人的娇笑声，令他感到几分生意。但是他不能久久地站在那里谛听佳人银铃般的笑声，只得依恋地继续赶路。渐行渐远，逐渐听不到她们的笑声。

词人深感自己是枉自多情，徒然惹来烦恼。墙里佳人，笑她们自以为可笑之处，原本是无心的，却勾起了墙外行人——作者——多情的心，所以他要烦恼。有位词评家评词的最后两句说，多情即是无情，色即是空，词人似乎从中悟到了一点禅理（俞陛云《宋词选释》）。他说的话对不对呢？也许对，也许不对。文学作品中作者的本意与读者的理解常存在差距，这大概可以算一个例子。同样地如词中“天涯何处无芳草”这句，也可以各人理解不同。随同苏轼一起去贬官之地的侍妾朝云，每当唱到此句时，禁不住要流下泪来，说：“奴所不能歌，是‘枝上柳绵吹又少，天涯何处无芳草’也。”她认为这是伤春。今人则常将此句作为豁达语、乐观精神来理解。那么作者苏轼的本意又是什么呢？据说他听了朝云的诉说后“翻然大笑”，可见他并不同意朝云的见解，但也不见得就认同今人的看法。这是接受美学所必须研究的问题，这里就不多说了。

【说明】《蝶恋花》，又名《凤栖梧》、《鱼水同欢》、《明月生南浦》、《鹊踏枝》等。双调，六十字，上下片各四仄韵。

一剪梅 春思

〔宋〕蒋捷

一片春愁待酒浇，江上舟摇，楼上帘
● 仄 平 平 ● 仄 ◎ ○ 仄 平 ◎ ○ 仄 平
招〔1〕。秋娘渡与泰娘桥〔2〕。风又飘飘，雨
◎ ○ 平 ● 仄 仄 平 ◎ ○ 仄 平 ◎ ●
又潇潇。
仄 平 ◎

何日归家洗客袍，银字笙调〔3〕，心字
○ 仄 平 平 ● 仄 ◎ ○ 仄 平 ◎ ○ 仄
香烧〔4〕。流光容易把人抛〔5〕。红了樱桃，
平 ◎ ○ 平 ○ 仄 仄 平 ◎ ○ 仄 平 ◎
绿了芭蕉。
● 仄 平 ◎

【注释】〔1〕帘招：即酒旗，此处“招”字作动词用，作飘动、招揽解。 〔2〕秋娘渡、泰娘桥：均吴江（今属江苏）地名。秋娘、泰娘，均唐代歌女。 〔3〕银字笙：笙（一种管乐器）用银作字，以标明音阶的高低。 调：指吹奏。 〔4〕心字香：宋人范成大《骖鸾录》载，禺禹人制心字香，用素馨茉莉花半开者，著于净器中，薄劈沉香，层层相间封好，每天换一次，花期未过，心字香即已制成。 〔5〕流光：年光。

【评析】游子风尘，年光易逝，春来无客不思家，是这首词的主旨。《竹山词》原题作“舟过吴江”。首句即点明春愁如海，奠定全词基调，并带起以下两句：江

上舟摇说明他处在漫长的途中；楼上帘招说明他想借酒浇愁。词句间的勾搭照应，于此可见。秋娘渡、泰娘桥，是舟行经过之处，或许会引起他的绮思，更令他思念家人。但自己是身在途中，风雨潇潇，一派愁人天气。思家不见，酒又未得，风雨如晦，他的愁情无法排遣，只能美美地想象日后归家的情景，以消除眼前的烦恼。"何日"三句，表现了他归心如箭的心情，想象着与亲人团聚的欢乐，自己脱下风尘仆仆的征衣，又可以过焚香吹笙的日子，何等温馨。但是这儿用了"何日"一词，却正说明归期无望，他不免又从欢乐的想象里跌回到现实中来。现实是岁月匆匆流逝，春天走了，夏天来了，樱桃红了，芭蕉绿了，节候变更，年复一年，自己依然在旅途中奔波，一年年空叹老大，等是有家归未得，何以聊赖。词意又回复到"春愁"上来。蒋捷写愁情的词有一个特点，就是常常在选调遣词上用比较明快的词调与词语，如《虞美人》"少年听雨歌楼上"与这首《一剪梅》即是。像此词的最后两句，用色彩极为鲜明的词句表现时节转换，而且将形容词"红""绿"用作动词，在愁如风雨的暗淡氛围中，平添了亮丽的色彩，确实是一种创造。

【说明】《一剪梅》，又名《玉簟秋》、《腊梅香》。双调，六十字，可以句句叶韵，共十二平韵；也可仅叶六平韵，即上下片的第二、第四、第五句不叶韵；也可叶八平韵，即上下片的第二句、第五句不叶韵。其四字句多用对仗。

河　传 赠妓

〔宋〕秦　观

恨眉醉眼，甚轻轻觑著〔1〕，神魂迷
○平●△　仄平平仄仄　○平○
乱。常记那回，小曲栏干西畔。鬓云松，
△　○仄仄平　●仄○平平△　仄平平
罗袜刬〔2〕。
平仄△

丁香笑吐娇无限〔3〕，语软声低、道我
○平●仄平平△　●仄平平　●仄
何曾惯。云雨未谐〔4〕，早被东风吹散。瘦
平平△　○仄仄平　●仄○平平△　仄
煞人，天不管。
●平　平仄△

【注释】〔1〕甚：是，正。　觑（qù）：偷看。　〔2〕罗袜刬（chǎn）：仅穿着袜子行走。南唐李煜《菩萨蛮》："刬袜步香阶，手提金缕鞋。"　〔3〕丁香：指代美人舌。见前李煜《一斛珠》词注。　〔4〕云雨：男女欢爱。详前毛滂《惜分飞》词注。

【评析】此词写艳情，趣味恶俗，似无别的深意；如果说这首词有所寄托，寓身世之感，但字面如此露骨色情，也是不可取的。这里仅串讲全词大意：曾记得（常应作曾解）那一回，佳人迷离着醉眼，蹙着双眉，用眼睛微微地朝我瞄了瞄，一副神魂颠倒的样子。她倚立在曲栏杆靠西那一头，蓬松着鬓发，脚上仅穿着

一双罗袜。她吃吃地娇笑着，伸出舌尖，在我耳边娇滴滴地低声说道：“那男欢女爱的事儿，我还未曾经历过呢。”结果好事未成，又被雨打风吹散。从此后，相思憔悴，瘦损腰肢，可老天也不管。

【说明】《河传》，又名《河转》、《月照梨花》、《怨王孙》等。《碧鸡漫志》引《脞说》谓是隋炀帝将幸江都时制。按“河传”之名，始于隋代，其词则创自唐代温庭筠。格式繁多。有五十一字、五十三字、五十四字、五十五字、五十七字、五十八字、六十一字；有通体押仄韵者，有先仄韵后平韵，平仄韵互换者，也有仅下片前仄韵后平韵者；句读也各不相同。秦观《河传》双调六十一字，上下片各四仄韵。今附平仄转韵格词一首如下（因同一体中平仄出入太大，不注可平可仄）：

河　传

〔唐〕温庭筠

湖上，闲望。雨潇潇，烟浦花桥路遥。谢娘翠
平 △1　平 △1　仄 平 ①　平 仄 平 平 仄 ①　仄 平 仄

蛾愁不销，终朝，梦魂迷晚潮。
平 平 仄 ①　平 ①　仄 平 平 仄 ①

荡子天涯归棹远，春已晚，莺语空肠断。若耶
仄 仄 平 平 平 仄 △2　平 仄 △2　平 仄 平 平 △2　仄 仄

溪，溪水西，柳堤，不闻郎马嘶。
②　平 仄 ②　仄 ②　仄 平 平 仄 ②

渔家傲 秋思

〔宋〕范仲淹

塞下秋来风景异[1]，衡阳雁去无留
● 仄 ○ 平 平 仄 △　○ 平 ● 仄 平 平

意[2]，四面边声连角起，千嶂里，长烟落
△　仄 仄 平 平 平 仄 △　平 ● △　○ 平 ●

日孤城闭。
仄 平 平 △

浊酒一杯家万里，燕然未勒归无
● 仄 ○ 平 平 仄 △　○ 平 ● 仄 平 平

计[3]。羌管悠悠霜满地[4]，人不寐，将军
△　● 仄 ○ 平 平 仄 △　平 ● △　○ 平

白发征夫泪。
● 仄 平 平 △

【注释】〔1〕塞(sài)下：边界险要之处。　〔2〕衡阳：今属湖南，旧城南有回雁峰，相传北雁至此不再南飞。　〔3〕燕然未勒：意谓未建立保卫边疆的功勋。《后汉书·窦宪传》载，窦宪追北单于，登燕然山，刻石勒（记）功而还。燕然，即杭爱山，在今蒙古人民共和国境内。　〔4〕羌管：羌笛，出自羌地，故名。

【评析】北宋仁宗时期，西夏经常进犯中原，成为宋皇朝西北地区的重要隐患。范仲淹曾在陕西一带任军政长官，负责边防军务，西夏不敢来犯，说他“胸中自有数万甲兵”。这首词是他在西北军中所作，格调苍

凉悲壮，既写出了边塞地区的荒凉艰苦景象，也表达了作者及其将士们决心守卫边疆的豪迈气概，同时流露出他们的思乡之情，是宋初词坛上不可多得的表现这一题材的、艺术性与思想性高度统一的作品，对于开拓词的境界有着非常重要的意义。环境的恶劣，生活的艰苦，人情对平安宁和、家人团聚的向往，与守土的重任形成尖锐的难以调和的矛盾，这矛盾咬噬着作者的心。在这一点上，作者的心与唐代诗人杜甫写“三吏”、“三别”时的心是相通的。词的上片写景，首句的“异”字，可作“恶劣”解，异于常景，因此连大雁也嫌这儿的环境太差，不适宜居留，纷纷往南飞去。雁犹如此，人何以堪。那里整天就是马嘶风吼加上军号声，悲凉而又单调。孤城坐落在万山丛中，一片孤城万仞山，于长烟夕照中，城门紧闭。于此既可见出景象的萧索，又可体现出战争气氛的紧张。下片侧重抒情。作者对此景象，唯有借酒浇愁。古人以米酿酒，酒色乳白，故称浊酒。这大概是一种低质劣酒，所以欧阳修读了这首词后，要笑话范仲淹，说他“真穷塞主也”。作者对酒起思乡之情，但又想到强敌尚在，大功未成，如何能丢开边防重任返回家园呢？匈奴未灭，何以家为？夜色中又传来凄凉的羌笛声，呜呜咽咽，悠悠回旋；而且又是繁霜满地之夜，千里茫茫。此情此景，使这位满头白发（这时范仲淹已五十余岁）的将军，再也无法安睡，一眶热泪，突然倾泻。这情景令人感动，令人起敬，也令人同情。

【说明】《渔家傲》，又名《吴门柳》、《荆溪咏》、

《游仙咏》等。双调六十二字，上下片各五仄韵。

苏幕遮 怀旧

〔宋〕范仲淹

碧云天，黄叶地。秋色连波，波上寒
仄 平 平　平 仄 △　○ 仄 平 平　○ 仄 平
烟翠。山映斜阳天接水。芳草无情，更在
平 △　○ 仄 ○ 平 平 仄 △　○ 仄 平 平　● 仄
斜阳外。
平 平 △

暗乡魂，追旅思。夜夜除非，好梦留
仄 平 平　平 仄 △　● 仄 平 平　● 仄 平
人睡。明月楼高休独倚。酒入愁肠，化作
平 △　○ 仄 ○ 平 平 仄 △　● 仄 平 平　● 仄
相思泪。
平 平 △

【评析】人的天赋才情真是不可思议，像范仲淹这样的以“先天下之忧而忧，后天下之乐而乐”的政治军事家，既能写出《渔家傲》一类格调苍凉悲壮的作品，又能写出《苏幕遮》、《御街行》（见后）一类柔情蜜意的作品。当然，他的这类词作自有其刚健遒劲的特色，而不像《花间》派词作那样柔弱无力。这首词写秋天月夜，作者倚楼远眺，感叹客中寂寞、思念亲人的情怀。词开头两句令人想起元人王实甫《西厢记》第四本第三折“碧云天，黄花地，西风紧，北雁南飞。晚来谁染霜林醉，总是离人泪”那支名曲。一上来就将读者引入了凄清萧瑟的深秋景色。接下去更是加重渲染秋色：去去千里烟波，为一派秋光所笼罩，暮霭沉沉，寒烟凝绿。山衔夕阳，水光接天，是“天气晚来秋”的景象。芳草更行更远还生，直接斜阳外远在天涯的故乡，从而令人生出无限乡愁。苏轼侍妾朝云在读了《蝶恋花》词“枝上柳绵吹又少，天涯何处无芳草”后，之所以要黯然泣下，正是同一道理。上片全是楼高独倚时远眺所见，词人的乡愁是远眺中逐渐形成的，所以下片要说“明月楼高休独倚”。一“休”字，见出词人无奈之情。他思念家乡，黯然销魂，心地颓唐，异乡作客的愁思久久萦绕心头，不能拂去。那么怎样才摆脱这种困境呢，除非是夜夜做一个美丽的团圆梦，但这显而易见又是不可能的。“夜夜除非”两句当九字连读，标作两句，是因为格律的关系。无奈之下只得借酒浇愁，然而“借酒消愁愁更愁”，更引出他的一腔思乡热泪，伤感得难以为怀。下片一步步写他的心理活动，点出浓浓的乡愁，使读者深受感染。

【说明】《苏幕遮》，又名《鬓云松令》、《云雾敛》。据《新唐书·宋务光传》载，都市中有浑脱队，骏马戎服，名苏幕遮。《苏幕遮》当为马戏之类表演时伴奏用的曲牌。近人考证，苏幕遮是波斯语的译音，原义为披在肩上的头巾（俞平伯《唐宋词选释》）。唐人张说有《苏摩遮》五首，为七言绝句体。宋词盖用其旧名另创新曲。双调，六十二字，上下片各四仄韵。

锦缠道 春游

〔宋〕宋 祁

燕子呢喃，景色乍长春昼。睹园林、
仄仄平平　仄仄仄平平△　仄平平

万花如绣，海棠经雨胭脂透。柳展宫眉，
仄平平△　●平○仄平平△　仄仄平平

翠拂行人首。
●仄平平△

向郊原踏青，恣歌携手。醉醺醺、
仄平平仄平　仄平平△　仄平平

尚寻芳酒。问牧童、遥指孤村，道杏花深
仄平平△　仄仄平　平仄平平　仄仄平平

处，那里人家有[1]。
仄　仄仄平平△

【注释】〔1〕问牧童三句：唐杜牧《清明》诗："借问酒家何处有，牧童遥指杏花村。"

【评析】这是一首春游圆舞曲，节奏明快欢乐；又是一幅踏青行乐图，姹紫嫣红，色彩亮艳。上片写景，下片写人，景美人欢，春色迷人。在春日初长的晴空，燕子在唱着春天的歌。园林中，繁花似锦，经过春雨洗礼的海棠，红如胭脂；柳叶如眉，迎风招展，飘拂在游人的头上。夭红翠绿，画出春天的美景。平时蛰居都市的人们，竞相出城赏玩，踏青寻春，携手高歌，享受着美好的春光。已经喝得醺醺然的人们，犹自向牧童打听酒家在哪里。而牧童则伸手远远一指，说在红杏深处的那里就有。春浓如酒，人已不醉自醉；更寻美酒，尽情狂欢。这是春的恩赐，春的魅力。

【说明】《锦缠道》，又名《锦缠绊》；又有名《锦缠头》者，乃《浣溪沙》异名。《全宋词》中《锦缠道》、《锦缠绊》词完整者共三首，字数、句读、押韵都小有差异。宋祁此词六十六字，上片四仄韵，下片三仄韵。其句读、平仄标识如上；其可平可仄处则斟酌三首宋词而定。

青玉案 春暮

〔宋〕贺 铸

凌波不过横塘路〔1〕，但目送、芳尘
○ 平 ● 仄 平 平 △ 仄 ● 仄 平 平
去〔2〕。锦瑟华年谁与度〔3〕？月台花榭〔4〕，
△ ● 仄 平 平 平 仄 △ ● 平 ○ 仄
琐窗朱户〔5〕，只有春知处。
● 平 ○ △ ● 仄 平 平 △

碧云冉冉蘅皋暮〔6〕，彩笔新题断肠
● 平 ● 仄 平 平 △ ● 仄 平 平 仄 平
句〔7〕。试问闲愁都几许〔8〕？一川烟草，满
△ ● 仄 平 平 平 仄 △ ● 平 平 仄 ●
城飞絮，梅子黄时雨。
平 平 △ ○ 仄 平 平 △

【注释】〔1〕凌波：形容女子步履轻盈。三国曹植《洛神赋》："凌波微步，罗袜生尘。" 横塘：地名，在苏州城外。贺铸有别墅在苏州盘门外十余里，地名横塘，常往来于其间（见宋人龚明之《中吴纪闻》）。 〔2〕芳尘：代指美人。 〔3〕锦瑟华年：指青春时期。唐李商隐《锦瑟》诗："锦瑟无端五十弦，一弦一柱思华年。" 〔4〕月台：赏月的露天平台。 花榭（xiè）：花架。 〔5〕琐窗：雕花的窗。 〔6〕冉冉（rǎn）：此指云飘动的样子。 蘅皋：长着蘅草（香草名）的水边高地。 〔7〕彩笔：《南史·江淹传》载，南朝梁文人江淹，晚年文思减退，曾梦见晋代文人郭璞，说："我有笔放在你这里已经多年，可以还我了。"江淹就从怀中拿出一支五色笔还给郭璞。从此之后，江淹

再也写不出好文章了。　〔8〕都几许：共有多少。

【评析】此词在当时极负盛名，贺铸还因此得到一个“贺梅子”的雅号。当然其中也许有点儿开玩笑的味道，因为贺铸是个秃顶。这且不去管他。词写春暮时节，因所思不遂而产生的愁恨。这所思的对象可能是词人偶然相遇的一位女子。首句言她的足迹不能到自己的居地来。次句说自己又不能前去相就。用“凌波”、“芳尘”，可以使人想见那位女子窈窕飘逸的身姿。接下去是想象她居住的环境与精神状态。如花美眷，似水流年，有谁与她相伴，共度这青春年华呢？她大概只能在月台花榭徘徊，或者幽闭在琐窗朱户的深闺。对于她来说，春天依然是寂寞的。春天会老去，她也会迟暮。下片首句暗用江淹《休上人怨别》“日暮碧云合，佳人殊未来”句意，绾结前后词句。佳人不来，词人愁思万千，只得寄之于吟咏，写下伤感的诗句。这万千愁思究竟有多少多大呢？它像烟濛濛一片的遍地春草，像满城随风飞舞的柳絮，像霏霏扬扬、淅沥不断的黄梅雨。上天入地，无所不在。最后三句是历来传诵的名句，用形象叠加的手法，将无形的情感用可使人真切感知的景物来表现，化虚为实，收到了很好的艺术效果。所谓形象叠加，它不是把草、柳絮、雨三者简单地加以组合，而是有一定的选择，草是一望平川无边无垠的草，絮是“春城无处不飞花”、雪纷纷、雾濛濛一般的飞絮，雨是黄梅时节的细雨。这些景物切合春末夏初的季节特点，切合愁的无量、浓重、连绵不断的特质，所以妙，所以为时人及后人激赏。有人认为这首词并非单纯写爱情，实则是抒发悒悒不得志的闲愁，《蓼园词选》说此词下片："言幽居肠断，不尽穷愁，惟见烟草、风絮、梅雨如雾，共此旦晚，无非写其境之郁勃岑寂耳。"也有一定道理。文学主题的难以得到一个统一的认识，在文学史上是常有的事，从《诗经》、《楚辞》到《红楼梦》，无不如此。明人王夫之说"作者用一致之思，读者各以其情而自得"（《薑斋诗话》），即是此理。

【说明】《青玉案》，又名《横塘路》、《西湖路》、《青莲池上客》。词牌的得名取自汉张衡《四愁诗》："美人赠我锦绣段，何以报之青玉案。"双调，六十七字，十仄韵。上片第五句（"琐窗朱户"）也可不用韵；第二句首字宜用去声领起；第四、第五句宜用对仗。下片亦然。

感皇恩 别情

〔宋〕赵　企

骑马踏红尘〔1〕，长安重到〔2〕，人面依
○仄仄平平　○平平△　○仄平
然似花好〔3〕。旧情才展，又被新愁分了。
平仄平△　●平平仄　●仄○平平△
未成云雨梦，巫山晓〔4〕。
●平平仄仄　平平△

千里断肠，关山古道，回首高城似天
○仄●平　○平●△　○仄平平仄平
杳〔5〕。满怀离恨，付与落花啼鸟。故人何
△　●平平仄　●仄●平平△　●平平
处也？青春老。
仄仄　平平△

【注释】〔1〕红尘：指京城繁华街市。　〔2〕长安：此指北宋京都汴京（今河南开封）。　〔3〕人面句：用唐人崔护《题都城南庄》诗句意，见前选朱彝尊《柳梢青》词注。　〔4〕未成二句：见前选毛滂《惜分飞》词注。　〔5〕回首句：唐欧阳詹《初发太原途中寄太原所思》诗："高城已不见，况复城中人。"

【评析】此词写久别乍逢、忽又匆匆别离的愁怀，似为男女之情而发。骑马入京华，旧地重来，自然是十分快意的事，且又幸故人无恙，"人面桃花相映红"，能重温旧梦了。不像崔护那样，"人面不知何处去"，感情无所着落。但这毕竟只是一次短暂的见面，无法

多容叙旧，离别在即，又使人怅恨。“新愁”也就是离愁，因此这乍相逢的欢乐就难免要大打折扣，云雨梦很快就破灭。如果说上片所写是相逢时萌生的离愁之感，那么下片就是直言离愁了。千里关山，古道独行，绮思之梦还萦绕心头，不免一步一回头，瞟我意中人，但是高城不见，神京路杳，所思之人如隔天上人间，往事依稀似梦。他唯有将满怀的离愁别恨，付与落花啼鸟。落花难上故枝，啼鸟徒自唤春，但春光是唤不回的，象征着青春与爱情不再。于是他从心底里发出“故人何处”的呼喊，然而一切都是无望，无可奈何。在无望与无可奈何中，青春老去。

【说明】《感皇恩》，又名《人南渡》、《叠罗花》，此调有多体，赵企词为双调六十七字，八仄韵。《词律》卷九谓下片首句第三字“多用去声者，不可不知”，然考诸《全宋词》用此调者，亦不尽然。

解佩令 题词

〔清〕朱彝尊

　　十年磨剑〔1〕，五陵结客〔2〕，把平生、
　　仄平平仄　　仄平仄仄　　仄平平
涕泪都飘尽。老去填词，一半是、空中传
仄仄平平△　仄仄平平　仄仄仄　平平平
恨〔3〕。几曾围、燕钗蝉鬓〔4〕。
△　　仄平平　仄平平△

　　不师秦七〔5〕，不师黄九〔6〕，倚新声、
　　仄平平仄　　仄平平仄　　仄平平
玉田差近〔7〕。落拓江湖〔8〕，且分付、歌筵
仄平平△　　仄仄平平　　仄平仄　平平
红粉。料封侯、白头无分。
平△　仄平平　仄平平△

【注释】〔1〕十年句：唐贾岛《剑客》诗：“十年磨一剑，霜刃未曾试。”　〔2〕五陵：汉高祖等五座汉帝陵墓，在长安附近。汉代皇帝每立陵墓，就把四方富家豪族及外戚迁至附近，逐渐成为豪门贵族聚居之地。　结客：指与词人交往的祁班孙兄弟、朱士稚等明遗民。　〔3〕空中传恨：宋僧惠洪《冷斋夜话》载，法云禅师对黄庭坚说：“诗多作无害，艳歌小曲可罢之。”黄说：“空中语耳。”　〔4〕燕钗：燕形头饰，代表吉祥。蝉鬓：女子的一种发式，形状轻倩如蝉翼。　〔5〕秦七：宋词人秦观因排行第七，故称。见附录“词人简介”。　〔6〕黄九：宋诗人、词人黄庭坚，因排行第九，故称。见附录“词人简介”。　〔7〕倚新声：指填词。　玉田：宋词人张炎号玉田，见

附录“词人简介”。 〔8〕落拓江湖：唐杜牧《遣怀》诗：“落魄江湖载酒行，楚腰纤细掌中轻。”落拓即落魄，失意的样子。

【评析】这是作者在自己的词集《江湖载酒集》上的题词。读这首词，必须了解以下两点情况：一是作者青年时期的经历，二是他对作词的主张。朱彝尊是官宦后裔，曾祖父为明代东阁大学士。明朝亡后，他常与明遗民结交，其中有明亡殉国的祁彪佳之子、从事抗清活动的朱士稚、魏璧、屈大均、陈恭尹，并营救过顾炎武，与他们一起密谋反清复明。事败出走，游幕四方。明乎此，对词的开头三句就不难理解了。十年磨剑，当指反清活动；五陵结客，当指结交抗清志士；把平生涕泪都飘尽，当指其中的苦心经营。他在《贞毅先生（朱士稚）墓表》中隐约地记叙了一群抗清志士惨死的经过，文章最后说：“呜呼，死者委之乌鸢狐兔而不可问，徒者（充军）远处寒苦不毛之地，幸而仅存如予，又以饥寒奔走于道路……泫然而悲矣。”这当是“把平生涕泪都飘尽”的最好注脚。词接下去是说，如今只能将这些经历与遗憾，一一寄之于词，而很少有心思去作艳词。下片开头三句，可说是朱彝尊的一篇词论。词到了明代，日趋衰颓，许多作家走《花间集》、《草堂诗馀》的路子，题材狭小，气格卑弱，语言浮艳纤巧。朱氏有心振作，师法南宋姜夔、张炎，拓展词境，讲究结构缜密，笔调空灵。秦七、黄九，这里可作北宋词的代表来解。当然他提出词的创作弃北宋而就南宋的主张，也并非仅仅着眼于创作手法而言，而另有其政治方面的原因。姜处于北宋南宋之交，对于北宋沦亡，曾表达于黍离之悲；张炎更是出身于乌衣门第，经历了南宋亡国的痛苦，与朱的经历有共通之处。姜、张作品中流露出来的亡国之恸，表达得都比较含蓄。朱彝尊作为目睹甲申明朝覆亡的世家子弟，当然也有一腔忠愤之心要表达，但是在强大的异族铁蹄下，他又不敢明目张胆地在作品中表示，于是姜、张的含蓄隐约写作手法与风格，就成为他最好的模拟对象。这就是这三句词的真谛。词的结尾流露了英雄失路、老泪满襟的情怀。全词苍凉激越，有人说它是《离骚》变相，是有一定道理的。

【说明】《解佩令》，又名《解冤结》。调名取义于郑交甫在汉皋遇神女解佩相赠事。此调应为双调六十六字，但朱彝尊此作为六十七字。其原因是朱词“把平生、涕泪都飘尽”一句，本应是七字句变成了八字句。朱氏所参照的格式是毛晋汲古阁版的宋人晏幾道《解佩令》词。毛晋刻晏幾道这首词时，将“掩深宫、团扇无绪”七字句衍成“掩深宫、团扇无情绪”的八字句，朱作因此也跟着错了。这一句的格式应该是“仄平平、平平仄仄”。全词十仄韵（但上下片的第一、第二句也可不用韵，如本词即是），上下片第一、第二句宜用对仗或排比。因朱词非正格，且平仄多与正格参差，因此字下只标本字的平仄，而不标明哪一字可平可仄。今为附一首如下，作为此调正格。

解佩令

〔宋〕史达祖

人行花坞，衣沾香雾。有新词、逢春分付。屡
平平○△　平平○△　仄平平　平平平△　仄

欲传情，奈燕子、不曾飞去，倚珠帘、咏郎秀句。
仄平平　仄仄●　●平平△　仄平平　仄平仄△

相思一度，浓愁一度。最难忘、遮灯私语。淡
平平●△　平平●△　仄平平　平平平△　仄

月梨花，借梦来、花边廊庑，指春衫、泪曾溅处。
仄平平　仄仄平　○平平△　仄平平　仄平仄△

天仙子 送春

〔宋〕张 先

《水调》数声持酒听[1]，午醉醒来
● 仄 ● 平 平 仄 △ ● 仄 ● 平
愁未醒。送春春去几时回？临晚镜，伤流
平 仄 △ ● 平 ○ 仄 仄 平 平 平 ● △ 平 ○
景[2]，往事后期空记省。
△ ● 仄 ● 平 平 仄 △

沙上并禽池上暝[3]，云破月来花弄
○ 仄 ● 平 平 仄 △ ○ 仄 ● 平 平 仄
影。重重帘幕密遮灯，风不定，人初静，
△ ○ 平 ○ 仄 仄 平 平 平 ● △ 平 ○ △
明日落红应满径。
○ 仄 ● 平 平 仄 △

【注释】〔1〕《水调》：曲调名，相传为隋炀帝所制。〔2〕临晚镜二句：唐杜牧《代吴兴妓春初寄薛军事》诗："自悲临晓镜，谁与惜流年。" 〔3〕并禽：成双作对之鸟，此指鸳鸯。

【评析】《张子野词》此词的标题是"时为嘉禾小倅（cuì），以病眠，不赴府会"。嘉禾为宋时郡名，郡治在今浙江嘉兴。小倅即小官，作者时任嘉禾判官，约在宋仁宗庆历元年。这是一首叹老伤春的词。本题作"送春"，《花庵词选》题作"春恨"，实是作者对送别自己青春的叹息而留下的遗憾。人到老境，对时序的转换特别敏感，尤其像春暮、秋来、岁尾之类，常常会触发感伤情绪。春非我春，秋非我秋，乐境悲观。快乐的流行时调，听后也会生愁，所谓触处成哀，感慨无穷，这就是这首词上片的全部注脚。他感叹生愁的是春光不再。其实燕子去了，有再来的时候；杨柳枯了，有再青的时候；桃花谢了，也有再开的时候。一句话，春天走了，有再回来的时候，但人的青春却是一去不返了。因此，词中“送春”一句所问的要义即在于此。他看着镜中消褪了的朱颜，只有感伤。要说对将来还抱有什么希望的话，那也是徒然空想。后期，指后会的期约，包括一切的对日后的美好希望。空记省，白白地记住，徒然地盲目地死抱住未来的幻影。当然这种心态是不健康的。下片则写晚来景色，沙滩上鸳鸯在暝色中戏耍，天上流云飞动，月光时隐时现，花枝随风摇摆。一片静静的、光与色的世界。因为有风，所以要拉起帘幕；也正因为有风，所以作者想到明天园中一定是落花满地：春天真的走了。词意又回复到上片所写的感伤氛围中去。“云破月来花弄影”一句常为人们所激赏，与张先同时代的人则着眼于句中的“影”字，因了这首词与其他几首用“影”字之词，称张先为“张三影”。而近人王国维则着眼于句中的“弄”字，说：“著一‘弄’字而境界全出矣。”实际上句中“破”、“来”、“弄”三字，紧密勾搭，连成一气，云不破则月不来，月不来则花无法弄影，正是这三字，将花月生香境界托出，所以为妙。

【说明】《天仙子》，唐教坊曲名，属龟兹部舞曲，本名《万斯年》，为太尉李德裕所进。后因五代皇甫松词有“懊恼天仙应有以”句，名《天仙子》。有单调与双调两体。张先词为双调，六十八字，上下片各五仄韵。

千秋岁 夏景

〔宋〕谢 逸

楝花飘砌〔1〕，蔌蔌清香细〔2〕。梅雨
● 平 平 △　● 仄 平 平 △　平 仄
过，蘋风起〔3〕，情随湘水远〔4〕，梦绕吴峰
仄　平 平 △　○ 平 平 仄 仄　● 仄 平 平
翠〔5〕。琴书倦，鹧鸪唤起南窗睡。
△　平 ○ 仄　○ 平 ● 仄 平 平 △

密意无人寄，幽恨凭谁说。修竹畔，
● 仄 平 平 △　○ 仄 平 平 △　平 仄 仄
疏帘里，歌余尘拂扇，舞罢风掀袂〔6〕。人
平 平 △　○ 平 平 仄 仄　● 仄 平 平 △　平
散后，一钩新月天如水。
● 仄　● 平 ○ 仄 平 平 △

【注释】〔1〕楝（liàn）花：楝木于三四月间开花，红紫色，极香。　〔2〕蔌（sù）蔌：花落的样子。　〔3〕蘋风：宋玉《风赋》："夫风生于地，起于青蘋之末。"　〔4〕情随句：唐岑参《春梦》诗："洞房昨夜春风起，遥忆美人湘江水。"湘水，源于广西兴安海阳山，东北流注入洞庭湖。　〔5〕梦绕句：李白《梦游天姥吟留别》诗："我欲因之梦吴越。"　〔6〕袂（mèi）：衣袖。

【评析】此词写初夏的情景与对故人的思念。世上没有不散的筵席，春梦秋云，聚散匆匆，当此暮春天气，自然起花底离愁之叹。古人有所谓二十四番花

信风之说，楝花风，则是最后一道花信风，因此首两句即点明暮春。接下去写夏之来临，梅子黄时雨，引发愁心，想起分离的友人。“湘水远”、“吴峰翠”都是泛指所思之处；也可能是指室中屏上山水画，这在古人诗词中是常常这样写的，如柳永《玉蝴蝶》词：“海阔山遥，未知何处是潇湘。”晏幾道《蝶恋花》词：“斜月半窗还少睡，画屏闲展吴山翠。”等等。他无情无绪的，当然抛下琴书不管，独自高卧南窗。《晋书·陶渊明传》说，陶渊明闲来无事，高卧南窗下，凉风飒然而至，自谓是羲皇上人。作者没有陶渊明那样的雅兴，小睡片时，又还被鹧鸪呼起。用“南窗”一词，不过是说春已转夏了而已。用“鹧鸪唤起”，可能有点深意。据说鹧鸪鸣声如人语“行不得也哥哥”，用在此处，或许有招留故人之意。总之，上片是由景入愁，好比乐曲的引子，下片才是真正写愁，写人散后的寂寞。从“密意”、“幽恨”以及对歌与舞的追怀来看，这个故人也许是位女子，作者的情人。“歌余”两句，是写故人去后给自己留下的印象。刘向《别录》载，鲁人虞公，能歌动梁尘。这里是说故人一去，作者还能感到其歌尘依然，拂动团扇；舞后清风，吹动衣袖。但如今人去楼空，唯有青天冷月相对，作者又从幻影里跌回现实中来，怅憾不已。

【说明】《千秋岁》，又名《千秋节》。双调，七十一字，上下片各五仄韵。

离亭燕 怀古

〔宋〕张 昪

一带江山如画，风物向秋潇洒〔1〕。水
● 仄 ○ 平 平 △　平 仄 仄 平 平 △　●
浸碧天何处断，霁色冷光相射〔2〕。蓼屿荻
仄 ● 平 平 仄 仄　仄 仄 ● 平 平 △　仄 仄 仄
花洲〔3〕，掩映竹篱茅舍。
平 平　● 仄 ● 平 平 △

云际客帆高挂，烟外酒帘低亚〔4〕。多
○ 仄 ● 平 平 △　平 仄 仄 平 平 △　○
少六朝兴废事〔5〕，尽入渔樵闲话。怅望倚
仄 ● 平 平 仄 仄　仄 仄 ○ 平 平 △　仄 仄 仄
层楼，寒日无言西下。
平 平　○ 仄 ○ 平 平 △

【注释】〔1〕风物句：唐杜甫《玉华宫》诗：“万籁真笙竽，秋色正潇洒。”潇洒，萧疏爽朗。　〔2〕霁（jì）色：晴光。〔3〕蓼（liǎn）屿：蓼花丛生的水边高地。　〔4〕低亚：低垂。〔5〕六朝：从三国至隋，有六个小朝廷偏安江南，在金陵（今江苏南京）建都，史称六朝。它们是：吴、东晋、宋、齐、梁、陈。

【评析】这首词应是作者秋日在金陵登楼远眺时的即景抒情之作。有人认为此词有对政治感到隐忧的深意，恐怕也未必见得。作者所生活的北宋初期，国力还较强大，各种社会矛盾虽然存在，有时甚或表现得比较尖锐，但还不致有亡国之忧。作者的感慨只不

过是对历史作鸟瞰式的回顾后的抒情，是对太平时期渔樵之徒把些兴亡旧事尽付风月闲谈的感喟，并无太多的深意。词的背景阔大、壮丽，即目所见，一派江山如画、秋色无边的景象，为作者提供了思绪上下翻飞、往事越千年的想象空间。词句间的勾连关锁，相当紧密，可以说是句句照应。如首两句写秋，所以上片结尾有“蓼屿荻花洲”；有“水浸碧天”，所以接下去有“霁色”（天）、“冷光”（水）；有“掩映竹篱茅舍”，所以下片有“渔樵闲话”。在词的结构上，也是由景及人的居所，再及人，步步推进，最后落脚在作者自己站立的位置，其感慨也由此一步步生发。就像电影艺术那样，先是空镜头，再是山水、蓼屿荻花洲、竹篱茅舍、客船酒肆，然后出现人，出现主题，出现放大的特写镜头。读者细读此词，当有会心。

【说明】《离亭燕》，又作《离亭宴》，因宋人张先词有“随处是离亭别宴”而得名。张先词为七十七字，后人多用七十二字体（张昇此首即是）。双调，上下片各四仄韵。

河满子 秋怨

〔宋〕孙 洙

　　怅望浮生急景[1]，凄凉宝瑟余音[2]。
　　● 仄 ○ 平 ● 仄　○ 平 ● 仄 平 ◎
楚客多情偏怨别，碧山远水登临[3]。目送
● 仄 ○ 平 平 仄 仄　● 平 ● 仄 平 ◎　● 仄
连天衰草，夜阑几处疏砧。
○ 平 平 仄　● 平 ● 仄 平 ◎

　　黄叶无风自落，秋云不雨常阴。天若
　　○ 仄 ○ 平 ● 仄　○ 平 ● 仄 平 ◎　○ 仄
有情天亦老[4]，摇摇幽恨难禁。惆怅旧欢
● 平 平 仄 仄　○ 平 ○ 仄 平 ◎　○ 仄 ● 平
如梦，觉来无处追寻。
平 仄　● 平 ○ 仄 平 ◎

【注释】〔1〕急景：光阴迅速。南朝宋鲍照《舞鹤赋》：“于是穷阴杀节，急景凋年。”　〔2〕凄凉句：瑟是一种弹弦乐器，音声悲哀（见《史记·封禅书》）。故云。　〔3〕楚客二句：战国时宋玉《九辩》：“登山临水兮送将归。”楚客指宋玉。　〔4〕天若句：唐诗人李贺《金铜仙人辞汉歌》中句。

【评析】这是一首集合多种秋景融入秋心的小词。孙洙曾评五代词人孙光宪说，光宪词虽欠含蓄，但天然绝妙。我们用这话来评孙洙的这首词，也有同样的感觉。词的上片重在写景，由情入景。词人深感流光飞逝，岁月不居，耳闻的是宝瑟的凄凉哀音，捣衣声声；

目睹的是碧山远水，连天衰草。这些无不引起他对往事欢情的追忆和对乡关的思念。下片由景入情，当此黄叶飘落、阴云沉沉的时候，怎不令他愁绪满怀？苍天如果有感情的话，它也会难以忍受这离愁别恨之苦的。词人感到往事如烟，旧欢如梦，如今大梦醒来，一切都已经不复存在，只剩下满腔惆怅。整首词的结构安排是情—景—情。上下片的衔接犹如卷帘：展开，收起，又展开。词中多用典故及前人成句，自然贴切，一如从自己笔底流出，不著痕迹。

【说明】《河满子》，又名《何满子》。何满子是唐代歌者名，因故被处死，临刑前创作一曲，以求减刑，未成。《何满子》本为单调六句，每句六字。孙光宪填此调第三句改成七字，成三十七字一体。其后改成双调，七十四字，上下片平仄、句式、叶韵同，各三平韵。

风入松 春情

〔宋〕吴文英

听风听雨过清明，愁草瘗花铭〔1〕。楼
○平○仄仄平◎　○仄仄平◎　○
前绿暗分携路，一丝柳、一寸柔情。料峭
平●仄平平仄　●平●　●仄平◎　●仄
春寒中酒〔2〕，迷离晓梦啼莺〔3〕。
○平●仄　○平●仄平◎

西园日日扫林亭，依旧赏新晴。黄蜂
○平●仄仄平◎　○仄仄平◎　○平
频扑秋千索，有当时、纤手香凝。惆怅双
○仄平平仄　●平○　○仄平◎　○仄○
鸳不到，幽阶一夜苔生〔4〕。
平●仄　○平●仄平◎

【注释】〔1〕瘗（yà）花铭：南北朝时庾信曾写过《瘗花铭》。瘗，埋葬。　〔2〕料峭：指寒风触人肌肤使人战栗。中（zhòng）酒：病酒，醉酒。　〔3〕迷离：模糊。一作“交加”。〔4〕惆怅二句：南朝梁庾肩吾《咏长信宫中草》诗：“全由履迹少，并欲上阶生。”唐李白《长干行》诗：“门前迟行迹，一一生绿苔。”双鸳，此指女子的鞋。

【评析】据近人及今人考证，这是作者怀念姬人的作品。吴文英在苏州仓幕供职时，曾纳一姬，同居约十年，卜居“西园”，后离去。此词的写作特点是：环境的渲染烘托（尤注重在景物对情感的触发），想象力的丰富和句法的曲折。清明时节雨纷纷，种种恼人天气，一时奔赴眼底，作者独立楼头，黯然神伤。如果说，《红楼梦》里的林黛玉在这样的天气里还能写《葬花诗》、《桃花辞》，那么，他连这一点兴致也索然了。可见他对姬人思念的专一，心无旁骛。这里的“草”当作“属草”之“草”，即如今的“起草稿”之“草”来理解。目中所见，唯有楼前青青杨柳。古人有折柳赠别的习俗，“柳”字谐音“留”。他由柳而想起了当时分手的情景，真是丝丝杨柳动离愁。柳是承上句“绿暗”而言的，属倒装句。春天的气候，乍暖还寒，词人感到砭骨的寒冷，象征着心境的凄凉。以酒御寒，且以消愁，却又喝得沉醉。曚昽睡去，又被莺声呼起。词上片从夜来风雨写起，写所见所思，至晓梦莺啼结。莺啼则暗示着天晴。所以过片即紧承此意，扫林亭，赏新晴。西园是他与姬人同居与分手的处所，他日日扫，当寓有追寻旧踪的深意。“黄蜂”以下数句，常为后人激赏。清人谭献说：“黄蜂二句，西子衾裙拂过来，是痴语，是深语。结笔温厚。”词的意思是说，黄蜂儿都纷纷扑向秋千架，因为爱姬曾在此荡过秋千，上面还遗留着她的香泽；又因为爱姬去后，莲步不至，一夜间青苔滋生台阶。实际上姬人离去多时，香泽早已消散，蜂蝶之来，并非为此；一夜之间，青苔也不可能那样疯长，这一切都是词人一往情深、一厢情愿的想法与感觉，所以谭献要说“是痴语”，“是深语”。从这“痴语”、“深语”中，我们可以体会到作者对情人的思恋。物物皆可附丽托意，这比起唐人白居易《长恨歌》的“芙蓉如面柳如眉，教人如何不泪垂”来，是要更深一层了。

【说明】《风入松》，又名《风入松慢》、《远山横》。古琴曲有《风入松》，唐人皎然有《风入松歌》，调名当取此。双调七十六字，上下片各四平韵。上下片平仄、句式同。

祝英台近 春晚

〔宋〕辛弃疾

宝钗分[1]，桃叶渡[2]，烟柳暗南
仄平平　平仄△　○仄仄平
浦[3]。怕上层楼，十日九风雨。断肠点点
△　●仄平平　●仄仄平△　●平●○
飞红，都无人管，倩谁唤、流莺声住[4]。
平平　○平○仄　仄○仄　○平平△

鬓边觑[5]，试把花卜归期[6]，才簪又
仄平△　●●平仄平平　○仄仄
重数[7]。罗帐灯昏，哽咽梦中语：是他春
平△　○仄平平　●仄仄平△　●平○
带愁来，春归何处？却不解、带将愁去。
仄平平　○平平△　仄●仄　●平平△

【注释】〔1〕宝钗分：古人有分钗赠别的习俗。南朝梁陆罩《闺怨》诗："自怜断带日，偏恨分钗时。"唐杜牧《送人》诗："明镜半边钗一股，此生何处不相逢。"　〔2〕桃叶渡：在今江苏南京秦淮河畔，相传因晋人王献之在此歌送其妾桃叶而得名。　〔3〕南浦：泛指送别的水边码头。《楚辞·九歌·河伯》："送美人兮南浦。"南朝梁江淹《别赋》："送君南浦，伤如之何。"　〔4〕倩(qìng)：请人替自己做事。　〔5〕觑(qù)：偷看，斜视。　〔6〕花卜归期：用花的瓣数，来预测亲人归来的日期。　〔7〕簪(zān)：插定发髻或冠的长针，这里作动词用。

【评析】关于这首词的真实含意，历来有几种说

法。一说此词是辛弃疾为其亡妾吕氏而作，这当然不大可信。又一说是此词别有寄托，有香草美人之意，借闺怨以抒自己抗金恢复河山之志难展的苦衷。这话有一定的道理。但我们这里仍将它作为一首闺怨词来理解。一则是托意之说很难捉摸，无法确指事实来附丽；二则不便于一般读者理解；你大费周章地来解说一通，读的人依然感到茫然不解，何必呢？此词全用一女子的口吻来抒写，温柔熨贴，万种风情，令人魂销意尽。上片是情景交织在一起写，处处景物投射进思妇的伤感，而思妇的伤感又都从景物传出，所以哪是情，哪是景很难区分。例如第三句“烟柳”应是春天的美景，而下面偏加一“暗”字，则全句就有了“黯然销魂者，唯别而已矣”的伤感气氛，并且将前三句都拢括进去。这里用“烟柳”当然也含有留别的意思。“十日雨丝风片里”，思妇怕上层楼，是因为怕引动离愁的缘故。“断肠”三句，是惜春，也是可惜自己的“如花美眷，似水流年”的消逝。青春易老，欢会无期，令人愁思更甚。她想请人劝止莺啼，一方面是想留住春光（三月莺啼，春色将尽），另一方面唐人有“打起黄莺儿，莫教枝上啼”的诗句，怕惊醒了她的好梦（下片即写到梦）。她思念爱人的心意是那么迫切，以至于把自己头上的珠花摘下，占卜归期；占卜好后刚插上发髻，又不放心，莫非刚才数错了，多数了一天？于是又摘下来重数。从这无聊而又可笑的动作中，可窥见其情绪之纷乱与思盼之热切。这是一种痴情。她日思夜想，形诸梦寐。大概在梦中她并未见到自己的心上人，所以会在梦里哭着，说着梦话：“春天带来了春愁，但是春天要去了，怎么不把春愁带走呢？”所谓带走春愁，也就是自己能与爱人重逢，到那时，满怀的春愁，方可烟消云散。下片通过卜归期、相思成梦、哽咽梦呓等一系列动态描写，塑造出一个深深地沉浸在思念爱人情绪中的思妇形象，生动感人。

【说明】《祝英台近》，又名《月底修箫谱》、《祝英台》、《祝英台令》、《燕莺语》、《宝钗分》等。词调是由大家熟知的梁山伯祝英台故事而得名。双调，七十七字，上片四仄韵，下片五仄韵。忌用入声韵部。词中五字句，均作拗句。另有用平声韵体式者。

御街行 离怀

〔宋〕范仲淹

　　纷纷坠叶飘香砌[1]，夜寂静、寒声
　　○ 平 ● 仄 平 平 △　仄 仄 仄　平 平
碎。真珠帘卷玉楼空[2]，天淡银河垂地。
△　○ 平 ○ 仄 仄 平 平　○ 仄 ○ 平 平 △
年年今夜，月华如练，长是人千里。
○ 平 ○ 仄　仄 平 ○ 仄　○ 仄 平 平 △

　　愁肠已断无由醉，酒未到、先成泪。
　　○ 平 ● 仄 平 平 △　仄 仄 仄　平 平 △
残灯明灭枕头攲[3]，谙尽孤眠滋味[4]。都
○ 平 ○ 仄 平 平 仄　● 仄 ○ 平 平 △　○
来此事[5]，眉间心上，无计相回避。
平 ● 仄　平 平 平 仄　○ 仄 平 平 △

【注释】〔1〕香砌（qì）：有落花香气的台阶。　〔2〕真珠：即珍珠。　〔3〕攲（qī）：倾斜。　〔4〕谙（ān）尽：尝够。〔5〕都来：算来。

【评析】这是一首秋夜怀人的词作，所怀念的人当是作者的意中人，至今还使他铭心刻骨，时时不能去怀，所以词写得很凄婉，充满了柔情。这是一个黄叶纷飞之夜，静得很，连叶落空阶的悉索声音都能听到。秋风飒飒，细碎而带着寒意。此时的楼上，珠帘高卷，不见了那人的身影。淡淡的天幕与闪烁的银河星群笼罩大地，是一幅星垂平野阔的图画。月色如练，照着孤

独的作者，每当此时，他会想起远隔千里的那位女子。这里“天淡”，与下面“月华如练”相照应，写月明是逗起下面的相思之意。隔千里兮共明月，这相思使他难耐。上片以凄清的夜景切入，没有直接写到人，但读者处处可以感到景中有人，这就是王国维在《人间词话》中所说的“有我之境”。下片纯写作者相思之苦，他为相思而断肠，为消除断肠之愁而思饮酒，却又未饮先醉，止不住黯然流泪。独夜寒灯，明灭飘忽，对影成三人，倍见孤独凄凉。用“残灯”一词，说明他久久无法入睡，而所以无法入睡，是因为苦苦思恋之故。作者遣词造句，煞费锻炼经营。词的结尾三句，作者进一步抒写念念不忘的心态，说这相思之苦，是无时不在、无刻不在的；即使要假装不想也假装不来，心头上抹不去，眉峰上舒不开，李清照《一剪梅》词“此情无计可消除，才下眉头，又上心头”当由此词化出。

【说明】《御街行》，又名《孤雁儿》。宋人填此调字数小有出入。范词双调七十八字，上下片平仄、句式同，各四仄韵。

蓦山溪 别意

〔宋〕黄庭坚

鸳鸯翡翠[1]，小小思珍偶。眉黛敛
○平●仄　●仄平平△　○仄仄
秋波，尽湖南、山明水秀。娉娉袅袅，恰
平平　仄○○　平平●△　○平●仄　●
近十三余[2]；春未透，花枝瘦，正是愁时
仄仄平平　平●△　平○△　●仄平平
候。
△

寻芳载酒，肯落他人后。只恐远归
平平●△　●仄平平△　●仄仄平
来，绿成阴、青梅如豆[3]。心期得处，
平　仄○○　平平○△　○平●仄
每自不由人，长亭柳，君知否，千里犹回
●仄仄平平　平○△　平○△　○仄平平
首。
△

【注释】〔1〕翡翠：鸟名，雄者赤羽，名翡；雌者青羽，名翠，与鸳鸯一样平时都是雌雄在一起的。　〔2〕娉娉（pīng）二句：唐人杜牧《赠别》："娉娉袅袅十三余，豆蔻梢头二月初。"娉娉袅袅，形容身段窈窕美丽。　〔3〕绿成阴句：以青梅结子比喻自己旧恋女子已身属他人，见前《丑奴儿》【评析】。

【评析】这首词词题又名"赠衡阳妓陈湘"，当是

作者晚年在贬官南迁途中所作。词的关键处是“心期得处，每自不由人”两句，这也是他宦途沉浮的人生体验。黄庭坚的最后十年，一再遭到贬谪，流转于今四川、湖北、湖南、广西一带，词句深深地表达了对人生不能自主的无奈。这种感叹当并非单纯地为别离一小妓而发。词的上片写妓，写她的外观，包括身段、眉眼、情态。说她年龄幼小，已是情窦初开，艳羡鸳鸯成对，翡翠成双，眉似远山，目如秋水。“山明水秀”与“眉黛”相照应。“春未透”三句则与“十三余”相应，写出一个娇怯怯、尚未成年的天真美丽的少女形象。金人王若虚曾批评这几句说，词中写“近十三余”，近是不到，余是过头，这样写是自相矛盾的；又说一个十三岁的小女孩又有什么可愁的？其实文艺创作不像搞科学实验，不必要也不可能完全用事实来一一考核。近也好，余也好，只是说她年轻罢了。再说“正是愁时候”，“愁”在这里应作少年人思想活跃、多思、情感丰富来解，年轻人是一个多梦的花季，如斯而已。当然，这其中也许有作者自身思想、感情的投射。人在失意的时候，偶见快心可意的人或事，难得一笑，但总觉与人生一帆风顺的人感觉有别，这也是情理中事。这位可爱的少女似乎是真正感动了作者。他追求、留恋，但又无可奈何地告别，而且很可能是后会无期，不免感慨生愁。他叹息人生的无常，命运的作弄人，心愿常要落空。心期，就是心中的期望；期望的不能得，得到的又不是心中期望的，所以是“每自不由人”。待到山河重改，贬谪归来，可能已是花成泥，叶成阴，子满枝了，也就是说少女已归他人，这是补充说明“心期得处，每自不由人”的意思。词最后是在无限依恋的情境中结束的，作者怀着惆怅，对长亭边送别自己属意的少女、象征着别离的青青柳树，投过去深深的一瞥。一瞥意犹未足，而是一步一回头，直至千里。“黯然销魂者，唯别而已矣”。而这离别又是在怎样的一种心绪中、怎样的一个环境中进行着的啊！见了这样的一幕，树若有情，是不会青青如此，而会枯死的。

【说明】《蓦山溪》，又名《上阳春》、《心月照云溪》、《弄珠英》。双调，八十二字，上片五仄韵，下片六仄韵。宋人填此调也常有全词仅叶六仄韵者，即上下片的第二句（“小小”句、“肯落”句），第四句（“尽湖南山明水秀”句、“绿成阴青梅如豆”句），结句（“正是”句、“千里”句）。

洞仙歌 夏夜

〔宋〕苏 轼

冰肌玉骨[1]，自清凉无汗。水殿风来
○平●仄 仄○平平△ ●仄平平
暗香满[2]。绣帘开、一点明月窥人，人未
仄平△ 仄平平 ●仄平仄平平 平●
寝，攲枕钗横鬓乱[3]。
仄 ○仄平平仄△

起来携素手，庭户无声，时见疏星渡
●平平仄仄 ○仄平平 ○仄平平仄
河汉[4]。试问夜如何，夜已三更，金波
平△ 仄仄仄平平 ●仄平平 平○
淡、玉绳低转[5]。但屈指、西风几时来，
仄 ●平○△ 仄仄仄 平平仄平平
又只恐流年，暗中偷换。
仄仄仄平平 仄平平△

【注释】〔1〕冰肌玉骨：形容肌肤莹洁，有如仙子。《庄子·逍遥游》："藐姑射之山，有神人焉，肌肤若冰雪，淖约若处子。" 〔2〕水殿：唐李白《口号吴王美人半醉》："风动荷花水殿香。"此指四川成都摩诃池上的宫殿。 〔3〕攲（qī）：斜倾。 〔4〕河汉：银河。 〔5〕金波：指月光。 玉绳低转：指夜深。玉绳是在北斗第五星（玉衡）北面的两星名。 玉绳星越低，夜越深。

【评析】此词前原有小引："余七岁时，见眉山（在

今四川）老尼，姓朱，忘其名，年九十岁。自言尝随其师入蜀主孟昶（五代时后蜀后主）宫中。一日，大热，蜀主与花蕊夫人（孟昶的宠妃）夜纳凉摩诃池（在后蜀的宣华苑，故址相传在今成都郊外昭觉寺）上，作一词。朱具能记之。今四十年，朱已死久矣，人无知此词者。但记其首两句。暇日寻味，岂《洞仙歌令》乎？乃为足之云。”所谓“作一词”，据宋人所传为孟昶的《玉楼春》，词云：“冰肌玉骨清无汗，水殿风来暗香满。帘间明月独窥人，攲枕钗横云鬓乱。三更庭院悄无声，时见疏星渡河汉。屈指西风几时来，只恐流年暗中换。”两词相对照，使人觉得倒像是孟词改写苏词的；若说是苏词改写孟词，则苏轼也太低能了，所以此说难以置信。本篇写暑夜纳凉、对年光流逝感到惋惜无奈之情。词开首从写荷花入手，实是替花蕊夫人写照。六朝及唐代诗赋中多将荷花（芙蓉）与美人交相描写，如梁元帝《采莲赋》：“莲花乱脸色，荷叶杂衣香。”杜公瞻《咏同心芙蓉》：“色夺歌人脸，香乱舞衣风。”唐王昌龄《西宫夜怨》诗：“芙蓉不及美人妆，水殿风来珠翠香。”等等。荷花淡雅高洁，玉体生香，出污泥而不染，弥望田田，清凉自来，用以比喻国色天香的美人，实为上品。接下去直接写美人的住所，帘外明月照人，用“窥”给人以流动之感。人未寝，钗横鬓乱，一方面给人一种睡美人的形象，与唐温庭筠《菩萨蛮》词“鬓云欲度香腮雪”同一意境，另一方面也为了突出夏夜的暑热。下片则侧重写夜深纳凉情景。素手，与前冰肌玉骨照应，加上明月的朗照，清辉玉臂，自然生凉。“庭户”两句说明夜深人静。“试问”三句为补足前面的意思。词的意思本来到此可以结束了，照一般写法，接下去只要写如何回房安寝即可。但作者却因此发了一番感叹，大意是说，人总是在追求着什么，但所追求的东西到手以后，却已岁月流逝，垂垂老矣。是得，是失？无法确论。譬如词中写暑热，人希望能够找到清凉，盼望着西风起、秋天的来临，已凉天气未寒时，是一年中最适意的季节了，但是夏季也就在你眼皮底下偷偷地溜走了。人生能经历多少个夏季呢？这层意思，也许不是孟昶原词中所有的，而是苏轼的代言。苏轼确有此翻空出奇的大手笔，于结尾处显妙思。他的文、诗、赋，无不如此。文如《赤壁赋》，诗如《石鼓歌》，词如《水调歌头》“明月几时有”，都是如此。

【说明】《洞仙歌》，又名《羽仙歌》、《洞仙歌令》、《洞中仙》等。双调，八十三字，上下片各三仄韵。此调句逗格式多有出入，这里用《词律》标法。前片第二句（“自清凉无汗”）为上一下四句式。第三句及下片第三句最后三字必须用“仄平仄”（“暗香满”与“渡河汉”）。下片第七句第一字（“但”）与第八句第一字（“又”）均为领字，须用去声。又，上片第四句（“绣帘开”句）也常有作五、四句式者。

潇湘夜雨 灯花

〔宋〕赵长卿

斜点银釭[1]，高擎莲炬[2]，夜寒不耐
○仄平平　○平○仄　●平●仄
微风。重重帘幕，掩映画堂中。香渐远、
平◎　○平○仄　●仄仄平◎　平仄仄
长烟袅穟[3]；光不定、寒影摇红。偏奇
○平●仄　平仄平　○仄平◎　○平
处，当庭月暗，吐焰亘如虹[4]。
仄　○平●仄　●仄仄平◎

红裳呈艳丽[5]，翠蛾一见，无奈狂
○平平仄仄　●平●仄　○仄平
踪[6]。试烦纤手，卷上纱笼。开正好、银
◎　仄平平仄　仄仄平◎　平仄仄　○
花照夜[7]，堆不尽、金粟凝空[8]。叮咛
平●仄　平仄仄　○仄平◎　平平
语，频将好事，来报主人公[9]。
仄　○平●仄　○仄仄平◎

【注释】〔1〕釭（gāng）：灯。　〔2〕擎（qíng）：举。莲炬：莲花形的蜡烛。　〔3〕穟（suì）：通“穗”，这里指灯心。〔4〕吐焰句：唐卢仝《月蚀诗》：“今夜吐焰长如虹，孔隙千道射户外。”　亘（gèn）：连接。　〔5〕红裳句：《异闻录》载，杨穆于昭应寺读书，见一红裳女子，自云远祖为宋无忌，十四代祖因显扬佛教，封西明公。唐明皇封她为西明夫人。后经检验，乃是经幡中的灯。　〔6〕翠蛾二句：以灯蛾扑火事衬托灯焰的美

丽。〔7〕银花：指灯。唐苏味道《正月十五夜》诗："火树银花合，星桥铁锁开。"〔8〕金粟：指灯花。唐韩愈《咏灯花同侯十一》诗："黄里排金粟，钗头缀玉虫。"〔9〕频将二句：古人认为灯花爆裂乃是吉兆。汉刘歆《西京杂记》："目瞤得酒食，灯火华得钱财。"韩愈《咏灯花同侯十一》诗："更烦将喜事，来报主人公。"

【评析】这是一首咏物词。它将许多有关灯、灯花的典故及前人吟咏灯花的成句组织入词，实在并无什么寄托寓意，掉掉书袋罢了。上片侧重刻画灯、灯花的形态，是纯客观的描写，下片则稍许掺入一点个人主观情感。"斜点"、"高擎"，是点出富贵气象，与下面句中的"画堂"相应。在古代，只有富贵之家才点灯烛，贫寒人家点的是松明火把。如杜甫《羌村三首》之一"夜阑更秉烛"，这"烛"实际上是指火把。说"斜点"、"高擎"有点故意矜持、引人注意的味道。"夜寒"一句，照应整个上片。因夜寒风微，所以用重重帘幕抵御寒意，但微风还有点吹入，所以长烟袅袅，烛影摇红，随着光影的摇动，香气也散发开来，透出帘外。这是一派堂皇的富丽气象。古人说，有些人作诗词，尽是金呀玉呀银呀，要显出富贵气，实际上只见出一种乞儿相；真正写富贵的只用"笙歌归院落，灯火下楼台"就够了。此词的用意及达到的艺术效果，也是如此。"当庭"两句，作者为我们绘出了一幅奇丽的图画，有着强烈的色彩感。下片开首紧接上片结尾，作者把美丽的灯焰想象成绝世的红裳女子，这典故用得很贴切，也很新鲜。灯蛾扑火这无意的行为，也成了形容灯焰美丽的修辞手法。烦纤手卷纱笼的意思也可能是由红裳女子这典故生发的。古诗词中常有在假设的一点上再生发开去作连环比喻的手法。如《诗经·小雅·大东》把箕星、北斗星、牵牛星比喻成簸箕、斗（酒器）、牛，接着说不能用它们派簸扬、盛器、拉车的用处。又如唐诗人孟浩然《广陵别薛八》："樯出江中树，波连海上山。"因为下句将水波比喻成山，所以上句就将桅杆比喻成山上之树。这里的意思也正是如此，也许本来就是作者自己卷上纱笼的，并不用烦劳"纤手"。纱笼卷上后，光焰四照，如火树银花；灯花烂漫，灯心火红，与红焰成为一体，因此说"金粟凝空"。词最后以吉祥语作结，也是一般咏物诗词的常见作法。全词紧扣词面，无一句踏空语，是咏物词的典型作品。

【说明】《潇湘夜雨》，又名《满庭芳》，但实际上与《满庭芳》在字数、句式上有一些出入。

满江红 金陵怀古

〔元〕萨都剌

六代豪华〔1〕，春去也、更无消息。空
● 仄 平 平　平 ● 仄　● 平 ○ △　平
怅望，山川形胜，已非畴昔〔2〕。王谢堂前
仄 仄　○ 平 平 仄　仄 平 平 △　○ 仄 ○ 平
双燕子，乌衣巷口曾相识〔3〕。听夜深、寂
平 仄 仄　○ 平 ● 仄 平 平 △　● ● ○　●
寞打孤城，春潮急〔4〕。
仄 仄 平 平　平 平 △

思往事，愁如织。怀故国，空陈迹。
○ ● 仄　平 ○ △　平 仄 仄　平 平 △
但荒烟衰草，乱鸦斜日。玉树歌残秋露
仄 平 平 ○ 仄　仄 平 平 △　● 仄 ○ 平 平 仄
冷〔5〕，胭脂井坏寒螀泣〔6〕。到如今、只有
仄　○ 平 ● 仄 平 平 △　● ○ ○　● 仄
蒋山青〔7〕，秦淮碧〔8〕。
仄 平 平　平 平 △

【注释】〔1〕六代：六朝。详前张昇《离亭燕》词注。　〔2〕畴（chóu）昔：往昔。　〔3〕王谢二句：唐刘禹锡《乌衣巷》诗："旧时王谢堂前燕，飞入寻常百姓家。"王谢是东晋时期两个世家大族，权势显赫。乌衣巷，在今南京秦淮河南，是王谢两家聚居地。　〔4〕听夜深三句：唐刘禹锡《石头城》："山围故国周遭在，潮打空城寂寞回。淮水（秦淮河）东边旧时月，夜深还过女墙（城上矮墙）来。"　〔5〕玉树句：南朝陈后主有《玉

树后庭花》曲，被认为是亡国之音。〔6〕胭脂井：即景阳井，故址在今南京。隋军攻克金陵，陈后主与张丽华、孔贵嫔等避入此井，后被隋军牵出。相传井栏有石脉，用帛揩拭，作胭脂痕，故名。螀（jiāng）：蝉的一种。〔7〕蒋山：即钟山，在今南京东北。汉末广陵（今江苏扬州）人蒋子文为秣陵尉，因追贼至钟山，伤额而死，东吴孙权为其立庙于钟山。孙权父名钟，因改名蒋山。〔8〕秦淮：秦淮河，长江下游支流，横贯今南京。相传秦始皇凿方山以疏通淮水，故名秦淮河。

【评析】《白香词谱》共收了三首金陵怀古之作（王安石的《桂枝香》、萨都剌的《念奴娇》及此词），都是极负盛誉、传诵千古的作品。相比而言，此词较侧重抒情，情调低沉凄凉。词一开首，大有“流水落花春去也”的感慨，并贯穿全篇。“更无消息”就是春日重来的信息全无的意思，象征着六代繁华一去不回。所以连金陵这样的形胜之地，也黯然失色，不同既往了。王、谢堂前的燕子，已飞入寻常百姓之家，物是人非，昔日荣宠、繁华、煊赫已经衰歇，唯有金陵城下的春潮，依然年年月月拍打空城，发出寂寞单调的声响。词的过片承上启下，用荒烟、衰草、乱鸦、斜日构成一幅晚秋的图画，触目所见，一片荒凉萧瑟的景象。当年《玉树后庭花》唱得何等欢快，如今这欢快热烈的歌声已经唱完，象征着那种年代已经过去，到处是秋露风寒，冷惨惨的景象；胭脂井已成为败井颓垣，唯有井旁高树上的寒蝉还在哀鸣。这里“秋露冷”与“寒螀泣”对举，突出末世的悲凉。六朝文物草连空，历史就是如此无情。作者选择了当年一盛一衰的两个典型事例，抒发沧桑之感，并回应了词开首“六代豪华，春去也、更无消息”。俱往矣，历史不会倒转，人事都发生了变化，不变的只有青青的蒋山，碧波粼粼的秦淮河，青山不断，绿水长流，词人对此，唯有深沉的叹息与怅惘。此词的结构与写作很有特色。首先是结构上的上下呼应与全篇的匀称令人称道，如上下片中间各用人事连缀，并都结以永恒不变的山水风物，上片写暮春，下片写暮秋等。其次是在写作上多用典故，多用前人成句，但又贴切自然，与全词的抒情气氛相协调。化用前人成句的除注释中交代的外，尚有“荒烟衰草”后接“玉树歌残”，即用刘禹锡《台城》：“万户千门成野草，只缘一曲《后庭花》”；“秦淮碧”用刘禹锡《江令宅》：“南朝词臣北朝客，归来唯见秦淮碧”等，都化用得了无痕迹，似从自己肺腑中流出，不易被人察觉。像这样的善用典故与成句，词人中大概只有周邦彦、辛弃疾可与之相媲美。

【说明】《满江红》，又名《上江红》、《念良游》、《伤春曲》。此调有平仄韵两体，但宋人较多用仄韵体者。例用入声韵，慷慨激越，多用于抒发豪情壮志。双调，九十三字，上片四仄韵，下片五仄韵。上下片两组七字句，多用对仗。下片开头四句三字句，可两两对仗，亦可一、三，二、四对仗。第五句（“但荒烟衰草”）多用上一下四句式。

玉漏迟 咏怀

〔金〕元好问

淅江归路杳〔1〕，西南却羡，投林高
● 平 平 仄 △ 平 平 仄 仄 ○ 平 平
鸟。升斗微官，世累苦相萦绕。不似麒麐
△ ○ 仄 平 平 ● 仄 仄 平 平 △ ● 仄 平 平
画里〔2〕，又不与、巢由同调〔3〕。时自笑，
仄 仄 仄 ● 仄 平 平 平 △ 平 仄 △
虚名负我，半生吟啸〔4〕。
○ 平 仄 仄 仄 平 平 △

扰扰马足车尘，被岁月无情，暗消年
○ ○ 仄 仄 平 平 仄 ● 仄 平 平 ● 平 平
少。钟鼎山林〔5〕，一事几时能了。四壁秋
△ ○ 仄 平 平 ● 仄 仄 平 平 △ ● 仄 平
虫夜雨，更一点、残灯斜照。清镜晓，白
平 仄 仄 仄 ● 仄 平 平 平 △ 平 仄 △ ●
发又添多少。
仄 仄 平 平 △

【注释】〔1〕淅（xī）江：水名，丹江支流，源出河南卢氏县，南流经内乡县，经淅川县东北与丹水合流。元好问在内乡县淅水边有别业。　〔2〕麒麐：即麒麟阁，在汉长安未央宫内。汉宣帝甘露三年（前），画功臣霍光、张安世等十一人图像于阁中。〔3〕巢由：巢父与许由。相传为尧时隐士。尧欲让位于二人，皆不受。　同调：同气，同类，谓意气志趣相投。　〔4〕吟啸：此指吟诗作赋。　〔5〕钟鼎：古代褒扬臣子功绩，则在钟鼎上刻

铭记功。又古代贵族钟鸣鼎食，此指仕宦。　山林：指隐居。

【评析】此词元好问集中题作“壬辰（1232）围城中有怀淅水别业”。这一年蒙古军两次围攻金国都城汴京（今河南开封），词即作于这年秋天。元好问在金哀宗正大四年（1227）出任内乡令，次年为母服丧罢官，居内乡白鹿原达三年，服满后任南阳令，不久调任京师。蒙古军围攻汴京时，元好问任左司都事。淅水别业，当指白鹿原上的住家。池鸟尚且思归故园，何况是人，更何况作者是坐困围城中呢？白鹿原在汴京西南，所以他要羡慕投林的飞鸟，向西南方向投去深情的一瞥。元好问自正大元年（1224）中宏词科后，屡任小官，时出时隐，转辗各地。这就是词中“升斗”二句的注脚。他早年有志为国报效，向往建功立业，但同时又希望过隐居生活，“聚居深读，时时酿酒为具，从宾客游，伸眉高谈，脱屣世事”（《送秦中诸人引》），出处进退，交战于胸，但到了这外敌兵临城下的时候，两者都谈不上，麟阁图功既无望，像巢父、许由般的自由自在生活也不能，只得自悔自叹，“枉抛心力作诗人”。因为诗人比常人更加多愁善感，更能感到外物与内心的痛苦。元好问的青年时期是在战乱中度过的，从金宣宗贞祐元年（1213）蒙古军进攻山西起，直至金国灭亡，二十年间，他流转各地，“骨肉他乡各异县，衣冠今日是何年”（《眼中》），青春即在奔亡中消逝。追忆年华，作者深感谋隐谋宦两无成的况味。当此国家危急关头，宦，则应建立功名，击退强敌，勒铭钟鼎；隐，则可保持名节。他希望能早日作出选择。但是勒铭钟鼎已成泡影，形势如此危急，金国的朝政又昏暗不堪，使他无法施展抱负，出路也只有隐居一途了。这里，词意暗暗又与开首思念浙江归路互相呼应。然而眼前是四壁秋虫哀鸣，墙外冷雨如泣，室内一点残灯相照，寂寞凄凉之极。作者在愁苦与追思中过了一夜，到晓来时，揽镜照看，又添了许多白发。对于国家命运的忧念，对于个人身世前途的感怀，交织成无边的愁网，使他无法解脱，可怜白发骤生。词就结束在这暗淡的色调里。这首词用了两个“少”字作韵脚，但一去声，一上声，不为复韵。

【说明】《玉漏迟》，得名于白居易诗“天凉玉漏迟”。双调，九十四字，上片六仄韵（首句也可不用韵），下片五仄韵。下片第二句为上一下四句式。词中“时自笑”、“清镜晓”两句均用“平仄仄”，为定格。

水调歌头

丙辰中秋，欢饮达旦，大醉，作此篇，兼怀子由。

〔宋〕**苏 轼**

明月几时有，把酒问青天。不知天上
○仄仄平仄 ●仄仄平◎ ●平○仄
宫阙，今夕是何年？我欲乘风归去，又恐
平仄 ○仄仄平◎ ●仄平平○△1 ●仄
琼楼玉宇[1]，高处不胜寒。起舞弄清影，
平平●△1 ○仄仄平◎ ●仄仄平仄
何似在人间。
○仄仄平◎

转朱阁，低绮户，照无眠。不应有
仄○仄 ○仄仄 仄平◎ ●平●
恨，何事长向别时圆。人有悲欢离合，月
仄 平●平仄仄平◎ ○仄平平○△2 ●
有阴晴圆缺，此事古难全。但愿人长久，
仄平平○△2 ●仄仄平◎ ●仄○平仄
千里共婵娟[2]。
○仄仄平◎

【注释】〔1〕琼楼玉宇：指月宫。《大业拾遗记》："俄见月规半天，琼楼玉宇烂然。" 〔2〕千里句：南朝宋谢庄《月赋》："美人迈兮音尘绝，隔千里兮共明月。"

【评析】这首词是作者丙辰（宋神宗熙宁九年，即1076年）中秋在密州太守任上作的。密州，今山东诸

城。苏轼因反对王安石变法，被排挤出朝廷，先后任杭州、密州等地地方官，写这首词时已与他弟弟苏辙有七年未见面了。因此，企图摆脱尘世的羁绊，超然物外，却又不无留恋之情，以及对兄弟骨肉的深情怀念，就构成了这首词的基调。词的开首，纯是神来之笔，横空出世，夭矫异常。它是从李白的《把酒问月》诗句“青天有月来几时，我今停杯一问之”化出，用意也相似。“不知”两句，承前问意，也就是说“天上宫阙”对应“明月”，“是何年”对应“几时有”。应接构思之妙，非同一般。他发问探询月宫，所以想乘风归至天上，查个究竟。苏轼才高，常以谪仙自许，世人亦目之为坡仙，故而这里用“归去”两字。但是，青天是那么高，寒意袭人，感到不堪承受。还不如在人间，月下起舞，对影成三人那么自得其乐。刹那间，作者的思绪又从天上回到人间。“起舞”两句，历来有两种解释，一种即如上文所述；另一种解释是，作者起舞弄影，仿佛已置身天上，其乐无穷，人间哪能比拟呢？但这种解释，似与“高处不胜寒”相矛盾。苏轼所厌弃的是人世的纷扰，“何时忘却营营”（《临江仙·夜归临皋》），而不是整个人间。下片开首写明月的移动，它转过了朱红的楼阁，射进了雕花的窗户，照在了失眠人的身上。这失眠者既可指作者自己，也可以泛指一切身怀忧思离恨的人们。明月当然不具备人的感情，无所谓喜怒哀乐，但它为什么要以团圞的姿态照着离人呢？这一问看似无理，却表达了离人此时的心情，所以又是问得很有情的。无理与有情得到了统一。它表达了作者渴望与亲人团聚的迫切心理。苏轼是个放旷达观的人，不会老是停留在离恨的心态中，他推开一步自我宽解，人的悲欢离合与月的阴晴圆缺都是客观存在，良辰美景赏心乐事，四者难以同时拥有。所希望的只要月长明，人长在，当此中秋之夜，共看明月，即便相隔千里，又有何妨？词便在这良好的但也是无奈的祝愿声中结束了。是的，人难以做到万事如意，在不如意的环境中，能保持乐观，以求他日的相聚相乐，就可以了。神定气闲，“此心安处是吾乡”（《定风波》）。苏轼一生多历风波，横遭种种打击，仍能活到六十六岁，就是靠着这达观的处世良方。综观全词，流动着一股飘逸的仙气，上天入地，纵横万里，上下千年，充满着对生命力的呼唤和对不平心态的自我抑制，充满着对美好未来的追求与对不如意现实的自我安慰。这是一首在文学史上最负盛誉的中秋词，宋人胡仔《苕溪渔隐丛话》说：“中秋词自东坡《水调歌头》一出，余词尽废。”决非虚言。

【说明】《水调歌头》，又名《江南好》、《花犯念奴》、《元会曲》、《凯歌》、《台城游》。据《隋唐嘉话》载，隋炀帝命凿汴河，作《水调歌》。在唐代，《水调》为大曲，凡大曲有“歌头”，此词调可能是截取其首段而成。双调，九十五字，上下片各四平韵两仄韵。平韵前后属同一韵部，仄韵前后属不同韵部。上下片的两仄韵，也可不押。

满庭芳 春游

〔宋〕秦　观

晓色云开，春随人意，骤雨才过还
● 仄 平 平　○ 平 ○ 仄　仄 ● 平 仄 平

晴。古台芳榭[1]，飞燕蹴红英[2]。舞困榆
◎　仄 平 平 仄　平 仄 仄 平 ◎　● 仄 平

钱自落[3]，秋千外、绿水桥平。东风里，
平 仄 仄　○ ○ 仄　● 仄 平 ◎　○ 平 仄

朱门映柳，低按小秦筝[4]。
○ 平 ● 仄　○ 仄 仄 平 ◎

多情，行乐处，珠钿翠盖[5]，玉辔红
平 ◎　平 仄 仄　平 平 仄 仄　● 仄 平

缨[6]。渐酒空金榼[7]，花困蓬瀛[8]。豆蔻
◎　仄 ● ○ 平 仄　○ 仄 平 ◎　● 仄

梢头旧恨[9]，十年梦、屈指堪惊[10]。凭栏
○ 平 仄 仄　● ○ 仄　● 仄 平 ◎　平 平

久，疏烟淡日，寂寞下芜城[11]。
仄　○ 平 ● 仄　● 仄 仄 平 ◎

【注释】〔1〕榭（xiè）：建筑在台上的房屋，作为游观之处。　〔2〕蹴（cù）：踢。　〔3〕榆钱：榆树枝条间生的榆荚，色白成串如钱，因称榆钱。　〔4〕按：弹奏。　秦筝：一种弹弦乐器，多为十六弦。初盛行于秦国，故称。　〔5〕珠钿：车上饰物。　翠盖：车上用翠羽装饰的车篷。　〔6〕玉辔：用玉装饰的马缰绳。　红缨：用红丝制的马身上用的穗状饰物。　〔7〕榼（kē）：盛酒器皿。　〔8〕蓬瀛：蓬莱、瀛洲，古代传说中的海

上仙山。此借指冶游之地。 〔9〕豆蔻：比喻少女，年少而美。唐杜牧《赠别》诗："娉娉袅袅十三余，豆蔻梢头二月初。" 〔10〕十年梦：杜牧《遣怀》诗："十年一觉扬州梦，赢得青楼薄幸名。" 〔11〕芜城：指扬州。南朝宋竟陵王在扬州作乱后，城邑荒芜。鲍照曾作《芜城赋》凭吊，后世因称扬州为芜城。

【评析】这是一首回忆昔日冶游生活的作品。"豆蔻梢头"句前，写的都是昔年游春景象，这之后方折回到眼前情景中来，也就是说，前面那些景物、情事，都是作者凭栏凝思的旧影。那是个美丽的暮春时节。清早起来，连天公也作美，骤雨初晴，晓色云开，人的心情也格外开朗。处处是亭台楼阁，东风习习，落花片片，词人却说这是飞燕把花踢落的。榆钱随风飞舞，满地青钱，一派融融春光。春水波涨，与桥快要齐平了。"绿水桥平"，正应了前边的"骤雨"。"秋千外"，说明作者这时立于墙外。因为秋千是放置于园中的。那园第粉墙朱门，掩映在东风吹拂的柳影里。而园中又传出丁冬的弹筝声。这里声与色都呈现在读者的感官面前，景色是那么迷人，风光是那么旖旎——那弹筝的一定是个美丽的少女吧。词从开首至此，由景及人，从花红柳绿的美丽春景中，渐渐推出朱门，推出弹筝人，就像现代电影手法一样。下片紧承上片结尾，点明这是一处冶游之地。女的坐车，男的骑马，香车宝马，纷纭杂遝。人们在此畅饮，寻欢作乐。"花困蓬瀛"之"花"，当指青楼妓女。作者写到这里，突然笔锋一转，跌回现实，如大梦初醒。这确实像一场春梦，大梦醒来，融融的春色不见了，豆蔻般的多情少女不见了，只剩下无穷的遗憾。扳着指头算算，那么美好的日子，距今已有十年了。流水无情，落花春去，旧欢不再，眼前唯见暮霭落日，一片惨淡景象。夕阳沐浴着荒落的扬州城，悄然而下，不胜凄凉之感。梦境越好，梦醒后的失落感也就越重，所以全词用了较多的篇幅去描写失去了的天堂是如何美好，而只用淡淡的几笔写今日的哀情，在分量上似乎不称，但今昔对比反差更见强烈，更有艺术感染力。

【说明】《满庭芳》，又名《锁阳台》、《满庭霜》、《潇湘夜雨》、《江南好》等。双调，九十五字，上下片各四平韵。也有用仄韵者，名《转调满庭芳》。上片首两句，多用对仗。下片第三第四句（“珠钿翠盖，玉辔红缨”），也多用对仗。下片开首两字也可不用韵，连下成五字句。上下片第八句（“东风里”、“十年梦”）的第一字，虽平仄通用，但仄声只限于用入声，不能用上、去声。

凤凰台上忆吹箫 别情

〔宋〕李清照

香冷金猊[1]，被翻红浪，起来慵自梳
○仄平平　●平○仄　●平○仄平
头。任宝奁尘满[2]，日上帘钩。生怕离怀
◎　仄仄平平仄　●仄平◎　○仄平平
别苦[3]，多少事、欲说还休。新来瘦，非
●仄　平●仄　●仄平◎　平平●　平
干病酒，不是悲秋。
平仄仄　仄仄平◎

休休[4]，这回去也，千万遍阳关[5]，
平◎　仄平仄仄　平●仄平平
也则难留。念武陵人远[6]，烟锁秦楼[7]。
●仄平◎　仄仄平平仄　○仄平◎
惟有楼前流水，应念我、终日凝眸[8]。凝
○仄平平○仄　平●仄　○仄平◎　平
眸处，从今又添，一段新愁。
平仄　平平仄平　仄仄平◎

【注释】〔1〕金猊（ní）：狻（suān）猊（即狮子）形的镀金香炉。　〔2〕宝奁（lián）：华贵的梳妆匣。　〔3〕生怕：只怕，最怕。　〔4〕休休：犹口语“罢了，罢了”。　〔5〕阳关：唐王维作《送元二使安西》绝句，后被谱入乐，名《阳关三叠》，是著名的送别曲子。　〔6〕武陵：晋陶潜作《桃花源记》，谓“晋太元中，武陵人”，地在今湖南常德。后以附会东汉刘晨、阮肇入天台山桃花洞遇仙女故事，用作代指爱人所去的地方。　〔7〕秦

楼：《列仙传》：秦穆公时人萧史，善吹箫，能致孔雀白鹤舞于庭。秦穆公女弄玉好之，遂嫁萧史，学吹箫。穆公为造凤台，使夫妇居。数年后，乘凤仙去。凤楼即凤台，这里指作者自己所居的闺房。〔8〕凝眸（móu）：注视。

【评析】李清照与其丈夫赵明诚是一对志趣相合、气味相投的恩爱夫妻。赵明诚因游学或出仕，小夫妻常有分别的时候，这首词即作于某次离别之后，充满了儿女柔情，缠绵深沉，表达了女主人公特有的细腻温婉的心理。上片着重写分手后作者“离怀别苦”的外在形态，下片则刻画作者的内心情感。当然词中对外在形态的描述是处处围绕作者的内心苦闷而着笔的，一切景物、身影都抹上了作者的主观情感色彩。香炉里烟消火灭，一片虚冷景象。红被面凌乱地堆在床上，不去折叠，任它红光闪烁。作者起床后又是“懒起画蛾眉，弄妆梳洗迟”，表达爱人去后的懒散、无情无绪的心情。“宝奁尘生”，说明这种状态已非一日，自分手日起就是如此了。“日上帘钩”，说明起身之迟，与前边“慵”字相呼应。接下去点明主题，女主人公是为离别而愁苦，那怕是短暂的分手，也让人难耐。但在封建社会里，一个闺阁千金，心中纵有万种离愁，又怎能启口向人诉说呢？所以只能“欲说还休”。愁能伤人，尤其是闷在心中无法发泄、无法诉说只能掩埋于心底自我克制的愁苦，更是让人受到严重的身心折磨，因此她瘦了。但是，作者并没有直接表白她瘦的原因，只是说人消瘦不是因为酒醉害病，也不是悲秋所致。到底什么原因？作者还是“欲说还休”，说不出，无法说，无限心中事，尽在不言中。这一切都是人去楼空后，女主人公凄清寂寞心情的表象化。下片开头“休休”两字是绾结上片，是一种力求自我摆脱愁境的表现，意思是算了吧，老是发愁又有什么用呢。也就是《声声慢》中“怎一个愁字了得”的意思。看来这次爱人的离家是件万不得已的事情，所以下面说“这回去也，千万遍阳关，也则难留”。小夫妻俩在走与不走这问题上也许斟酌了好久了，更可见出夫妻情深、恩爱难舍的情形。但是别后的相思是难以割断的，爱人的影子还是在心中久久盘旋，他大概已走得很远了吧？这里只剩下一座空楼。这相思只有楼下流水知道。用流水寄寓相思之意是因为流水悠长，象征着相思的无穷无尽；又因为流水波浪起伏，象征着心潮的不能平静。正因为如此，她的目光才会久久注视。当然也可能爱人是乘船而去的，楼下的流水载着舟船，载着夫婿，也载着离愁渐渐远去。这相思是无尽的，要直等到爱人归来的那天才能了结；而且他们之间的小别也非止一次，所以词的结尾说：“凝眸处，从今又添，一段新愁。”新愁者，又一次刻骨的“离怀别苦”也。

【说明】《凤凰台上忆吹箫》，又名《忆吹箫》。词调的得名取自《列仙传》萧史、弄玉吹箫成仙故事，见注〔7〕。有九十五字、九十六字、九十七字诸体，自李清照此词出后，填词者多依此调。双调，九十五字，上片十句四平韵，下片十一句五平韵。上片首两句多用对仗句式。下片首句可叶韵，如不叶韵，则连下句成六字句。

烛影摇红 惜春

〔宋〕周邦彦

香脸轻匀，黛眉巧画宫妆浅[1]。风流
○仄平平　仄平●仄平平△　○平
天付与精神，全在娇波转[2]。早是萦心可
○仄仄平平　○仄平平△　●仄○平仄
惯。更那堪、频频顾盼。几回相见，见了
△　仄平平　平平仄△　仄平平仄　●仄
还休，争如不见。
平平　平平仄△

烛影摇红，夜阑饮散春宵短。当时谁
●仄平平　仄平●仄平平△　○平仄
解唱阳关[3]，离恨天涯远。无奈云收雨
仄仄平平　○仄平平△　○仄○平仄
散[4]。凭栏干、东风泪眼。海棠开后，燕
△　仄平平　平平仄△　仄平平仄　●
子来时，黄昏庭院。
仄平平　平平平△

【注释】〔1〕黛眉：用黛（一种青黑色的画眉颜料）画的眉。　〔2〕娇波：目光。　〔3〕阳关：指《阳关曲》，是离别的歌曲，见《凤凰台上忆吹箫》注〔5〕。　〔4〕云收雨散：喻指男女欢爱，见《惜分飞》注。

【评析】据《能改斋漫录》载，此词下片意原为王诜词作所有，调名《忆故人》。宋徽宗十分喜欢此词，

但又觉得王词没能丰容宛转，令大晟府（宋音乐机关）别撰新腔，由周邦彦根据王词增损其意，取原词首句命名为《烛影摇红》。王诜原词为："烛影摇红，向夜阑，乍酒醒，心情懒。尊前谁为唱阳关，离恨天涯远。无奈云沉雨散。凭阑干，东风泪眼。海棠开后，燕子来时，黄昏庭院。"由此可知，周词主要是增写了上片部分，下片仅是根据词调的格律要求，对王词作少许改写而成。词意仍旧是那么一点意思，却无端地被拉长了一倍，则两词之间意境的深浅厚薄的差距就可想而知了。好比一道浓汤，掺进了一倍的清水，其味道的寡淡一尝即可知晓。这首词写妓女送别情人以及别后的思念，当是代言体。怎么知道词的女主人公是个妓女呢？从用"雨收云散"一语可知。因为送者如是自己的妻子或正经人家的女儿，就不用这样露骨的轻薄字面了。词的上片写妓女的神态，突出写她的动人眼波，处处围绕一个"见"字展开。这是别时的最后一"见"，所以就分外感伤销魂。中国古代的画家画人形貌，特别注重对眼睛的描绘，说一个人的精气神"尽在阿堵中"，此词上片即深得古人画意。眉目是那么娇媚，精光流动，顾盼神飞，却又含着离愁。"几回相见，见了还休，争如不见"三句常为人称道，写出了女主人公含情脉脉、万般无奈的幽怨之情。前面说过，词的上片是为了符合词律要求而添加的，但周邦彦毕竟是北宋词坛大家，所以仍有一些妙句溢出。下片写女子对情人的别后回忆、思念与期望，是按着离筵散后的时间顺序写的。那摇曳的红烛光，悲咽的离歌，杯盘狼藉的场面，似乎还萦绕在她眼前耳际，但如今酒阑（尽）人散，只剩下天涯离恨。欢乐的日子将一去不返，她只有凭着栏杆，悠悠思念。在思念中，禁不住珠泪纷纷，临风依依。这思念是无穷无尽的，海棠开了又谢，燕子来了又去，她只能在黄昏庭院中徘徊、思念、哀愁。这里，"海棠开"、"燕子来"分别代表着不同的季节，而且还代表着自己与对方。据《广群芳谱》引《采兰杂志》载，秋海棠，又名断肠花，说古代有一女子，丈夫外出经年不归。她常在窗前哭泣思念，眼泪落下的地方长出一株花来，即秋海棠。花殷红，像是女子的红泪。又，古人有"燕归人未归"的句子，咏叹思妇盼夫归来的心情。词的结尾处用此两典，是很切合场景的，有着悠长、深沉的韵味。当然，这首词的内容也可以理解为男送女、男对女的思念。尤其是上片更像男子的口吻。

【说明】《烛影摇红》，又名《忆故人》、《玉珥坠金环》。词调得名缘由已见前【评析】。双调，九十六字。上下片各五仄韵。据《词律》上说，词中上下片的第五、第六句的"可"、"顾"、"雨"、"泪"四个字必须是仄声，而且最好是去声。

暗　香 咏红豆

〔清〕朱彝尊

凝珠吹黍，似早梅乍萼，新桐初乳〔1〕。莫是珊瑚，零落敲残石家树〔2〕。记得南中旧事，金齿屐、小鬟蛮女〔3〕。向两岸、树底盈盈，素手摘新雨。

延伫，碧云暮〔4〕。休逗入茜裙〔5〕，欲寻无处。唱歌归去，先向绿窗饲鹦鹉。惆怅檀郎路远〔6〕，待寄与、相思犹阻。烛影下、开玉合，背人偷数。

【注释】〔1〕新桐初乳：桐树结的子形如垂乳，称桐乳。〔2〕莫是二句：《世说新语·汰侈》载，西晋石崇常与晋武帝舅王恺比富。一次晋武帝赐给王恺一株二尺来高的珊瑚树，王恺很得意，向石崇夸示。谁知石崇竟举起铁如意一下子把珊瑚树击得粉碎，并命家人取出自己收藏的六七枝珊瑚树来，每枝都有三四尺高。干条绝世，光彩溢目。王恺“惘然自失”，只好认输。　〔3〕金齿屐：木屐之美称。即屐底装齿，用以在雨天泥泞中行走。王琦注李白《浣纱石上女》诗引《南越志》说，军安县（在今越南北部）女子赵妪著金箱齿屐。小鬟蛮女：指岭南少女。〔4〕碧云暮：梁江淹《休上人怨别词》："日暮碧云合，佳人殊未来。"又宋贺铸《青玉案》词："碧云冉冉蘅皋暮，彩笔新题断肠句。"均有怅望怀人之意。〔5〕茜裙：用茜草染成的红裙。〔6〕檀郎：晋潘安，美姿容，小名檀奴，后以檀郎称情郎。

【评析】红豆又名相思子，产于岭南，大如豌豆，形略扁，殷红色，或半红半黑，可用来镶嵌首饰。人们常用它寄托相思之意，或表达爱情。唐代诗人王维咏红豆的诗中就说"此物最相思"。这是首咏物词，上片赋形，下片言情。词的开首五句用一连串的比喻来描绘红豆的形和色，说它像凝结的晶莹的露珠儿，又像圆圆的被吹动的黍粒，像刚绽开的红艳的梅花，又像一串串倒垂的桐子，更像一粒粒散落的珊瑚珠。词赋予红豆圆润、新艳、华美的品格。接下去词人由红豆联想到出产红豆的岭南地区的奇异景色和采撷红豆时的旖旎风光。那儿的年轻姑娘，梳着环形发髻，拖着木屐，走在清清的水边，在轻风细雨中伸出纤纤玉手，来采摘红豆。美的景，美的人，活色生香，充满了诗情画意。采红豆的事，五代后蜀词人欧阳炯在《南乡子》词中也曾有过生动的描写："路入南中，桄榔叶暗蓼花红。两岸人家微雨后，收红豆，树底纤纤抬素手。"朱彝尊此词"记得南中旧事"以下几句可以说是从欧词化出的，但其中也应该掺有作者个人的体验。作者于三十岁前，曾至大庾岭、广东一带游历，约有两年光景。

"记得南中旧事"当即指此。下片紧承上片，就采红豆女郎生发展开。她为什么停手不采，久久地站立着，若有所思？这谜底且待后文来揭破。这时天色晚来，暮云低垂。"延伫"两句是氛围的转变与过渡。红豆滑落入茜红裙下，欲寻无处，暗点所思不见、相思无着。但她们还是唱着小曲回去，姑娘们携着满把的红豆、满怀的相思归去，却无人可告，只得调弄鹦鹉，把一腔相思去向鹦鹉倾诉。鹦鹉是南方的珍禽，如晋曹毗《鹦鹉赋》上说："余在直，见交州献鹦鹉鸟。"这种鸟"发言辄应，若响追声"（傅玄《鹦鹉赋》）。然而这相思终究排遣不去，拂去还来，她无限思念着远方的情人，想把红豆寄去，但路遥山远，如何寄得？姑娘只能在摇曳的烛光下，打开玉盒，把红豆在无人处悄悄暗数。这一颗颗红豆，代表着她芳心的种种思念，她在数着情郎的归期。"背人偷数"，画出了她羞羞答答的情态，口脂轻动，使人如见其人，如闻其声。

【说明】《暗香》系宋词人姜夔自度曲，后张炎作咏荷花荷叶词，易名为"红情"。双调，九十七字，上片五仄韵，下片七仄韵。多用入声韵。上片第五字、下片第六字，均为领字，应用去声字。朱词下片第六字"休"字应视作不合律。按朱词平仄与姜夔词多有出入，盖姜词多处以入声字代平声字，如姜词首句"旧时月色"，作"仄平仄仄"，实际上"月"字是以入作准仄声（介乎平仄之间），非为第三字可用仄声，考吴文英、张炎等宋人词，此处均作平声可悟。此词平仄格律即以吴文英、张炎词订定。

声声慢 秋情

〔宋〕李清照

寻寻觅觅，冷冷清清，凄凄惨惨戚
平平仄△　仄仄平平　平平仄仄仄
戚。乍暖还寒时候，最难将息[1]。三杯两
△　仄仄平平平仄　仄平平△　平平仄
盏淡酒，怎敌他、晚来风急。雁过也，正
仄仄仄　仄仄平　仄平平△　仄仄仄　仄
伤心、却是旧时相识。
平平　仄仄仄平平△

满地黄花堆积，憔悴损、而今又谁堪
仄仄平平平△　平仄仄　平平仄平平
摘。守着窗儿，独自怎生得黑。梧桐更兼
△　仄仄平平　仄仄仄平仄△　平平仄平
细雨，到黄昏、点点滴滴。这次第[2]，怎
仄仄　仄平平　仄仄仄△　仄仄仄　仄
一个愁字了得。
仄仄平仄仄△

【注释】〔1〕将息：休息、休养。唐王建《留别张广文》诗："千万求方好将息，杏花寒食约同行。"可能是唐宋时人俗语。〔2〕这次第：这种种情形，这种种光景。

【评析】此词应是李清照晚年所作。靖康之难，中原焦土。此后数年中词人经历了一次次国破家亡的沉重打击，四处飘泊，依人为生，心中一片茫然，凄清寂

寞，装载着太多的失落感。词的一开首即是这种心情的写照，它一气连用了十四个叠字，真如大珠小珠落玉盘，情景凄绝。这是百感交并的内心感受，是孤独无望的内心呼喊，是情境相应的自然流露，而决非后来东施效颦者那般矫揉造作。靖康之变后，她失落的毕竟太多了，她失去了国，失去了家，失去了丈夫，也失去了心爱的图书文物，最后只剩下一个孤零零的她自己。当此深秋天气，气温忽冷忽热，她确实无法安静下来休息，心潮起伏难平；想借酒消愁，却是举酒消愁愁更愁。这里从字面上看，似乎她不能将息是因为气候的不宁，饮酒是为了抵御寒意，而实际却都是一个“愁”字横梗胸中，所以触处生发。此处与末句“怎一个愁字了得”暗相呼应。当她正在凄凉独自愁的时候，天上大雁呀呀飞过，抬头细看，还是昔年飞过的旧相识，那么她所思念的亲人呢？她的旧家呢？睹物思人，感慨深矣。如果说上片是以情起，那么下片则以景起。秋风落叶，黄花遍地，一片惨淡的景象。黄花，指菊花。按说，菊花一般不落瓣，抱死枯枝。但也有落瓣的，《警世通言·王安石三难苏学士》即道及此事。这里只是作为点缀秋风萧瑟的物象罢了，不必拘泥。“憔悴损”，当然指黄花，但也未尝没有作者自己的形象。正常情况下，女子喜欢在春秋佳日摘几朵花插在鬓边，以应时令，但在这伤心哀恸的份上，谁还有闲情逸致摘花插戴呢？正如《西厢记》第四本第三折所唱：“有甚么心情花儿、靥儿，打扮得娇娇滴滴的媚。”词人是那样地无情无绪，整日枯坐愁城，独守寒窗，看着光阴一点点消逝，怎样才能捱到天黑。其实天黑以后还有长夜漫漫，还有明天、后天，日复一日，年复一年。词则仅是将她某一天的生活、心境摄入境头，实际上词人晚年生活是日日在这样的情境中度过的。“怎生得黑”让人领略到“度日如年”的况味。黄昏时分，秋雨梧桐，滴碎了词人的心。“梧桐”三句当由唐人温庭筠《更漏子》词“梧桐树，三更雨，不道离愁正苦。一叶叶，一声声，空阶滴到明”化出，而情境则较温词更苦。因为温词仅是写一般的闺怨，恋人远别，欢情无期，秋思不断；而李清照这首词是融和着血泪写成的，山河破碎，室家乱离，两情当不可同日而语。词写到这里，万语千言，千感万慨，就不仅仅用一个“愁”字能全部概括得了的，恨、愁、怨、思、苦交织一起，作者真是难以为怀。

【说明】《声声慢》又名《胜胜慢》、《人在楼上》、《凤求凰》等，有平仄两体，其字数、平仄、句逗出入甚大。而李清照所作“寻寻觅觅”一首，历来非填词家所习用，其中多有以入声字代平声字处，《词律》云：“人若不及其才，而故学其笔，则未免类狗矣。”其戒之也如此。所以此处所标平仄悉依李词，不标可平可仄，句逗则依龙榆生《唐宋词格律》。九十七字，上下两片各五仄韵。今再将平仄韵《声声慢》九十七字八韵通用之体举例如下：

声声慢（平韵格）

吴文英

云深山坞，烟冷江皋，人生未易相逢。一笑灯
○平○仄　○仄平平　平○●仄平◎　●仄平

前，钗行两两春容。清芳夜争真态，引生香、撩乱
平 平○●仄平◎ 平平仄○○仄 仄○平 仄仄

东风。探花手，与安排金屋，懊恼司空。
平◎ ○○仄 仄平平○仄 ●仄平◎

憔悴欹翘委佩，恨玉奴消瘦，飞趁轻鸿。试问
○仄平平●仄 仄●平○仄 ○仄平◎ ●仄

知心，尊前谁最情浓。连呼紫云伴醉，小丁香、才
平平 平○○仄平◎ 平平仄平●仄 仄○平 平

吐微红。还解语，待携归、行雨梦中。
仄平◎ 平仄仄 仄平平 平仄仄◎

声声慢（仄韵格）

高观国

壶天不夜，宝炬生香，光风荡摇金碧。月滟水
平平●仄 仄仄平平 平平仄平平△ ●仄●

痕，花外峭寒无力。歌传翠帘尽卷，误惊回、瑶台
平 平仄仄平平△ 平平仄平●仄 仄平平 ○平

仙迹。禁漏促，拌千金一刻，未酬佳夕。
平△ 仄仄仄 仄平平●仄 ○平平△

卷地香尘不断，最得意、输他五陵狂客。楚柳
仄仄平平●仄 ●●● ●○仄平平△ ●仄

吴梅，无限眼边春色。鲛绡暗中寄与，待重寻、行
平平 平仄仄平平△ 平平仄平●仄 仄平平 ○

云消息。乍醉醒，怕南楼、吹断晓笛。
平平△ 仄仄仄 仄平平 平仄仄△

双双燕 本意

〔宋〕史达祖

过春社了〔1〕，度帘幕中间，去年尘
仄平仄仄　●平仄平平　仄平平
冷。差池欲住〔2〕，试入旧巢相并。还相雕
△　○平●仄　●仄仄平平△　○仄平
梁藻井〔3〕，又软语、商量不定。飘然快拂
平仄△　仄●仄　平平●△　平平仄仄
花梢，翠尾分开红影。
平平　仄仄平平平△

芳径，芹泥雨润。爱贴地争飞〔4〕，竞
平△　平平仄△　仄●仄平平　仄
夸轻俊。红楼归晚，看足柳昏花暝。应是
平平△　○平○仄　●仄仄平平△　○仄
栖香正稳，便忘了、天涯芳信〔5〕。愁损翠
平平仄△　仄●仄　平平○△　平●仄
黛双蛾，日日画栏独凭。
仄平平　仄仄●平●△

【注释】〔1〕春社：古代祈谷的祭祀节日，日期在春分前后，燕子则于此时从南方飞来。　〔2〕差（cī）池：形容燕子飞行时羽毛舒展的样子。《诗·邶风·燕燕》："燕燕于飞，差池其羽。"　〔3〕相：读去声，细看，如"相面"。　藻井：宫殿屋顶的一种装饰，如井干状，又称绮井。藻，指小草样花纹。古人用井状和藻纹装饰，据说能镇压火灾。　〔4〕贴地："贴"字以用平声为宜。　〔5〕天涯芳信：古人认为燕子能捎信。《太平

御览》卷九二二："少昊氏之时，赤燕一衔羽而飞，集少昊氏之户，遗其丹书。"江淹《杂体》诗："袖中有短书，愿寄双飞燕。"又唐人王仁裕《开元天宝遗事》载长安女子绍兰，曾托双燕寄书事。

【评析】这是一首咏物词，工整典雅，画出了燕子的形与神，受到人们的激赏。前人曾认为它是有所寄托的，是为讽刺南宋小朝廷偏安一隅、自营安乐窝不思恢复失地而作，可能也有些道理，但我们仍不妨将它作为一首纯粹的咏物词来理解。香草美人之思，见仁见智，难以定论。南朝梁沈君攸作有《双燕离》诗："双燕双飞，双情相思，容色自改，心心不衰。双入幕，双出闱，秋风去，春风归。"史达祖此词可能即从沈诗化出。首句点出燕子来时的时令，有一番悠悠的远韵。北宋晏殊《破阵子》词云："燕子来时新社，梨花落后清明。"所叙燕子飞来的时令正同。在无边春色中，一双新燕切入画面，它们穿堂入户，飞进帘幕。"度帘幕中间"一句也是有所本的，晏殊有句云："楼台侧畔杨花过，帘幕中间燕子飞。"（见《青箱杂记》）燕子筑巢，一般在未受到惊扰的情况下，总是喜欢仍回故家，所谓"旧巢燕子"即是此意。但是去年所筑的旧巢，已经蒙上尘灰，冷冷清清的了。它们展翅飞往旧巢，双双伫立，对着雕梁画栋、水藻纹饰的屋顶吱吱喳喳叫个不停，似乎在商量如何修筑旧巢，使清冷的厅堂增添了活气。一忽儿，双燕又飘然飞去，轻快地掠过花枝，留下了美丽的剪影。翠尾、红影，增加了色彩的亮度。这确是一幅美丽的春天图画，它全部是用动的、热烈的、而且还有声音的点线所构成。词的下片转入燕子为修筑新巢而进行的愉快劳动。在布满花草的小径上，在微微细雨中，它们忙碌着，飞去飞来，衔着湿润的新泥，与白居易诗“谁家新燕啄春泥”同一意境。它们有时低低地贴着地面像箭似地飞翔，多么飘逸，多么轻快。它们欣赏遍了无边的春色，留连忘返，回到红楼深院时已经是物象模糊，花昏柳暗了。唐人郑谷《燕》诗云：“低飞绿岸和梅雨，乱入红楼拣杏梁。”诗词意象类似。“应自”以下四句点出了人：一个郁郁不欢的靓妆思妇。思妇的恋人远在天涯，杳无音信，现在又是到了燕归人未归的时候，她含情伫立，独自凭栏，望着双栖双宿的燕子，思潮难平：燕子倒好，只顾自己享受春色，也不替我捎个信来。她愁损了双眉，陷入了苦苦的相思。说“日日画栏独凭”，可见思妇并非今天才如此，相思之意，寂寞无聊赖之意，见于言外。这在古诗词中是曲终奏雅的一种写作手法。否则，无论“软语商量不定”也好，“柳暗花暝”也好，终然是“巧极天工”，“形容尽矣”，若通篇如此，没有结尾四句，也会令人起单调之感的。此词还有一个特色，是善于运用典故与化用前人诗词，非常贴切，与整体融成一片。

【说明】《双双燕》为史达祖的自度曲。九十八字，上片五仄韵，下片七仄韵。上片第六句（“还相雕梁藻井”）第二字宜用去声。“商量不定”的“不”字，一般用平声。此处为以入声借用。下片第三句（“爱贴地争飞”）第二字，应该用平声字，与上片第二句（度帘幕中间）格律同。此处也是以入声字借用。宋代长调中多有以入声字代平声的情况，切不可认为此处可用仄声，应该是用平声。如前面《声声慢》情形尤为特殊。

昼夜乐 忆别

〔宋〕柳 永

洞房记得初相遇〔1〕，便只合、长相
○ 平 ● 仄 平 平 △ 仄 ● ● ○ 平
聚。何期小会幽欢，变作别离情绪。况值
△ ○ 平 仄 仄 平 平 仄 仄 ● 平 ○ △ ● 仄
阑珊春色暮〔2〕，对满目、乱花狂絮。直恐
平 平 平 仄 △ 仄 ● ● 仄 平 平 △ ● 仄
好风光，尽随伊归去。
仄 平 平 仄 平 平 平 △

一场寂寞凭谁诉，算前言、总轻负。
● 平 ● 仄 平 平 △ 仄 ○ ○ ● 平 △
早知恁的难拚〔3〕，悔不当初留住。其奈风
○ 平 仄 仄 平 仄 仄 仄 ○ 平 ○ △ ○ 仄 平
流端正外，更别有、系人心处。一日不思
平 平 仄 仄 仄 ● ● 仄 平 平 △ ● 仄 仄 平
量，也攒眉千度〔4〕。
平 仄 平 平 平 △

【注释】〔1〕洞房：深邃的内室。 〔2〕阑珊：将尽时分。〔3〕恁（rèn）：这样，如此。 〔4〕攒（cuán）眉：皱眉。

【评析】柳永是一位风流落魄的才子，浪迹江湖，出入秦楼楚馆，为歌妓们写下了大量的词曲，亦即当时的流行歌曲。这些作品虽然没有什么重大的社会意义，但是因为作者将自己的身世以及一般妇女乃至处

于社会底层的歌妓们的爱情生活织入其中，就从一个侧面反映了封建社会中下层知识分子怀才不遇的襟怀、飘泊无定的动荡生活和妇女们对真挚爱情的热烈向往，具有一定的认识意义。而在当时来说更是风靡了整个市民阶层，是他们部分心声的反映，因而受到热忱的欢迎。以至形成了凡有井水处，即有歌柳词者的情形。这首《昼夜乐》，就是这类题材中很出色的一篇。它写一个欢会未已、离愁相继的思妇对爱人的刻骨相思。词是从回忆追思幽欢生活开始的，初次在洞房曲室中的邂逅，使她沉浸于甜蜜蜜的幻想中，她希望两人从此能长相厮守，直到地老天荒。可以想见，他们曾有过海誓山盟，下片的“算前言总相负”就是证据。所谓辜负前言，即是辜负“长相聚”的盟誓。只合，只应的意思。热恋中的少男少女谁不想将恩爱的一刻无限制地延长呢？但是“何期”两句，情况急转直下，一番欢爱化作了别离之苦。“黯然销魂者，唯别而已矣”。别离是痛苦的，而且是在热恋中杳杳无期的长别。他们的欢会当在初春或万紫千红的仲春，而离别则在春色将尽的暮春。此时落红满地，柳絮飞舞，水流花谢，大是无可奈何之日。“况值”以下数句，既是眼前景色的描绘，也是对爱情生活将一去不返的心境观照。伊，指女子所爱的恋人。“好风光”、幽欢密爱都随着“伊”永远地走了，只剩下一个孤零零、冷清清的女主人公。她的满腹心事却无处说。下片的开首就这样紧承上片，使人好像见到一个孤苦无告的女子。这首词所写可能是一段私情。在封建社会中，即使是合法的妻子，也难以对人诉说自己对丈夫的思念和寂寞之情的，更何况完全不是这么回事呢？所以说“凭谁诉”。她抱怨“伊”辜负了以前立下的山盟海誓，说：“早知道相思滋味这般难捱，只恨当初没有把他留在身边。”柳永的《定风波》词说：“早知恁么，悔当初，不把雕鞍锁。”与此是同一意思。但这也仅仅是说说罢了，男人的心岂能是一个弱女子所能锁得住的？何况是私心爱恋的男子，如果真把他朝朝暮暮留在身边，岂不要招来物议？因此，她只能低头细细思量，思量“伊”的俏模样，思量“伊”的风流倜傥，思量“伊”的与众不同的温顺，思量“伊”的一片柔情。这一切都是紧系在她心头的。她思量得刻骨铭心，无日不思，想得愁损了双眉。攒眉，眉头打了结。最后两句是正话反说，攒眉千次，就是相思千次。全词不用典，明白如话。柳永的很多作品都写得这样浅显而深情，所以才能成为当时的“流行歌曲”。晦涩而深，或浅露如白开水的作品是流行不起来的。

【说明】《昼夜乐》，九十八字，上片六仄韵，下片五仄韵；下片也可以六仄韵，即第五句（“其奈风流端正外”）也可叶韵，如此，则上下片平仄全同。

琐窗寒 寒食

〔宋〕周邦彦

　　暗柳啼鸦，单衣伫立〔1〕，小帘朱户。
　　仄仄平平　平平仄仄　仄平平△
桐花半亩，静锁一庭愁雨。洒空阶，更阑
平平仄仄　仄仄●平平△　仄平平　○○
未休〔2〕，故人剪烛西窗语。似楚江暝宿，
仄平　仄平仄仄平平△　仄●平○仄
风灯零乱，少年羁旅。
平平○仄　仄平平△

　　迟暮。嬉游处，正店舍无烟，禁城
　　平△　平平△　仄仄仄平平　仄平
百五〔3〕。旗亭唤酒〔4〕，付与高阳俦侣〔5〕。
●△　平平仄仄　仄仄平平平△
想东园、桃李自春，小唇秀靥今在否〔6〕？
仄平平　平仄仄平　仄平仄仄平仄△
到归时、定有残英，待客携樽俎〔7〕。
仄平平　仄仄平平　仄仄平平△

【注释】〔1〕伫（zhù）：久立。　〔2〕阑：尽。　〔3〕百五：指寒食节。梁宗懔《荆楚岁时记》："去冬节一百五日，即有疾风甚雨，谓之寒食，禁火三日，造饧，大麦粥。"　〔4〕旗亭：酒楼。　〔5〕高阳俦侣：指酒徒。《史记·郦生陆贾列传》：郦生（高阳人）说自己是高阳酒徒，并非儒生。高阳，地名，故址在今河南杞县西。　〔6〕靥（yè）：酒窝。　〔7〕樽俎（zǔ）：盛酒盛肉的器皿。

【评析】周邦彦在京师汴梁做官多年，又曾到州府任地方官，一生宦游，倦旅之情常见于词作。此词似作于汴京寄寓时，当是在中年以后了。此词一开首五句就筑造了一种云暗雨愁的氛围。清明时节雨纷纷，正是愁人天气。柳枝在暗淡的色彩中，濛濛一片。昏鸦啼鸣，更显出庭院的寂寞。作者身着单衣，久久伫立，一副落寞的样子。他缓缓四顾，寄寓之所是个小小的落满桐花的庭院，那么寂静，为霏霏的细雨笼罩着。一桁珠帘垂挂在红色的窗户上。檐头的雨水淅淅沥沥，滴在阶石上，清空烦人。南朝梁何逊《临行与故游夜别》诗云："夜雨滴空阶，晓灯暗离室。"情境与此略似。这雨落到深更半夜还未停息，声声滴碎了人心。他想起唐代诗人李商隐《夜雨寄北》"何当共剪西窗烛，共话巴山夜雨时"的诗句，多么盼望有朋友此时前来深谈啊，但故人未来，他更感到身心的孤独，不禁想起了少年时远涉楚地，在荒江客舍中旅宿的况味，心中涌起了"孤灯寒照雨，深竹暗浮烟"、"雨中黄叶树，灯下白头人"等一连串诗句。他的忧思更深了。过片"迟暮"一句是情景交会的写意，既点出暮春时令，又曲曲传达出作者迟暮之感的心态。这时正逢寒食，京华地区禁火三日，野店无烟。人们涌向酒楼，痛饮狂歌。热闹纷纭的场面与作者孤独冷清的心境形成了鲜明的对照。客中寂寞，最能引动乡思，他想起了故乡，想起了故乡东园的满园春色，殷红的小桃花犹如女郎的红唇，粉白的李花犹如女郎的笑靥。故乡无恙，桃李无恙？深沉的怀念咬啮着词人的心，他悄悄伫立，悠悠遐想。他的遐想缩短了时间与空间的距离。结尾三句就是词人对归家之后的想象与企望：那时枝头尚留着残花，二三亲友携酒相慰，神聊畅谈，共叙今日客中的寂寞，良会的欢娱。词写到这里，才显出了一点亮色。虽然只剩下"残英"了，但究竟要比"单衣伫立"、孤馆独处面对"一庭愁雨"时要好得多啊。词中三处写到了与人相聚畅饮畅谈的场面。第一处"故人剪烛西窗语"，那只是词人的想象与希冀；第二处"旗亭唤酒，付与高阳俦侣"，那是别人家的事，词人只有艳羡而已；第三处"待客携樽俎"，则将是必然之事。王国维说周邦彦的词妙于布局，我们读了这首词，当有一点感悟了吧。

【说明】《琐窗寒》，又作《锁窗寒》，双调，九十九字，上片四仄韵，下片六仄韵。此调平仄格律甚严，较少平仄通用的地方。"更阑未休"，是拗句，作"平平仄平"，也可作"平仄仄平"、"仄平仄平"，但不作"仄仄平平"。又如下片"禁城百五"的"百"字，似为仄声字，实际应为平声字，此处是以入代平。考宋人所作《琐窗寒》都作平声，或是入代平。此调的四声也有讲究。如"更阑未休"的"未"字处，"桃李自春"的"自"字处，必用去声，下片第三句"正店舍无烟"的领字"正"，必用去声。《琐窗寒》另有九十八字一体，与九十九字的区别在于下片首句可不叶韵，而且可连成五字一句。而下片第三句（"正店舍无烟"），少一领字"正"，成四字句。

瑶台聚八仙 寄兴

〔宋〕张 炎

秋月娟娟〔1〕，人正远、鱼雁待拂吟
○ 仄 平 ◎ 平 ● 仄 平 ● 仄 仄 平

笺〔2〕。也知游事，多在第二桥边〔3〕。花底
◎ 仄 平 平 仄 平 仄 仄 仄 平 ◎ ○ 仄

鸳鸯深处睡，柳阴淡隔里湖船。路绵绵。
平 平 平 仄 仄 ● 平 仄 仄 仄 平 ◎ 仄 平 ◎

梦吹旧曲，如此山川。
仄 平 仄 仄 平 仄 平 ◎

平生几两谢屐〔4〕，便放歌自得，直上
平 平 仄 仄 仄 仄 仄 仄 平 仄 仄 仄 仄

风烟。峭壁谁家，长啸竟落松前〔5〕。十年
平 ◎ 仄 仄 平 平 平 仄 仄 仄 平 ◎ 仄 平

孤剑万里，又何似、畦分抱瓮泉〔6〕。中山
○ ● 仄 仄 仄 ○ 仄 平 平 ● 仄 ◎ 平 平

酒〔7〕，且醉餐石髓〔8〕，白眼青天〔9〕。
仄 仄 ● 平 ● 仄 仄 仄 平 ◎

【注释】〔1〕娟娟：美好的样子，此处指月。南朝宋鲍照《玩月城西门廨中》诗："未映东北墀，娟娟似蛾眉。" 〔2〕鱼雁：古代有鱼腹藏信、雁足传书的说法。因代指书信。吟笺：诗笺。 〔3〕第二桥：指杭州西湖苏堤六桥之一锁澜桥。明田汝成《西湖游览志》卷二："宋元祐间，苏子瞻守郡，浚湖而筑之，人因名苏公堤。夹植花柳，中为六桥，桥各有亭覆之。……自是湖分为两，西曰里湖，东曰外湖。……（堤南）第二

桥曰锁澜。”　〔4〕平生句：晋人阮孚，字遥集，爱好木屐，常自己制作，尝叹息说：“未知一生当著几量屐。”见《世说新语·雅量》。几量，通“几两”，几双的意思。又《宋书·谢灵运传》载，谢登山常著有齿木屐，上山去其前齿，下山则去其后齿。人称谢公屐。　〔5〕峭壁二句：《晋书·阮籍传》载，籍尝于苏门山遇孙登，与商略终古及栖神道气之术，登皆不应；籍因长啸而退。至半岭，闻有声若鸾凤之音，响乎岩谷，乃登之啸也。　〔6〕畦分句：《庄子·天地》：“子贡南游于楚，反于晋，过汉阴，见一丈人方将为圃畦，凿隧而入井，抱瓮而出灌，搰搰然，用力多而见功寡。”后因以抱瓮比喻淳朴的生活。畦（qí），五十亩为畦。畦分即分区种植浇灌。　〔7〕中山酒：酒名。又名千日酒。传说中山人狄希能造千日酒，饮后醉千日，故名（见晋张华《博物志》卷十）。　〔8〕且醉句：晋人嵇康，一次与王烈共入山。王烈得石髓，服之，其甘如饴，自服一半，留一半与嵇康，石髓都化成了石头。见《晋书·嵇康传》。石髓，石钟乳，可入药。〔9〕白眼：《晋书·阮籍传》载，阮籍能作青白眼，见凡俗之士，则以白眼对之，表示鄙薄轻视。

【评析】张炎出身乌衣门第，是位俗世佳公子，父祖辈都擅长填词。他青少年时期就是生活在一个充满文学氛围的官僚家庭里。端宗景炎元年（1276），元人攻陷临安（今浙江杭州），南宋灭亡，从此张炎开始了长期的飘泊生活，除了曾去过一次大都（今北京）之外，四十年间一直往来于杭州、四明、天台、南京、苏州之间。从词中“十年孤剑万里”看，此词似作于宋亡十年之后。据其他《山中白云词》刻本，词前有题“杭友寄声以词答意”，可知这首词是张炎答复杭州友人的。

"秋月娟娟"，美丽团圞的明月，是勾起人们思念亲友的触发点，"隔千里兮共明月"，古今同慨。词一上来，就营造了一种思念、回忆的氛围。词人深情地怀念着远在杭州的朋友。想当年，他们曾经常来杭州第二桥边行乐，或徘徊苏堤，看花底鸳鸯并宿；或荡舟湖上，听满湖笙歌传响。"路绵绵"，一方面指友人远处杭州，寄寓思念之意，如古诗"绵绵思远道"；另一面也可以指此类赏心乐事已很遥远，它仅成为词人经常在梦中所见到的景象。做梦是幸福的，但梦醒之后，又当陷入更大的创痛之中。张炎自经国破家亡之后，"无心再续笙歌梦，……怕见飞花，怕听啼鹃"。这大概可以作这首词上片结尾两句的注脚。他只剩下"满目山川共泪眼"了。这痛苦无法排遣，张炎只得浪游四方，学谢灵运登山临水，高歌消愁；或者是学阮籍、孙登峭壁长啸，以消世虑。下片的开首几句，从脉络上来说是承接上片"如此山川"的。张炎后期四处寄迹，当清客，依人为生，与过去自家供养食客的生活，相差不啻万里，其况味也可以说是凄苦艰辛不堪。意倦兴阑，自然对纯真淳朴的生活有所向往。他想逃往玄渺的庄子寓言世界，想逃往醉乡，学道学仙，而对于现实世界则伤感万分。"白眼青天"，一切都觉得可憎可鄙。失去了昔日天堂的人，往往对俗世不满，带着冷嘲，这是可以理解的。这首词应是张炎后期生活、心态的写照，有热烈的向往，有梦醒后的悲凉，有前途无望的心灰和意冷。

【说明】《瑶台聚八仙》，即《新雁过妆楼》，又名《八宝妆》、《百宝妆》等。双调，九十九字，上片六平韵，下片四平韵。此调可能是自度曲，但似非定型，南宋各家所作小有出入。《钦定词谱》以吴文英“阆苑高寒”为正体，也乏佐证。本词上片第七句“路绵绵”，也有不押韵者；也有上片首句不押韵者，但上片至少应押五平韵。下片第四句“峭壁谁家”，大都作“仄仄平平”，但也可作“仄平平仄”，与上片第三句“也知游事”平仄同。又，下片领字“便”、“又”、“且”均宜去声。上片首句第三字（“娟”）、下片首句第二字（“生”）、末句第三字（“青”），可以用入声。下片第九句第四字（“石”）是入声代作平声，宜用平声。

陌上花 有怀

〔元〕张翥

关山梦里，归来还又、岁华催晚[1]。
平 平 仄 仄 　平 平 平 仄 　仄 平 平 △

马影鸡声[2]，谙尽倦邮荒馆[3]。绿笺密寄
仄 仄 平 平 　○ 仄 仄 平 平 △ 　● 平 仄 仄

多情事，一看一回肠断[4]。待殷勤寄与，
平 平 仄 　● 仄 ● 平 平 △ 　仄 平 平 仄 仄

旧游莺燕，水流云散。
● 平 平 仄 　仄 平 平 △

满罗衫是酒，香痕凝处[5]，唾碧啼红
仄 平 平 仄 仄 　平 平 平 仄 　仄 仄 平 平

相半[6]。只恐梅花，瘦倚夜寒谁暖。不成
平 △ 　仄 仄 平 平 　● 仄 仄 平 平 △ 　● 平

便没相逢日，重整钗鸾筝雁[7]。但何郎，
仄 仄 平 平 仄 　○ 仄 ○ 平 平 △ 　仄 平 平

纵有春风词笔[8]，病怀浑懒。
仄 仄 ○ 平 平 仄 　仄 平 平 △

【注释】〔1〕岁华：岁时。唐辛常伯《军中行路难》诗："征役无期返，他乡岁华晚。" 〔2〕马影：唐曹唐《小游仙诗》："月光悄悄声歌远，马影龙声归五云。" 鸡声：唐温庭筠《商山早行》诗："鸡声茅店月，人迹板桥霜。" 〔3〕邮：邮亭，驿站。 馆：客店。 〔4〕一看句：唐李白《宣城见杜鹃花》诗："一叫一回肠一断，三春三月忆三巴。" 〔5〕满罗衫二句：唐白居易《故衫》诗："袖中吴郡新诗本，襟上杭州旧酒痕。"

〔6〕唾碧：指菜肴污渍。宋方夔《食西瓜》诗："缕缕花衫粘唾碧，痕痕丹血掐肤红。" 啼红：此喻指女子的泪渍。晋王嘉《拾遗记》载，魏文帝（曹丕）有所爱美人薛灵芸，闻别父母，泣下沾衣，泪都成红色。 〔7〕钗鸾：凤钗，女子的头饰。 筝雁：弹弦乐器筝上有柱，用以调节音高，排成斜列，如雁行。此处指筝。 〔8〕但何郎二句：南朝梁诗人何逊，曾作南平王萧伟的记室，在扬州时有《咏早梅》诗。后居洛阳，思梅花，再请往扬州。何逊抵扬州，在花下彷徨终日。何郎即指何逊，此处为自指。宋姜夔《暗香》词："何逊而今渐老，忘却春风词笔。"

【评析】此词《词综》有题曰"使归闽浙，岁暮有怀"。据《元史》本传载，至正初年（1341），张翥被召为国子助教，分教上都生，寻退居淮东。词或作于退居淮东时，可能是怀念京师恋人之作（也可能是怀念一般友人的）。词之首四句是说从京师归来，历尽风霜雨露、野店荒村之苦。"关山梦里"，说明他思归心切。张翥虽说是晋宁（今属山西）人，但生长江南，在杭州、扬州都住过相当长的一段时间，江南地区应是他的第二故乡。人是归来了，但旧时的情结却依然萦绕心头，可说人归情未归，这是一种心理矛盾。词人写了一封情书，寄托着他的深深相思，以至于一遍遍地重读情书，肝肠寸断。这是难以割舍的、铭心刻骨的相思。最终信还是要寄出去，而且是真心诚意地希望能将自己的心意传达给对方，但是伊人有可能是一位四处飘零的歌妓，行踪无定，风流云散。如此，则这封信应该是一封没有地址、无法寄出的信。词人感到深深的惘然。上片可以说是由一封书信引起的相思。下片则是从衣衫上的酒渍啼痕触发的回忆。当然，词人是不会一直身穿沾满斑驳污垢的罗衫的，但他能从浆洗过的衣衫上体会出来。这既说明词人对恋人的刻刻不能去怀，又说明两人在京师时过从的密切。灯红酒绿，娇啼婉转，谑浪歌潮，风光旖旎。接下去词人纯从对方着想，寒夜只影，伊人一定是寂寞冷清的吧。“只恐”二句与杜甫《月夜》诗“香雾云鬟湿，清辉玉臂寒”同一意境。词人对将来还是抱着希望的，在依依的相思中，茫茫的憧憬中，似乎看到了重逢的那一天：伊人重整钗鬟，精心打扮，伸出纤纤玉手，重理琴筝，满心快意地来重寻旧梦。但是，那要等到哪一天呢？词人猛然从梦境中跌回现实中来，那时自己可能已是沈腰潘鬓，垂垂老矣，无复往昔情思。这是最可悲的啊。整首词就是由我及人，再由人及我，从现实到对将来的美丽憧憬，再回到现实中，如此往复回环，最后在低低的叹息中结束。旧时代文人与歌妓之间的情感不一定全是真切的，但在离别之际的难舍难分、相思情深，也不能说全是虚情假意；这之后的逐渐淡忘，那又是另外一回事，不可预料。待到情倦意阑，或另有所爱，或者是对方琵琶别抱，碧树成阴子满枝的时候，回首前尘，想到那种刻骨的爱恋与相思劲儿，当有恍如隔世的感觉了。

【说明】《陌上花》，据《钦定词谱》引《东坡词话》：“钱塘人好唱《陌上花》、《缓缓曲》，盖吴越王遗事也。”调名由此而得。但宋人词集中未见有《陌上花》者。此词句逗向来出入较大，且字数也较本书所录不同。一般标作：

关山梦里归来，还又岁华催晚。马影鸡声，谙尽倦游荒馆。绿笺密寄多情事，一看一回肠断。待殷勤、寄与旧游莺燕，水流云散。　满罗衫、是酒痕凝处，唾碧啼红相半。只恐梅花，瘦倚夜寒谁暖。不成便没相逢日，重整钗鸾筝雁。但何郎、纵有春风词笔，病怀浑懒。

本书所录字数、句逗、可平可仄处，一依《词律》。双调，九十九字，上片四仄韵，下片四仄韵。下片“香痕凝处”之“凝”字下《词律》注“去声”。凝可作去声读，意为止水。

解语花 元宵

〔宋〕周邦彦

风销绛蜡[1]，露浥红莲[2]，灯市光
平平仄仄 仄仄平平 平仄平
相射。桂华流瓦[3]。纤云散、耿耿素娥欲
平△ 仄平平△ 平平仄 ●仄仄平●
下[4]。衣裳淡雅。看楚女、纤腰一把[5]。
△ 平平仄△ ○仄仄 ○平●△
箫鼓喧、人影参差[6]，满路飘兰麝[7]。
平仄平 平仄平平 ●仄平平△

因念帝城放夜，望千门如昼，嬉笑游
平仄●平仄△ 仄平平平仄 平仄平
冶。钿车罗帕[8]。相逢处、自有暗尘随
△ 平平平△ 平平仄 ●仄仄平平
马。年光是也，惟只有、旧情衰谢。清漏
△ 平平仄△ ○仄仄 ●平○△ 平仄
移[9]、飞盖归来[10]，任舞休歌罢。
平 平仄平平 仄仄平平△

【注释】〔1〕绛蜡：红蜡烛。　〔2〕浥（yì）：湿润。红莲：指荷花灯。宋欧阳修《蓦山溪》词："纤手染香罗，剪红莲满城开遍。"　〔3〕桂华：指月光。古代传说月中有桂树，因云。〔4〕耿耿：明亮的样子。　素娥：月宫仙女。据《龙城录》载，唐明皇游月宫，见"有素娥十余人，皆皓衣乘白鸾往来，舞于大桂树下"。　〔5〕楚女纤腰：《韩非子·二柄》："楚灵王好细腰，而国中多饿人。"　〔6〕参差（cēn cī）：错落不齐的样子。

〔7〕兰麝（shè）：雄麝（似鹿而形体较小）脐部有香腺，可用以制香料。 〔8〕钿（tián）：金花，多用作妇女首饰。用金花装饰的车叫钿车。 〔9〕漏：古代的计时器。 〔10〕飞盖：飞驰的车子。盖指车顶。

【评析】据清周济《宋四家词选》的说法，此词是周邦彦在荆南（今湖北江陵）所作，当时到处歌舞升平，而京都尤甚。词人寓居江陵时当在三十多岁，仕途不得意，心情抑郁。词的下片最后数句流露出这种情绪。一方面是热闹非凡，一方面是凄清孤处。真所谓"冠盖满京华，斯人独憔悴"。上片写江陵元夜灯市如昼的场面，用的全是写实手法。烛泪销融，露珠沾湿荷灯，说明灯市已热闹了好一阵子了。词人深夜独出，大概他是无此雅兴吧，也就是后来李清照同题材词《永遇乐》所写"怕见夜间出去"的意思。尽管如此，街市上满是灯火，光华夺目。此时月映中天，纤云四散，月光如流水般倾泻在瓦屋上。用一"流"字，使静谧的月光充满动感。而妇女们打扮得天仙似的，在人群中正飘来游去。这里用了"素娥"、"淡雅"两个词，配合得十分妥帖。月映灯，灯映月，是凡尘的女子，是天上的仙子，都混成一片。词人用他的生花妙笔塑造了一个亦人亦天、人天不分的神仙世界。以上写的是色，红的灯，银色的月，淡雅的楚女（江陵古属楚地），使人有目迷五色之感。接下去写声，写动态，写香。箫鼓喧哗，如闻一派熙熙攘攘之声，人们看了这边看那边，妇女们娇笑着，欢叫着；随着她们的声浪流动，留下了诱人的花粉香气。一路声歌，一路笑语，一路甜香。词人对着此情此景，不禁想起京都元夜的热烈景象。这就有了下片开头数句。《东京梦华录》以及小说《水浒传》对北宋都城汴京（今河南开封）的正月十五夜都有着出色的描绘。但周邦彦在这里用的大都是虚写，不像上片写得那样具体；而且用的是粗线条，略加勾勒。他只说灯光把都城千门万户照耀得如同白昼，人们在嬉笑游玩，路上车尘飞扬。"自有暗尘随马"，是化用唐人苏味道《正月十五夜》"暗尘随马去，明月逐人来"的诗意。从用词的色彩上来说也是由明趋暗，不像上片一直扬起，那么亮丽。这都是为后面的暗淡心理作衬托。"年光是也"，一句截断，转入个人心情的抒发。"是"作"这"解，整句就是物是人非的意思。风光再好，无奈心情不佳，只会增添孤独、格格不入的感觉。旧日的兴高采烈都化作冷灰，衰歇了，消逝了，于是一切都随之灰飞烟灭。夜深了，他乘着车儿疾驰归去，再也听不见、看不见人们的歌舞欢笑，把热闹留给别人，自己躲进自己的小天地，悄然幽思。这里用"清漏"而不用"玉漏"、"金箭"、"刻漏"、"宫漏"，而单单挑选一个"清"字作漏的修饰，应该说是同当时词人的心境相吻合的。清者，凄清的意思。在热闹场中只有他能感觉到这种声息。

【说明】五代后周王仁裕《开元天宝遗事》载，一次唐明皇与诸人在太液池畔赏千叶白莲，因指身边的杨贵妃说："怎如我解语花？"这是此调得名的由来。《解语花》有三体，《钦定词谱》以秦观"窗涵月影"为正体，而《词律》以周密"晴丝罥蝶"为正格。考秦观词与周邦彦词格式相同，唯最后一句句式秦观词作“二三”式，而周邦彦词作“一四”式。但周密词格式则与此出入较大。此调一百字，上片六仄韵，下片七仄韵。上下片各有三处顿逗。词开首两句宜用对仗。上片“耿耿素娥欲下”之“欲”字下，一般词书中都标“可平”，似为可平可仄。检宋人词集，此处均为平声，周邦彦用“欲”字，乃是入声代平声。可知这里不能用上、去声。

换巢鸾凤春情

〔宋〕史达祖

人若梅娇，正愁横断隝[1]，梦绕溪
平仄平◎　仄平平仄仄　仄仄平
桥。倚风融汉粉，坐月怨秦箫[2]。相思
◎　仄平平仄仄　仄仄仄平◎　平平
因甚到纤腰。定知我今、无魂可销。佳期
平仄仄平◎　仄平仄平　平平仄◎　平平
晚[3]，谩几度、泪痕相照。
仄　仄仄仄　仄平平△

人悄。天渺渺。花外语香，时透郎怀
平△　平仄△　平仄仄平　平仄平平
抱。暗握荑苗[4]，乍尝樱颗[5]，犹恨侵阶
△　仄仄平平　仄平平仄　平仄平平
芳草。天念王昌忒多情[6]，换巢鸾凤教偕
平△　平仄平平仄平平　仄平平仄平平
老。温柔乡[7]，醉芙蓉、一帐春晓。
△　平平平　仄平平　仄仄平△

【注释】〔1〕隝（wù）：坞的本字，指四面高、中间低的谷地。　〔2〕秦箫：《列仙传》载，秦穆公时人萧史，善吹箫，能致孔雀、白鹤于庭。穆公女弄玉嫁萧史，学吹箫，后皆仙去。李白《忆秦娥》词："箫声咽，秦娥梦断秦楼月。"　〔3〕佳期：约会的日期。《楚辞·九歌·湘夫人》："与佳期兮夕张。"　〔4〕荑苗：喻指年轻女子的纤手。《诗·卫风·硕人》："手如柔荑。"荑，新生的茅牙。　〔5〕樱颗：指樱唇。唐白居易尝有诗

曰：“樱桃樊素口，杨柳小蛮腰。”（见《本事诗》） 〔6〕王昌：古诗中人名，青春年少，貌美多情，名望地位均高。南朝梁武帝《河中之水歌》：“人生富贵何所望，恨不早嫁东家王。”唐崔颢也有“十五嫁王昌”的诗句（见《新唐书》本传）。但王昌究竟是谁，说法不一。 〔7〕温柔乡：《飞燕外传》载，汉成帝得赵飞燕之妹合德，大悦，沉溺色欲，并称之为温柔乡。

【评析】这是一首借歌咏梅花以寄托恋情的词。先是人、梅合写，之后是专写所恋的对象及情愫。可能作者原意是想写梅花的，但是因为潜意识的作怪，不知不觉间把笔触伸到情人身上去了。开首三句作者融化了许多古人诗句，如唐秦韬玉《春云》诗：“惹砌任他香粉妒，萦丝自学小梅娇。”唐张谓《早梅》诗：“一树寒梅白玉条，迥临春路傍溪桥。”宋林逋《早梅》诗：“雪后园林才半树，水边篱落忽横枝。”等，用形象叠加的手法塑造了梅花高洁、依恋的形象。明眼人一下子就能看出，这是亦梅亦人的写法，从中国的传统诗学来说，谓之比兴。接下去作者设想对方此时正在调脂弄粉打扮，但是“自伯之东，首如飞蓬”，打扮得花儿蝶儿似的，给谁看呢？所以要“坐月怨秦箫”了。这样一想，作者自然更是加深了思念，为对方的苦恼而苦恼，“相思因甚到纤腰”，看似多余之问，实际上是领起下面三句，这三句的意思用白话意译就是：如今我除了你，谁也不爱，想起从前我们的幽情密约，真是相见恨晚；次次欢会后，都是泪眼相对，哭着分手的。下片是由上片结尾处两人幽欢的情境生发的。那是个人悄悄而又辽远的所在，花香醉人，两人情话绵绵，轻怜密爱，免不了握手亲吻，卿卿我我一番。“桃花枝上，啼莺言语，不肯放人归”（宋人《九张机》）。然而，这大概是一场婚外恋的把戏，虽然是“奴为出来难，教君恣意怜”（南唐李煜《菩萨蛮》），但终须一别。“侵阶芳草”丛生，暗示着离别的到来。汉淮南小山《招隐士》云：“王孙游兮不归，春草生兮萋萋。”南朝梁江淹《别赋》：“春草碧色，春水绿波。送君南浦，伤如之何。”“天念”以下数句是作者的憧憬与希望，他自许是个多情种，希望与对方能百年好合，终成眷属。“执子之手，与子偕老”（《诗·邶风·击鼓》）。鸾凤换巢，琵琶别抱。到那时，作者似同身处温柔乡中，爱恋的女子如一枝芙蓉，横陈帐中，他怎么也看不够。不像如今，相离则苦思不能解脱，相会则又是匆匆一度，不能尽欢。总的来说，词的内容并不足取，是封建社会中不健康的畸形恋情表现。但写作手法仍有可取之处。那双头蛇似的开局，比兴手法的运用，化用前人典故、成句的恰到好处，语言的清丽晓畅，结构的连贯等等，都可供后人借鉴。

【说明】《换巢鸾凤》是史达祖的自制曲，因词中有“换巢鸾凤”而得名；但也有人说，因词上片结句开始换仄韵，因此取名（见《钦定词谱》）。双调，一百字，上片五平韵，一仄韵；下片六仄韵。平仄互叶韵（平仄叶韵字须是同一韵系）。上片第二、三句藏四字对句（“愁横断坞”与“梦绕溪桥”），第四、五句为五字对句；下片第五、六句为四字对句。此调仅史达祖一体，无他词可校，平仄全依史作。

念奴娇 石头城

〔元〕萨都剌

　　石头城上[1]，望天低吴楚，眼空无
　　● 平 ○ 仄　　仄 ○ 平 ○ 仄　● 平 平
物。指点六朝形胜地[2]，惟有青山如壁。
△　● 仄 ● 平 平 仄 仄　　○ 仄 ○ 平 平 △
蔽日旌旗，连云樯橹，白骨纷如雪。一江
○ 仄 平 平　○ 平 ○ 仄　● 仄 平 平 △　● 平
南北，消磨多少豪杰。
○ 仄　○ 平 平 仄 平 △

　　寂寞避暑离宫[3]，东风辇路[4]，芳
　　● 仄 ● 仄 平 平　　○ 平 ● 仄　　○
草年年发。落日无人松径冷，鬼火高低明
仄 平 平 △　● 仄 ○ 平 平 仄 仄　● 仄 ○ 平 平
灭。歌舞尊前，繁华镜里，暗换青青发。
△　○ 仄 平 平　○ 平 ● 仄　● 仄 平 平 △
伤心千古，秦淮一片明月[5]。
○ 平 平 ●　○ 平 仄 仄 平 △

【注释】〔1〕石头城：古城名，故址在今江苏南京西石头山后。建于战国时，于此置金陵邑，三国东吴时，改名石头。晋义熙年间，加砖累石，因山为城，因长江为池，地形险要，为攻守金陵（今江苏南京）的必争之地。　〔2〕六朝：指建都在金陵的六个朝代：吴、东晋、宋、齐、梁、陈。　〔3〕离宫：皇帝的行宫。南唐时，将石头山改名清凉山，作为避暑之地，建清凉寺。〔4〕辇（niǎn）：帝王坐车。唐文宗《宫中题》诗："辇路生秋草，上林花满枝。”　〔5〕秦淮：秦淮河，长江下游支流，横贯今江苏南京。

【评析】元文宗至顺三年（1332），萨都剌出为江南诸道行御史台掾吏，写了好几首有关金陵名胜的诗歌，这首《念奴娇》“石头城”，当也是此时所作。它通过对眼前景物的描写，抒发登高怀古之情。气象森严，境界悲壮阔大，与作者《满江红》“金陵怀古”及宋王安石的《桂枝香》同为歌咏六朝故都金陵的著名词作。词一上来就给人以一种居高临下、大气包举的声势，极目眺望，四周一派“野旷天低树”的景象。金陵周边地区在春秋时代属吴国、楚国的地方，所以说“望天低吴楚”。“眼空无物”，更可见出世界的空阔。这是作者主观世界与外部景物交映后的感觉。“无物”主要指的应是下句所说的“六朝形胜”。金陵曾经是六朝最繁华的都市，是金粉之地，而今只剩下壁立的青山了。它与唐杜牧《题宣州开元寺水阁》诗首句“六朝文物草连空”同一意思。为什么这样繁华的都市一下子“空”了，“无物”了呢？作者说，这是战争带来的灾难。词如电影般地一下子从眼前的江山切回历史的镜头中去：遮天蔽日的战旗，桅杆高耸的战船，云集此地，进行厮杀、争斗，尸骨遍野，流血漂杵，六朝形胜之地就此化为乌有。在这数不清的战争中，“引无数英雄竞折腰”，为之耗尽心力。下片可以说是上片“眼空无物”的引申发展，昔日帝王、达官贵人的避暑之地，当时是那么繁盛光华，如今辇路上一片荒芜，碧草丛生，与作者同时期作的七律《秋日登石头城》“年深辇路埋花径”有着同样的感慨。松径中，当斜日西沉时，鬼火闪闪。唐李白《登金陵凤凰台》诗云：“吴宫花草埋幽径，晋代衣冠成古丘。”用意正同，同时也与上片的“白骨纷如雪”相照应。最后，作者对着这荒凉山径、今昔变迁，不由得展开对往古历史的思索与反省，歌舞美酒，繁华世界，也不过如同镜花水月，经不起历史的淘洗，空使人消尽年华。那永恒不变的只有秦淮河的流波与天上的明月。从这里，作者悟到了宇宙与人生的真谛。这最后数句，多少也与上片的“一江南北，消磨多少豪杰”在意境上有些关联。立足点的高标，感慨的发人深省，结构的前后照应，语言的洗炼，音节的浏亮，都构成了此词的特色。而且此词用韵全是步苏轼《念奴娇》“赤壁怀古”的原韵，而绝无凑韵痕迹，表现了作者驾驭语言的高超技巧，一向为后人所称道。

【说明】念奴是唐玄宗时代歌女名。每年京都长安举行君臣宴乐时，万众喧腾，无法禁止，唐玄宗命念奴唱歌压场（见唐元稹《连昌宫词》自注）。念奴每执歌板唱歌，声出朝霞之上。词调得名本此。此词又有《百字令》、《壶中天》、《湘月》、《大江东去》、《酹江月》、《壶中天慢》等多达二十余种别名，有仄韵格、平韵格等多体。今一般多用仄韵格，以苏轼词“凭高眺远”为正体（与萨都剌此词体式同）。双调，一百字，上下片各四仄韵。上片结句，苏词作“望中烟树历历”，一般词谱遂在“历历”处标成“历历”，前一“历”字作可平可仄处
●△

理。但核宋人所作《念奴娇》，此处一般作平声。《钦

定词谱》云："本词前结中上'历'字，亦是以入替平，填者勿混用上去声字。"也就是说此处只能用入声字，一般应作平声字，而非可平可仄。又，自苏轼作《念奴娇》"大江东去"后，后人也多有照他的格式填的。苏词句式与此有较多出入，为备一格，今将苏词抄录于下（可平可仄处与前调大体相同，不标明）。

念奴娇 赤壁怀古

　　大江东去，浪淘尽、千古风流人物。故垒西
　　仄平平仄　仄平仄　平仄平平平△　仄仄平

边，人道是、三国周郎赤壁。乱石穿空，惊涛拍
平　平仄仄　平仄平平仄△　仄仄平平　平平仄

岸，卷起千堆雪。江山如画，一时多少豪杰。
仄　仄仄平平△　平平平仄　仄平平仄平△

　　遥想公瑾当年，小乔初嫁了，雄姿英发。羽扇
　　平仄平仄平平　仄平平仄仄　平平平△　仄仄

纶巾，谈笑处、樯橹灰飞烟灭。故国神游，多情应
平平　平仄仄　平仄平平平△　仄仄平平　平平平

笑我，早生华发。人间如梦，一尊还酹江月。
仄仄　仄平平△　平平平仄　仄平平仄平△

东风第一枝 忆梅

〔元〕张翥

老树浑苔[1]，横枝未叶，青春肯误芳约。背阴未返冰魂[2]，阳梢已含红萼。佳人寒怯，谁惊起、晓来梳掠。是月斜花外幺禽[3]，霜冷竹间幽鹤。

云淡淡、粉痕渐薄，风细细、冻香又落。叩门喜伴金尊，倚栏怕听画角。依稀梦里，记半面[4]、浅窥珠箔[5]。恁时得[6]、重写鸾笺[7]，去访旧游东阁[8]。

【注释】〔1〕浑：满是。　〔2〕冰魂：喻梅花高洁的品格精神。宋苏轼《松风亭下梅花盛开》诗："罗浮山下梅花村，玉雪为骨冰为魂。"　〔3〕幺：小。　〔4〕半面：《南史·徐妃传》载，南朝梁元帝眇一目，徐妃知帝将至，常饰半面妆以待。〔5〕珠箔：珠帘。　〔6〕恁时：什么时候。　〔7〕鸾笺：彩笺，指代书信。　〔8〕东阁：唐杜甫《和裴迪》诗："东阁官梅动诗兴，还如何逊在扬州。"此指梅花所在地。

【评析】这首词的字面意思如题所示是“忆梅”，是否另有寄托，不详；但看全词，似非单纯的咏物词。词的开首五句只说梅花初绽。唐人齐己《早梅》诗云：“前村深雪里，寒梅一枝开。”而此词说梅花只开得一半，北枝未开南枝开。然而仅仅这半点春色，已经烘动芳心，佳人起来梳妆打扮了。春色恼人眠不得啊。“是月斜”三句，都是写梅边景象，古诗中常用此类景物衬托梅花，如北宋林逋《山园小梅》“暗香浮动月黄昏”，南宋姜夔《暗香》“旧时月色，算几番照我，梅边吹笛”，“但怪得竹外疏花，香冷入瑶席”，《疏影》“苔枝缀玉，有翠禽小小，枝上同宿”。此词中的“老树浑苔”与“苔枝缀玉”同一意思。苔梅是梅树中的一种，“其枝樛曲万状，苍藓鳞皴，封满花身”（见南宋范成大《梅谱》）。又，“是月斜”三句也许用典，《龙城录》“赵师雄醉憩梅花下”条载，隋开皇中，赵师雄迁罗浮，一日，天寒日暮，于松林中见一女子，淡妆素服，出迓师雄，语极清丽。因与共叩酒家门，得酒相饮，笑歌戏舞。后醉寝。但觉风寒相袭。久之，东方已白。师雄起视，乃在大梅花树下，上有翠羽啾嘈相顾，月落参横，但惆怅而已。从下片的“叩门喜伴金尊”来看，应有用典的可能。果真如此，那么下片“云淡淡”数句，也较容易理解：这是梦醒后的一种失落感。又因为唐大角曲中有《大梅花》、《小梅花》，乐奏花落，所谓“黄鹤楼中吹玉笛，江城五月落梅花”，惊破了好梦，所以说“倚栏怕听画角”。画角，一种有花纹的角，吹奏乐器。接下去，又是对梦的朦胧回忆。“半面”的出典，原是恶谑，但用在这里，却有佳人“回眸一笑百媚生”的美感，是作者不能忘情的再一次显现。然而，这一切都是一场春梦罢了，都是消逝了的影子，空剩下无法抹去的回忆。相忆至深，不免寄意未来，希望有朝一日，重寻旧踪，去访梅寻梦。词用了一连串的比喻拟人手法，将花比人，将人比花，人花糅合，表达出作者对逝去的美好人事的向往；而全词又从姜夔《暗香》、《疏影》脱胎，遣词命意，无不沾带姜词的痕迹。为了便于读者将此词与姜词作比较，特将姜白石两词移录于下：

暗 香

旧时月色，算几番照我，梅边吹笛。唤起玉人，不管清寒与攀摘。何逊而今渐老，都忘却春风词笔。但怪得竹外疏花，香冷入瑶席。　江国。正寂寂。叹寄与路遥，夜雪初积。翠尊易泣，红萼无言耿相忆。长忆曾携手处，千树压、西湖寒碧。又片片、吹尽也，几时见得。

疏 影

苔枝缀玉，有翠禽小小，枝上同宿。客里相逢，篱角黄昏，无言自倚修竹。昭君不惯胡沙远，但暗忆、江南江北。但佩环、月夜归来，化作此花幽独。　犹记深宫旧事，那人正睡里，飞近蛾绿。莫似春风，不管盈盈，早与安排金屋。还教一片随波去，又却怨、玉龙哀曲。等恁时、重觅幽香，已入小窗横幅。

【说明】《东风第一枝》调，创自南宋，后又名为《琼林第一枝》。双调，一百字。上片四仄韵，下片五仄韵。词上片第一第二句，第四第五句，下片第一第二句，第三第四句都要求对仗。又，“阳梢已含红萼”之“梢”字处、“花外幺禽”之“花”字处、“重写鸾笺”之“重”字处，应作平声字，也可用入声字代平声字。“青春肯误芳约”之“肯”字处，一般也应用平声字，或是入代平，此处“肯”字（上声）则是例外。据《词律》云，词中有十二个字应严格要求用去声字。这种说法，冒鹤亭先生在《四声钩沉》中早已指出不足为据，今人作词当然更不必讲求它了。

庆春泽 记恨

〔清〕朱彝尊

桥影流虹，湖光映雪，翠帘不卷春
○仄平平 平平仄仄 ●平●仄平
深。一寸横波[1]，断肠人在楼阴。游丝不
◎ ●仄平平 ●平○仄平◎ ○平●
系羊车住[2]，倩何人、传语青禽[3]。最难
仄平平仄 仄○平 ○仄平◎ 仄平
禁[4]、倚遍雕栏，梦遍罗衾。
平 ●仄平平 ●仄平◎

重来已是朝云散[5]，怅明珠珮冷[6]，
平平仄仄平平仄 仄平平●仄
紫玉烟沉[7]。前度桃花，依然开满江
●仄平◎ ○仄平平 ○平○仄平
浔[8]。钟情怕到相思路，盼长堤、草尽红
◎ ○平●仄平平仄 仄○平 ●仄平
心[9]。动愁吟，碧落黄泉，两处谁寻[10]。
◎ 仄平平 ●仄平平 ●仄平◎

【注释】〔1〕横波：喻女子目光流动含情。 〔2〕游丝：空中飘飞的小虫所吐的丝，此喻情丝。羊车：羊拉的小车。《晋书·卫玠传》载，卫玠风神秀异，少年时乘羊车入市，见者皆以为玉人。 〔3〕倩（qìng）：请人相助。 青禽：青鸟，传为西王母身边的使者，此喻传达信息者。 〔4〕难禁：难以忍受。 〔5〕朝云：战国宋玉《高唐赋》载，巫山神女旦为朝云，暮为行雨。朝云散，喻女子死亡。 〔6〕明珠珮冷：据《列仙传》载，

郑交甫在汉皋台下遇两女子，佩两珠大如鸡卵。郑以目挑逗，两女解佩珠相赠。此句也喻女子亡故。 〔7〕紫玉烟沉：晋干宝《搜神记》载，春秋时吴王夫差女小玉，爱恋韩重，不得成婚，气结而死。后来韩重至小玉墓前凭吊，小玉现形，与韩重成夫妇之礼，赠珠而别。后因吴王拘韩重，小玉至父母处表白，夫人闻讯，出而抱之，玉化成烟而去。此句也喻女子死去。 〔8〕前度二句：唐诗人崔护，偶游城郊，见一女子，貌美，思欲交结，未成，怅然而归。明年春又往寻女，但见门户紧闭，女子已亡。崔遂作诗云："去年今日此门中，人面桃花相映红。人面不知何处去，桃花依旧笑春风。"见唐孟棨《本事诗》。浔，水边地。 〔9〕红心：红心草。《博异记》载，王生一次梦游吴宫，闻箫鼓声，说是西施下葬。王生应诏作挽歌，词云："连江起珠帐，择地葬金钗。满路红心草，三层碧玉阶。" 〔10〕碧落二句：语本唐白居易《长恨歌》："上穷碧落下黄泉，两处茫茫皆不见。"

【评析】词前有小序，道词本事："吴江叶元礼，少日过流虹桥，有女子在楼上见而慕之，竟至病死。气方绝，适元礼复过其门，女之母以女临终之言告叶。叶入哭，女目始瞑。友人为作传，余记以词。"这是一个非常动人而又哀艳的故事，很可以编成戏文上演。词基本上依情节依次展开，从相思写到为情而死。少女的依依情愫，少男的惆怅感伤，中间一连串贴切的引典，凄艳动人，真有不胜前度刘郎的感慨。上片写少女，当暮春之际，在流虹桥边，慵倚楼头，望着一位少年郎君在桥上走过。这使人想起宋代秦观的《水龙吟》开首几句："小楼连苑横空，下窥绣毂雕鞍骤。朱帘半卷，单衣初试，清明时候。"也会使人连想起现代诗人卞之琳的《断章》：

你站在桥上看风景，
看风景人在楼上看你。
明月装饰了你的窗子，
你装饰了别人的梦。

是啊，这是一个粉红色的绮梦。落花有意，流水不知。少女尽管在做着绮梦，无奈少年郎不知自己成了别人的梦中情人。三百年前的封建时代是不允许少女怀春的。纵然是“梦遍罗衾”，青禽不至，委禽无人，也是无济于事。梦醒了，人也就死了。下片则从少年郎（叶元礼）切入。他重寻旧踪，再步长堤，前度刘郎今又至，但已是物是人非事事休。这大哀恸，使他难以为怀，满目红心草，更令他不堪回首。流水落花归去也，天上人间；红粉知己，上穷碧落，下及黄泉，茫茫人寰，何处可寻？这千古伤心事，犹如楚王之与巫山神女，郑交甫之与江妃，韩重之与紫玉，崔护之与桃花女，地老天荒，不能片刻去心。叶元礼，名舒崇，美丰姿，神情不减东晋美男子卫玠。自朱彝尊此词问世之后，一时流传甚广。叶元礼后来至会稽，每次入闹市，人们夹道围观，争睹丰采。以至当时在这里任职的宋琬不禁说道：“要看杀卫玠了。”就把叶请进官署，留在身边读书。后叶往京城应博学鸿辞试，至京病亡。死时仅三十多岁。

【说明】《庆春泽》，通称作《高阳台》，又名《庆春泽慢》、《庆春宫》。双调，一百字，上下片各四平韵。此词的“最难禁”“动愁吟”两逗，都押韵，与宋张炎《高阳台》"接叶巢莺"词同，但一般不强求押韵。又起首两句，宜用对仗。《高阳台》词调缠绵蕴藉，宜作写情用。

桂枝香 金陵怀古

〔宋〕王安石

登临纵目，正故国晚秋[1]，天气初
平平仄△ 仄仄仄●平 平仄平
肃[2]。千里澄江似练[3]，翠峰如簇。征帆
△ ○仄平平●仄 仄平平△ ○平
去棹残阳里，背西风、酒旗斜矗[4]。彩舟
●仄平平仄 仄平平 ●平平△ 仄平
云淡，星河鹭起，画图难足[5]。
平仄 ○平●仄 仄平平△

念往昔、豪华竞逐。叹门外楼头，悲
仄仄仄 平平仄△ 仄○●平平 平
恨相续[6]。千古凭高对此，漫嗟荣辱。六
仄平△ ○仄平平●仄 仄平平△ ●
朝旧事随流水[7]，但寒烟、衰草凝绿。至
平●仄平平仄 仄平平 ○仄平△ 仄
今商女，时时犹唱，《后庭》遗曲[8]。
平平仄 ○平○仄 仄平 平△

【注释】〔1〕故国：指金陵，今江苏南京。 〔2〕肃：肃爽，肃杀。 〔3〕千里句：晋谢朓《晚登三山还望京邑》："澄江静如练。"练，白绸带。 〔4〕斜矗：犹言斜插。 〔5〕彩舟二句：此处均言傍晚时分秦淮河上所见景象。 〔6〕叹门外二句：《陈书·张贵妃传》载，隋将韩擒虎率军攻陷台城（金陵），妃与陈后主俱避入井，为隋兵所俘。贵妃被杀。唐杜牧《台诚曲》："门外韩擒虎，楼头张丽华。"张丽华即张贵妃，南朝陈末

代皇帝陈后主宠妃。门外指金陵朱雀门外，隋军攻入金陵的城门。 〔7〕六朝，指建都于金陵的三国吴、东晋、宋、齐、梁、陈六个朝代。 〔8〕至今三句：唐杜牧《夜泊秦淮》诗："商女不知亡国恨，隔江犹唱《后庭花》。"商女，歌女。《后庭花》，《玉树后庭花》，陈后主所作曲名，被后人视为亡国之音。

【评析】六朝故都金陵，自古繁华，金粉之地，帝王之州。然而从三国到隋统一中国之前的三百六十余年间，这里朝代似走马灯般地不断更换，演出了一幕幕兴亡闹剧。而隔了三百多年之后，历史的闹剧又在此重演。这种有趣的历史循环，引起历代文士的注目，写下了大量的诗词文赋。北宋政治家王安石能站在历史的高峰上，用概括性的笔墨，慷慨悲凉的调子，写下这首《桂枝香》，令后人永远传诵。这首词的主旋律是"悲恨相续"，也就是杜牧在《阿房宫赋》中所说的"秦人不暇自哀，而后人哀之。后人哀之而不鉴之，亦使后人而复哀后人也"，具有振聋发聩的警世作用。造成"悲恨相续"的原因是统治集团的"豪华竞逐"。咎由自取，不足惋惜，所以作者要说"千古凭高对此，漫嗟荣辱"。我们应该以此为出发点去解读这首词。上片写景，精炼的词句，将金陵一带的秋景像图卷般地展现开来。先是远景，寥廓江天，秋江静如白练，翠峰如箭头一般尖削，即李白所谓"青天削出金芙蓉"的意思。然后慢慢地将笔锋转到落日归帆，飘动的酒旗，是中景。最后眼光落到秦淮河中，水中淡淡的云的倒影托着美丽的画船，船上张灯结彩，把秦淮河装点得像天河似的，灯光闪烁，犹如星光流动。注意，这里的彩舟绝非前面所写的“征帆去棹”。前者是长江中的归帆，秋景的点缀，像中国一般的山水画似的点缀；后者是秦淮河繁华的象征。“鹭起”之“鹭”，当指在秦淮河近处的白鹭洲；“起”则是因“鹭”连类想象而及，使静处不动的白鹭洲活化，增添了秦淮河的旖旎风光。“画图难足”是上片的总束，在这样如画的美景中人们尽情享受，忘却了这里历史上曾经发生过的悲剧，因此它又开启下片，使上下片之间很完美地衔接起来。从下片“但寒烟、衰草凝绿”句来看，其实这里的景色并非如上片那样写得美好，上片应是忘却历史经验教训、一心享受的人们的眼中美景，“寒烟衰草凝绿”则是对历史进行反思的人们（即作者）心中的景色。同处一地，不同的人的观察点及感受是会有所不同的。“至今”三句应是回应上片的“彩舟”两句。这样的地方，这样的景色，这样的历史繁华地，当然会有“商女”时时出没，也就有征歌逐欢之士经常往来。“神女生涯原是梦”，人们依然在此醉生梦死，而淡忘了历史的警戒。作者所以要再三叹息的即在此处。“叹门外楼头，悲恨相续”，这是梦醒人的话语。

【说明】《桂枝香》，又名《疏帘淡月》。有九十九字、一百字、一百零一字等数体。王安石此词一百零一字，上下片各五仄韵。后人填《桂枝香》多依王词为准，然于平仄处，略有出入。如上片“天气初肃”句，有作“仄平平仄”者，也有作“平平平仄”或“平平仄仄”者，但较多的仍依王词作“平仄平仄”。下片“悲恨相续”情况与此同。又如下片“念往昔”三字，有作“仄平平”、

“仄平仄”、“平平仄”者，但以作“仄仄仄”为多。又上下片之第二句“正故国晚秋”之“正”字、“叹门外楼头”之“叹”字，均应作去声。此词宜用入声韵部。《词律·校刊》云：“惟此调旧谱分南北词，如用入声韵，则名《桂枝香》；用去上声韵，始可名《疏帘淡月》。”

翠楼吟 美人魂

〔清〕黄之隽

月魄荒唐[1]，花灵仿佛[2]，相携最无人处。栏干芳草外，忽惊转、几声啼宇[3]。飘零何许。似一缕游丝[4]，因风吹去。浑无据[5]。想应凄断，路旁酸雨[6]。

日暮。渺渺愁予[7]，觉黯然销者，别情离绪[8]。春阴楼外远，入烟柳、和莺私语。连江暝树。欲打点幽香[9]，随郎黏住。能留否？只愁轻绝，化为飞絮。

【注释】〔1〕月魄：月。道家认为月属阴，称月魄。　荒唐：渺茫的样子。　〔2〕花灵：花神。　〔3〕啼宇：指杜宇，杜鹃鸟。它的鸣叫声如人语“不如归去”。　〔4〕游丝：飞扬空中的昆虫吐的丝。　〔5〕浑：简直。　〔6〕酸雨：凄雨。　〔7〕渺渺愁予：《楚辞·九歌·湘夫人》：“帝子降兮北渚，目渺渺兮愁予。”渺渺，同眇眇，远望而不可见的样子。　〔8〕黯然：神情颓丧的样子。南朝梁江淹《别赋》：“黯然销魂者，唯别而已矣。” 〔9〕打点：安排，料理。幽香：清芬的香气。宋贺铸《芳心苦》词：“断无蜂蝶慕幽香，红衣脱尽芳心苦。”

【评析】这是一首游戏之作，无大深意，作者只是想显显自己的才情罢了。祥林嫂问鲁迅说：“一个人死了之后，究竟有没有灵魂的？”所谓魂灵，是非常玄虚的东西，信之者说其有，不信者说其无。六朝时还曾发生过灵魂有无的大辩论。依信其有者的说法，灵魂是依附于人体，但又能脱离人体而存在的精神。根据泛灵魂者的说法，非但人，一切有生命的甚至无生命的都有灵魂，所谓花魂月魄，无不有灵魂在。此词是写芳魂，即多情美丽的年轻女子之魂。对此，才子自然要展开他的丰富的想象力，把这美丽的芳魂写得凄艳动人，缥缈恍惚，若有若无，多情善感，而又带上一点鬼气。上片大约是写魂的形，它来去无踪，随风飘忽不定。如月魄，如花灵，于无人之处出没，使杜鹃为之宛转哀鸣，使萧瑟的细雨也哀恸酸嘶。这里为什么要用“啼宇”来点缀呢？猫头鹰岂不更好，叫起来凄惨惨的，令人毛骨竦然？原来据传说，杜鹃是蜀帝杜宇所化，含有一段悲伤的故事。杜宇因治水无功，且与其相鳖灵的妻子好上了，就把帝位传给鳖灵。杜宇死，其魂化为鸟，名杜鹃、子规。看来，杜宇是被逼去位的，且与男女情事有关，而又是灵魂所化。基于这几层原因，所以词中的芳魂要为“几声啼宇”“惊转”。上片结尾“想应”二句，是为开启下片转入写情作准备的。下片着重写“芳魂”的情，她满怀幽情等待情人，感到别离的难耐。“悲莫悲兮生别离”，何况这是死别离，生死两茫茫，要再重逢已是不可能的事了。于是她只得到烟柳丛中去与黄莺私语了。本来是“打起黄莺儿，莫教枝上啼。啼时惊妾梦，不得到辽西”。现在寂寞无奈，只好去和黄莺说说相思和孤苦之情了。魂在心不死，她还巴巴儿的想与情郎相会，然而，情郎是黏不住的，她即使化作飞絮，也是徒劳。唐罗隐有《柳》诗云：“自家飞絮犹无定，争解垂丝绊路人。”灵魂本处有无之间，不像柳絮还是实在的东西，要想“随郎黏住”，只能看作是芳魂一往情深的空想了。

【说明】《翠楼吟》是宋姜夔的自度曲，后人填此调者也仅黄之隽一人。一百零一字，上片五十字，六仄韵；下片五十一字，七仄韵。平仄依白石词校定。姜词上片首两句（“月冷龙沙，尘清虎落”）、第八第九句（“看槛曲萦红，檐牙飞翠”）、下片第八第九句（“仗酒祓清愁，花销英气”），均为对仗（黄词除上片首两句外未对仗）。依《词律》，上下片各有一处作逗。

瑞鹤仙 风怀

〔宋〕史达祖

杏烟娇湿鬓[1]。过杜若汀洲[2]，楚衣
● 平 平 仄 △　仄 仄 仄 平 平　● 平

香润[3]。回头翠楼近。指鸳鸯沙上[4]，暗
平 △　平 平 仄 平 △　仄 平 平 ○ 仄　●

藏春恨。归鞭隐隐，便不念、芳痕未稳。
平 平 △　平 平 仄 △　仄 仄 仄　平 平 仄 △

自箫声、吹落云东[5]，再数故园花信[6]。
仄 ○ 平　○ ● 平 平　仄 仄 仄 平 平 △

谁问。听歌窗罅[7]，倚月钩栏，旧家
平 △　● 平 ○ 仄　仄 仄 平 平　● 平

轻俊[8]。芳心一寸，相思后，总灰烬[9]。
○ △　平 平 仄 △　○ ○ 仄　仄 平 △

奈春风多事，吹花摇柳，也把幽情唤
仄 平 平 ○ 仄　平 平 ○ 仄　● 仄 平 平 仄

醒[10]。对南溪、桃萼翻红，又成瘦损。
△　仄 平 平　○ 仄 平 平　仄 平 仄 △

【注释】〔1〕杏烟句：唐李贺《冯小怜》诗："裙垂竹叶带，鬓湿杏花烟。"　〔2〕杜若：香草名，又名山姜。汀洲：水中沙土积成的小平地。《楚辞·九歌·湘夫人》："搴汀洲兮杜若。"　〔3〕楚衣：古代有楚人好细腰的传说（见《墨子》、《荀子》、《淮南子》等）。此处用楚衣形容女子身材窈窕。唐李商隐《效长吉》诗："长长汉殿眉，窄窄楚宫衣。"　〔4〕鸳鸯沙：水边沙地常为鸳鸯所栖息，故称。唐李德裕《鸳鸯篇》诗："淹

留碧沙上，荡漾洗红衣。” 〔5〕箫声：《列仙传》载，秦人萧史善吹箫，秦穆公将女弄玉妻之，后皆仙去。 〔6〕花信：自小寒至谷雨共一百二十日，每五日为一候，计二十四候，每候应一花信。 〔7〕窗罅（xià）：窗口。 〔8〕旧家：从前。 〔9〕芳心三句：李商隐《无题》诗：“春心莫共花争发，一寸相思一寸灰。” 〔10〕幽情：埋于心底的情思，指春情。

【评析】这首词写一女子对她所眷恋的情人的思念。那是一位多情、美貌而又性格芳洁的年轻女郎。所以词一开头就将她置于烟雨杏花树底、杜若芳洲溪畔。娇艳、香润、高雅。唐王昌龄《闺怨》诗云：“闺中少妇不知愁，春日凝妆上翠楼。”诗写闺中女子对出门远行爱人的思念。“回头翠楼近”的用意也正在于此，以下则转入对女子“春恨”的心理描写。因为爱人远离，所以她看到沙上两两鸳鸯要产生春恨，也就是说沙上并禽对她发生了移情的作用。那男子也许是急于回家省亲，匆匆而去，而未曾考虑到此时一别，那女子是否经受得住。词中“芳痕”似应作“芳心”来解释。“自箫声”两句是说人去楼空，天天盼着他归来重逢，数着归期。古代女子有花卜归期的习俗，宋辛弃疾《祝英台近》词：“鬓边觑，试把花卜归期，才簪又重数。”“再数故园花信”应属同样的习俗，甚至与唐代的金钱卜也是同一回事。下片承上“自箫声、吹落云东”而来；吹箫人（女子眷恋的情人）去后，还有谁来关心她，在窗口听她似夜莺般的歌声，同倚曲栏望月呢？从前的俏模样也因这深深的相思而改变了，她心灰意懒，万般无奈。然而春风依然吹拂大地，吹开了百花，摆动着柳丝，它是不管你此刻的心境如何的。这轻柔的、暖洋洋的春风，拨动着少女本已枯萎的春心，深埋心底的幽情重又唤醒。然而别离毕竟是事实，是残酷的现实，她的心又暗淡了；在桃花将欲吐红的季节，她憔悴了。“衣带渐宽终不悔，为伊消得人憔悴”，她陷入了深深的苦闷之中。全词写离愁，有一种轻倩的情韵，声调谐婉，意态温存，充满了朦胧的哀美。宋王雱《眼儿媚》词云：“杨柳丝丝弄轻柔，烟缕织成愁。”词境似之。

【说明】《瑞鹤仙》，又名《一捻红》。此调体式甚多，字数不同，各家句逗出入很大，以前的词谱在标注可平可仄时，极不一致。有的词谱甚至除韵脚是仄声外，其余基本上都注可平可仄，令读者无所适从。兹依《词律》并据相近体式，斟酌注可平可仄。一百零二字，上片七仄韵，下片六仄韵。词中三字句（或逗）处，如“便不念”、“自箫声”、“相思后”、“对南溪”等，各家平仄出入尤其明显，甚至连末字都平仄不同。又，各家的句逗出入，大多表现在“三六”句式还是“五四”句式，或者是“三四六”句式还是“五四四”句式上。《词谱》将周邦彦的《瑞鹤仙》作为正格，兹将周词列于下，以作比较。

瑞鹤仙

周邦彦

悄郊原带郭，行路永、客去车尘漠漠。斜阳
仄平平仄△　平仄仄　仄仄平平仄△　平平

映山落，敛余红犹恋，孤城阑角。凌波步弱，过
仄平△　仄平平平仄　平平平△　平平仄△　仄

短亭、何用素约。有流莺劝我，重解绣鞍，缓引春
仄平　平仄仄△　仄平平仄仄　平仄仄平　仄仄平

酌。　不记归时早暮，上马谁扶，醒眠朱阁。惊飚
△　仄仄平平仄仄　仄仄平平　仄平平△　平平

动幕，扶残醉，绕红药。叹西园已是，花深无地，
仄△　平平仄　仄平△　仄平平仄仄　平平平仄

东风何事又恶。任流光过却，犹喜洞天自乐。
平平平仄仄△　仄平平仄仄　平仄仄平仄△

周词字数、韵数都与史词同，但句式不同。且下片开首非两字叶韵句。

水龙吟 白莲

〔宋〕张 炎

仙人掌上芙蓉，涓涓犹滴金盘露〔1〕。
○平●仄平平 ○平○仄平平△
轻妆照水，纤裳玉立，飘飘似舞。几度消
○平●仄 ○平●仄 ○平●△ ●仄平
凝〔2〕，满湖烟月，一汀鸥鹭。记小舟夜
平 ●平○仄 ●平平△ 仄●平●
悄，波明香远，浑不见，花开处〔3〕。
仄 ○平○仄 平●仄 平平△

应是浣纱人妒〔4〕，褪红衣、被谁轻
○仄●平○△ 仄平平 ●平平
误。闲情淡雅，冶姿清润，凭娇待语〔5〕。
△ ○平●仄 ●平○仄 ○平●△
隔浦相逢，偶然倾盖，似传心素〔6〕。怕湘
●仄平平 ●平○仄 ●平平△ 仄平
皋珮解〔7〕，绿云十里，卷西风去。
平仄仄 ●平仄仄 仄平平△

【注释】〔1〕仙人二句：《汉武故事》、《三辅故事》载，汉武帝为求仙，作铜露盘承接天露，调和玉屑饮用。铜露盘，汉班固《西都赋》美称为“仙掌”，即仙人掌。芙蓉，莲花。涓涓，水缓缓下滴的样子。 〔2〕消凝：消魂。 〔3〕浑：全，简直。 〔4〕浣纱人：指春秋时美女西施。西施未发迹时，在家乡越地浣纱。 〔5〕凭娇待语：唐李白《渌水曲》：“荷花娇欲语，愁杀荡舟人。” 〔6〕心素：衷曲，心事。 〔7〕湘皋珮解：《列仙

传》载，江妃二女游于江滨，遇郑交甫，遂解珮相赠。此喻白莲花落。

【评析】这是首咏物词。白莲孤芳淡雅，象征着高洁的人品。晚唐诗人陆龟蒙《白莲》诗云："素藕多蒙别艳欺，此花端合在瑶池。无情有恨何人见，月晓风清欲堕时。"诗与张炎的这首《水龙吟》有某些共通之处。词的开头将白莲置于仙子的崇高地位，一上来就给读者一个高洁典雅的形象。她开在仙人掌上，涓涓露滴。接着写白莲临水玉立的绰约风姿，含着仙气，与词的开头两句一气呵成，给人以白莲的总体形象。此后作者将笔锋转到自身对白莲的经验上来。他曾经数度在湖边徘徊，注视湖面。烟水朦胧，远远望过去，水天一色，鸥鹭悄悄地在芦苇丛中栖息。他也曾驾着小舟，向波心荡去。这时香气袭人，却因着满月的朗照，白莲融和在溶溶的月色中，不能辨认。这是个宁静的神仙般的世界。下片则纯是想象之笔，把白莲拟人化，使她更可爱，更动人。白莲的白，本是自然造成的，但作者偏要说是由于西施的嫉妒，将莲的红衣洗褪，留下素色。然而这么一写，反而更加衬托出白莲的洁白来，使其显得更加淡雅，更加清润，更加娇滴滴，像是要说话似的。娇姿冶态，荡人心魄，比起俗艳的红莲来，更胜过千百倍，不由得作者对白莲视同知己。《孔子家语》载，孔子往郯县，在路上遇见郯子，倾盖而语。盖，指车盖。荷叶又称翠盖。作者在这里用"倾盖"一词，是异常贴切而又带双关，把自己心中的向慕，真是说到家了。词的结尾三句作者表达了对白莲的怜惜之意：西风一起，白莲凋零，只剩下田田的荷叶，如绿云一片，使人黯然神伤。这也就是陆龟蒙《白莲》后两句诗的意思。将无情的白莲，写得有情有感，作者也将自己融入进去，发挥了丰富的想象力，把白莲拟人化、感情化，这是张炎《水龙吟》词的最大特色。

【说明】《水龙吟》，又名《庄椿岁》、《海天阔处》、《小楼连苑》、《龙吟曲》、《丰年瑞》等。词体众多，字数不一，《词谱》以苏轼词七字起句式“霜寒烟冷蒹葭老”及秦观词六字起句式“小楼连苑横空”为正格。张炎此词格式同秦词，但结尾处“怕湘皋珮解，绿云千里”两句，秦词作“三六”式一句。词一百零二字，上片五十二字四仄韵，下片五十字五仄韵。下片首句也可不叶韵。第九句（“记小舟夜悄”）第一字为领格，宜用去声。结句（“卷西风去”）多用“一三”句式，如“是离人泪”（苏轼），“揾英雄泪”（辛弃疾），“向栏边醉”（曹组）等。兹将七字起句式示例如下：

水龙吟

苏轼

霜寒烟冷蒹葭老，天外征鸿嘹唳。银河秋晚，
平平平仄平平仄　平仄平平平△　平平平仄

长门灯悄，一声初至。应念潇湘，岸遥人静，水多
平平平仄　仄平平△　平仄平平　仄平平仄　仄平

菰米。乍望极平田，徘徊欲下，依前被、风惊起。
平△　仄仄仄平平　平平仄仄　平平仄　平平△

须信衡阳万里。有谁家、锦书遥寄。万重云
平仄平平仄△　仄平平　仄平平△　仄平平

外，斜行横阵，才疏又缀。仙掌月明，石头城下，
仄　平平平仄　平平仄△　平仄仄平　仄平平仄

影摇寒水。念征衣未捣，佳人拂杵，有盈盈泪。
仄平平△　仄平平仄仄　平平仄仄　仄平平△

【水龙吟】

齐天乐 蟋蟀

〔宋〕姜夔

庾郎先自吟愁赋[1]，凄凄更闻私语。
仄平○仄平平△　平平仄平平△

露湿铜铺[2]，苔侵石井，都是曾听伊处。
仄仄平平　平平仄仄　○仄平平平△

哀音似诉。正思妇无眠，起寻机杼[3]。曲
平平仄△　仄○仄平平　仄平平△　仄

曲屏山，夜凉独自甚情绪。
仄平平　仄平●仄仄平△

西窗又吹暗雨。为谁频断续，相和砧
平平仄平仄△　仄平平仄仄　○平平

杵[4]。候馆吟秋[5]，离宫吊月[6]，别有伤
△　仄仄平平　平平仄仄　●仄平

心无数。豳诗漫与[7]，笑篱落呼灯，世间
平平△　平平仄△　仄○仄平平　仄平

儿女。写入琴丝[8]，一声声最苦。
平△　仄仄平平　仄平平仄△

【注释】〔1〕庾郎：庾信，六朝时辞赋家，曾著有《愁赋》，但今本庾集不载。　〔2〕铜铺：铜制螺形装饰，装在门上用来衔托门环。　〔3〕正思妇二句：蟋蟀鸣声使思妇难以入眠，起来找寻机杼（织布的梭子）。古代有俗语说：“趣织（即蟋蟀）鸣，懒妇惊。”　〔4〕砧杵：捣衣的用具。　〔5〕候馆：客店。〔6〕离宫：皇帝出行时居住的别墅。　〔7〕豳诗：《诗经·豳风·七月》：“七月在野，八月在宇，九月在户，十月蟋蟀入我床下。”　漫与：即景赋诗。漫，随意。　〔8〕写入琴丝：作者自

注："宣政间（宋徽宗政和、宣和年间，1111—1125），有士大夫制《蟋蟀吟》。"

【评析】这首词调名下有小序，叙述写作此词的经过。序文云："丙辰岁（宋宁宗庆元二年，1196），与张功父（张镃字功父）会饮张达可之堂。闻屋壁间蟋蟀有声，功父约予同赋，以授歌者。功父先成，辞甚美。予徘徊茉莉花间，仰见秋月，顿起幽思，寻（一会儿）亦得此。蟋蟀中都（汴京，今河南开封）呼为促织，善斗，好事者或以二三十万钱致一枚，镂象齿为楼观以贮之。"这是一首咏物词，但作者投入了较多的个人情感。姜夔终身未仕，一介布衣，到处依人作客，足迹遍及今天的湖南、湖北、江苏、浙江一带，备尝飘泊之苦。离愁的思绪，无意间就在词中流露出来。首句应视作词人自我形象的写照，一位忧郁的词人正独自苦吟，却听到了凄凉的蟋蟀声，这愁就更加深了一层。说蟋蟀的鸣声是"私语"，后面又说是"哀音似诉"，都是作者的创新，也是作者自我情感的表现。愁，或者说离愁，是全词的主线，处处相关，由自我而推及思妇以至于一切飘零的愁人；蟋蟀声也由户内而达于门外，石井边，客店旁，离宫畔，无处不在，怀有离愁的人们为这愁人的蟋蟀声包围着，"都是曾听伊处"，无法摆脱。这里特别用重笔写到了思妇对蟋蟀声的感受。这一方面固然是出于中国古典诗歌的传统题材，另一方面也与当时的现实有关。南宋时期，战乱频繁，丈夫从军远征，妻子独守空房的事是不断发生的，是最常见的乱离景象。词人重笔描绘，当非偶然。思妇耳闻蟋蟀声而难以入睡，目睹屏风上画的山山水水而思念出门远行的丈夫，她心情的凄苦难以言状。而此时又是细雨淅沥，雨声、蟋蟀声、捣衣声时断时续，声声入耳，境况更为难堪。词的上下片之间就是这样贯通一气的。前人对此极为赞赏，张炎《词源》云："最是过片，不要断了曲意，须要承上接下，如姜白石词云：'曲曲屏山，夜凉独自甚情绪。'于过片则云：'西窗又吹暗雨。'此则曲之意脉不断矣。"我们领会，张炎说姜词过片意脉不断，不仅是表现在上片用了"夜凉"一词，下片用了"又吹暗雨"一句，词意不断，而主要是词的上下片之间意境上的相通；是"抽刀断水流更流"，断而不断，非但不断，又进了一层。"别有伤心无数"是总括一句，即除了上面所说到的人、所提到的地方之外，无论是谁，也无论在何时何地，都会因听蟋蟀而悲愁。但也有例外，那就是"篱落呼灯"捕捉蟋蟀的"世间儿女"。清人陈廷焯《白雨斋词话》赞道："以无知儿女之乐，反衬出有心人之苦，最为入妙。"这是反衬，也可谓之反跌。结尾两句又转入愁境，则愁更愁矣。"豳诗漫与"一句，前人多有加以批评的，说它是"补凑"（如清周济《宋四家词选》），又说"太觉呆诠"（如清陈锐《袌碧斋词话》）。这句词确有点游离主题，他们的批评是有道理的。至于这首词究竟有无寄托？在没有掌握确切材料之前，似难下定论。各人自有各人的眼光与心境，可以得出不同的感受，这里且不去说它。有意思的是，姜词小序中提到的"功父先成"而"辞甚美"的那篇作品，倒可以提供给我们来作一番比较，看看到底姜夔这首《齐天乐》有无寄托。

满庭芳促织儿

张镃

月洗高梧，露漙幽草，宝钗楼外秋深。土花沿翠，萤火坠墙阴。静听寒声断续，微韵转、凄咽悲沉。争求侣，殷勤劝织，促破晓机心。　儿时，曾记得，呼灯灌穴，敛步随音。任满身花影，犹自追寻。携向华堂戏斗，亭台小、笼巧妆金。今休说，从渠床下，凉夜伴孤吟。

【说明】《齐天乐》，又名《台城路》、《如此江山》、《五福降中天》、《五福丽中天》。一百零二字，上下片均六仄韵；亦有上下片第一句不用韵的，即上下片均五仄韵。另外尚有一百字、一百零三字、一百零四字等体式。此调平仄要求甚严。“似诉”、“漫与”、“最苦”处，宋人多用去上两声搭配。“正思妇无眠”与“笑篱落呼灯”之“正”字、“笑”字为领字，例用去声。“西窗又吹暗雨”一句，有用“平平平仄仄仄”或“平平平平仄仄”、“平仄平仄仄仄”者，其中以“平平平仄仄仄”为多。

雨霖铃 秋别

〔宋〕柳　永

寒蝉凄切[1]，对长亭晚[2]，骤雨初
平 平 ○ △ 仄 平 平 仄 仄 仄 平
歇。都门帐饮无绪[3]，方留恋处，兰舟催
△ 平 平 ● ● 平 仄 平 平 仄 仄 平 平 平
发[4]。执手相看泪眼，竟无语凝噎[5]。念
△ 仄 仄 平 平 ● 仄 仄 平 ● 平 △ 仄
去去、千里烟波，暮霭沉沉楚天阔[6]。
仄 仄 平 仄 平 平 仄 仄 平 平 仄 平 △

多情自古伤离别，更那堪、冷落清秋
○ 平 仄 仄 平 平 △ 仄 平 平 仄 仄 平 平
节。今宵酒醒何处，杨柳岸、晓风残月。
△ 平 平 仄 ● 平 仄 ○ 仄 仄 仄 平 平 △
此去经年[7]，应是良辰好景虚设。便纵
仄 仄 平 平 平 仄 平 平 仄 ● 平 △ 仄 仄
有、千种风情，更与何人说。
仄 ○ 仄 平 平 仄 仄 平 平 △

【注释】〔1〕寒蝉：《礼记·月令》："孟秋之月，寒蝉鸣。" 〔2〕长亭：古代驿道上十里一长亭，五里一短亭，供行人休息，也是送别之处。 〔3〕都门：京城门。 帐饮：设置帐幕宴饮。 〔4〕兰舟：相传鲁班刻木兰为船。这里是对船的美称。 〔5〕凝噎：因伤心而喉咙里像塞住了。 〔6〕暮霭（ǎi）：晚烟。霭，云气、烟雾。 楚：指江南地区。 〔7〕经年：一年又一年。

【评析】这首词意思显豁明白，一读就懂。读了之后，无人不为词中描写的物情所感动，是天然一首绝妙好词。前人说柳永工于羁旅行役，此词可作为这评定的最好证据。这首词好在哪里呢？首先是情景交融，物情紧密相连。离别是伤感的，南朝梁江淹《别赋》："黯然销魂者，惟别而已矣。"词中的景物无不带有"黯然销魂"的色彩：是冷落的清秋，是暮霭沉沉的天色，"楚天阔"，水远山长，茫茫一片，这是景中情。也就是说词中的男女主人公是在这样的环境气氛中分手离别的。暗淡的景色增添了人们离别时的伤感，而感伤的心情又使人感到环境的更加萧条阴沉。"今宵"两句则是情中景。乍别后思绪难平，心情郁郁，一直难以入睡。猛抬头，岸上的杨柳在晓风中摆动，似情人在招手，又像依依的柔情，离别的余波还在摇荡人心；而残月一钩，又勾起离人对刚才分手的一幕的回忆。杨柳、晓风、残月，无不成了引发离人伤感的物象。苏轼对这两句也大加欣赏，说柳永的词只宜十七八岁的女郎手执红牙拍板，歌"杨柳岸晓风残月"。虽说苏轼说此话时，语带调侃，但他如不激赏，又怎么单单记住这两句呢？其次是词的结构。长调的结构是填词人很注意、很讲究的一个关节。柳永此词真有自然流转之妙，如行云流水，略无滞碍。词从送别写起，先写送别时的环境、地点、时间，后写饮别时的心情，再写临分手时一刹那间摧心裂肺般的伤心惨目。"无语凝噎"，确实是达到了"此时无声胜有声"的境界。"念去去"三句，我们似乎看到两人对河中停着的兰舟投过去的深情一瞥。千言万语，尽在深深一顾中。

去也终须去，住也如何住，行人终于走了。下片开首就是紧承“别”意而来，既是对上片离情的总括，又开启下片别后情绪。“今宵”句下，纯是对离别之后的想象之词。他想到今后的行程，真是一路行程，一路思念，“只恐双溪舴艋舟（小船），载不动许多愁”；又想到，分别之后，纵有良辰美景赏心乐事，但此心已灰，随便怎样也总打不起精神来了——知音不在，去与谁一道领略细说呢？天衣无缝的布局，令读者随着词人步步进入词境，与他共同感受这份离情。明人袁宏道《与王子声》信中说：“弟屈指平生别苦，唯少时江上别一女郎……”可以说是千古同心。

【说明】《雨霖铃》，又名《雨淋铃》、《雨霖铃慢》。《填词名解》云：“《雨霖铃》，玄宗幸蜀，道出斜川梓潼县，霖雨弥日。栈道中闻铃声，帝方悼念贵妃，采其声为《雨霖铃》曲以寄恨。时梨园弟子张野狐善觱篥（一种管乐器），因吹之，遂传于世。”柳词此调一百零三字，上下片各五仄韵。多用入声韵。上片第二句（“对长亭晚”）、第五句（“方留恋处”）是“一三”句式；“竟无语凝噎”是“一四”句式，“竟”字处宜用去声。又“此去经年，应是良辰好景虚设”处，也有采用“四四四”句式的。

喜迁莺 咏闰元宵

〔宋〕吴礼之

银蟾光采[1]，喜稔岁闰正[2]，元宵还再。乐事难并，佳时罕遇，依旧试灯何碍。花市又移星汉，莲炬重芳人海。尽勾引，遍嬉游宝马，香车喧隘。

晴快。天意教，人月更圆，偿足风流债。媚柳烟浓，夭桃红小，景物迥然堪爱。巷陌笑声不断，襟袖余香仍在。待归也，便相期明日，踏青挑菜[3]。

【注释】〔1〕银蟾：明月。古代传说月中有蟾蜍，所以用蟾代指月。　〔2〕稔(rěn)岁：丰年。　闰正：闰正月。　〔3〕踏青：春游。

【评析】灯月交辉，这是元宵佳节的特殊风景线，何况这词写的是闰正月元宵，数十年难逢，因此词就在“闰”字上做足文章，如“再”、“又”、“重”、“更”等字，都是因一岁中两次逢元宵节而使用的。词无大深意。上片不过是写闰元宵的难遇与热闹，月如人意，重光人间，恰巧上年又是一个丰收之年。良辰美景赏心乐事，四美具，二难并。灯火依然光明一片，就像天上的星河移到了人间；人海如潮，在荷花灯的照耀下，熙熙攘攘，香车宝马，喧街塞巷，一片繁华景象。下片开头镜头暂时撇下喧闹的街市，转向更广大的天空、四周去，月圆人瑞，春色满皇都。因为是闰正月元宵，早过了立春季节，所以满眼是桃红柳绿、十分可爱宜人的早春天气。接下去笔锋又回到灯市上去，笑语阵阵，香风袭袭。最后是曲终人散，人们相约着明天到秀野去踏青，其乐融融。虽然是结尾，但乐事正方兴未艾，真是"不愁明月尽，自有夜珠来"。元宵的歌声才歇，春之圆舞曲又开始了。《历代诗馀》说吴礼之的词"皆能以寻常语言为极透脱文字"，我们从《喜迁莺》中确实也能领略到这一点，不使典，不用生硬字，明白如话。但平心而论，这首词写得较一般，比起周邦彦的《解语花》（"风销绛蜡"）、李清照的《永遇乐》（"落日熔金"）、辛弃疾的《青玉案》（"东风夜放花千树"）来，要差得远了。周、李、辛词都融入了自己的身世感受，造语精警，所以能感人；而吴礼之则停留在一般描写上，使人觉得平平。另外，此词写于南宋偏安杭州之后，国事堪忧之秋，然而人们似乎已忘却了亡国之耻，"暖风熏得游人醉"，熙熙然，陶陶然，于此我们也可见当时南宋一般士大夫与百姓的风气。

【说明】《喜迁莺》有小令、长调之分。小令创自唐人，又名《鹤冲天》、《万年枝》、《春光好》、《喜迁莺令》等。长调始于宋人，又名《烘春桃李》、《喜迁莺慢》。吴礼之此词一百零三字，上下片各五仄韵。下片开头也有前五字成一句。韵脚置于第五字上者。其他各体则由此两种化出。此调第二句（“喜稔岁闰正”），多用“一四”句式。上片第四第五句（“乐事难并，佳时罕遇”），第七第八句（“花市又移星汉，莲炬重芳人海”）要对仗；上片“乐事”起至上片末句与下片“媚眼”句至结尾格式、平仄、对仗要求全同。“巷陌笑声不断”之“不”字，入声代平声。又，上片“花市”，下片“巷陌”多用“仄平”。兹附小令《喜迁莺》一首格律如下：

喜迁莺

薛昭蕴

金门晓，玉京春，骏马骤轻尘。桦阴深处白衫
平平仄　仄平◎　仄仄仄平◎　仄平平仄仄平

新，认得化龙声。　九陌喧，千门启，满袖桂香
◎　仄仄仄平◎　仄仄平　平平△　仄仄仄平

风细。杏园欢宴曲江滨，自此占芳辰。
平△　仄平平仄仄平◎　仄仄仄平◎

（下片平声韵可与上片平声韵韵部同，也可用其他平声韵部）

绮罗香 红叶

〔宋〕张 炎

万里飞霜，千山落木，寒艳不招春
仄仄平平　平平仄仄　○仄●平平

妒。枫冷吴江[1]，独客又吟愁句。正船
△　○仄平平　●仄仄平平△　●○

舣[2]、流水孤村，似花绕、斜阳归路。甚
仄　○仄平平　仄○仄　○平平△　仄

荒沟、一片凄凉，载情不去载愁去[3]。
○○　●仄平平　●平●仄仄平△

长安谁问倦旅[4]，羞见衰颜借酒[5]，
平平平仄●△　平仄平平●仄

飘零如许。漫倚新妆，不入洛阳花谱[6]。
平平平△　仄仄平平　●仄仄平平△

为回风、起舞樽前，尽化作、断霞千缕。
●○○　●仄平平　●●●　仄平平△

记阴阴、绿遍江南，夜窗听暗雨。
●○○　●仄平平　仄平平仄△

【注释】〔1〕枫冷句：唐崔信明断句诗："枫落吴江冷。"　〔2〕船舣（yǐ）：船靠岸。　〔3〕甚荒沟二句：唐代曾流传红叶题诗的故事，说有一士人在御沟中得一红叶，上面题有诗句。后来士人娶宫女为妻，而红叶上的诗句就是宫女所作。那士人的姓名说法不一，宫女姓名及所题诗句也各不相同。其一题诗云："流水何太急，深宫尽日闲。殷勤谢红叶，好去到人间。"又一云："一入深宫里，年年不见春。聊题一片叶，寄与有情

人。” 〔4〕长安：指南宋都城临安（今浙江杭州）。 〔5〕衰颜借酒：唐郑谷《乖慵》诗：“衰鬓霜供白，愁颜酒借红。”又宋陈师道《除夜对酒赠少章》诗：“发短愁催白，颜衰酒借红。” 〔6〕漫倚二句：句中“新妆”、“洛阳”均代指牡丹。唐李白《清平调》咏牡丹：“借问汉宫谁得似，可怜飞燕倚新妆。”洛阳以产牡丹著名。

【评析】这不是一首单纯的咏物词，而是有家国之思及个人身世之感的寄托。作者二十九岁（1192）那年，元兵攻陷临安，从此国破家亡，过着飘泊不定的生活。到四十三岁时，张炎北上入元大都（今北京），一年后忽然动秋风之思，襆被南归。据词意，这首《绮罗香》似作于南归途中。环境的险恶、归途的落寞、新朝的不见容或者说无意于新朝、对故国的眷恋都在词中隐约地表达出来。“万里”三句，写枫叶绽红，严霜相逼，万木萧条，不与春花争时。这既是写红叶以切题，又是作者此刻自己身影的写照：在国破家亡的背景下，走出一个落魄而又孤傲的书生来。“枫冷”两句是对前三句的回应与伸发：因“飞霜”而“冷”，因“千山落木”而“枫落”。“吟愁句”就是吟的崔信明的那句断句。这两句是正面写自己。“正船舣”两句写舟中所见，又写红叶，兼写自身所处。在流水孤村的荒野，在万花纷谢的郊原，那满树红得如火的只能是枫叶，作者也正是在“霜叶红于二月花”的映照下，披着夕阳缓缓归去的。枫叶飘入沟中，引发词人的想象。但此时此境中的红叶不再是传达男女绮情的诗片，而是写满哀愁的落叶了。无情只有愁，这小小的叶片儿又如何载得动呢？于是作者要“载将离恨过江南”（宋郑文宝《柳枝词》）了，他到江南后又将如何呢？过片即回答此问，而又不离开写红叶的题目。萍踪归来，一介风尘倦客，借酒浇愁，红晕爬上了衰颜，就像秋天的枫叶。而这种飘零的红叶，是不会被写进洛阳牡丹花谱的。这里写红叶，又是作者的自比，像他那样的浊世佳公子，如何会被新朝接受呢？只有倚着新妆的新贵才能飞黄腾达，进入仕途。知我者唯有红叶，且与红叶共舞，在回风中，散成千缕红霞。这里“为回风”三句，可视为作者自我放心之语。这心就是拳拳故国之心。枫叶是在秋天绽红的，但她毕竟还是要做春天的梦，她梦见了绿树成阴，梦见了江南春色，然而这些又都不是属于她的，只是个梦罢了。现实只能是“夜窗听暗雨”，夜而又暗，心情的黯淡可知。从作者角度来说，国破家亡了，当然是希望重振河山，并恢复自己失去的天堂。但是复国复家也都是无望的一场梦，同样是“夜窗听暗雨”。这首词完全将写红叶与写个人身世交织在一起。忽而红叶，忽而人，浑不可分，给全词抹上了浓浓的冷艳色彩。

【说明】《绮罗香》，一百零四字，上片四仄韵，下片五仄韵。下片首句也可不叶韵，则下片也是四仄韵。上片自“枫冷”起至“凄凉”止与下片自“漫倚”起至“江南”止，格式、平仄均同。上片首两句须对仗，第七第八句（“正船舣、流水孤村，似花绕、斜阳归路”）宜对仗。下片亦然。“寒艳不招春妒”之“不”字，“载情不去载愁去”之“不”字，均为入声代平声。

永遇乐 绿阴

〔宋〕蒋　捷

清逼池亭，润侵山阁，云气凝聚。未
平仄平平　●平平仄　平仄平△　仄
有蝉前，已无蝶后，花事随流水。西园支
仄平平　●平●仄　○仄平○△　○平○
径，今朝重到，半碍醉筇吟袂[1]。除非
仄　平平○仄　●仄仄平平△　○平
是、莺身瘦小，暗中引雏穿去。
●　平平●仄　仄平仄○平△

梅檐溜滴，风来吹断，放得斜阳一
平平仄仄　平平平仄　●仄○平●
缕。玉子敲枰[2]，香绡落剪，声度深几
△　仄仄平平　○平●仄　○仄平●
许。层层离恨，凄迷如此，点破漫烦轻
△　○平○仄　平平○仄　○仄仄平平
絮。应难认、争春旧馆，倚红杏处。
△　○平●　平平●仄　仄平仄△

【注释】〔1〕筇（qióng）：竹名，产于四川筇山，可作手杖。袂（mèi）：衣袖。　〔2〕玉子：棋子的美称。　枰（píng）：棋盘。

【评析】这首词的意思难明，似乎是写因对一绿阴深处的故地重游而引起的美好回忆。这故地大概就是词中所说的“西园”。词一开首就写这西园的周边环境，四周浓阴深绿，隐于小山丛中，白云深深，透出一股清气。作者重游故地的时间正当春末夏初，无蝶无蝉无花，更增添了清幽的气氛。这绿阴是那么浓重，以至要妨碍人们的行动，处处牵衣挂攀，只有瘦身的小黄莺，才能带着雏莺在此穿梭来往，给这寂静的世界增添一些活气。上片大概较多着墨于西园外围的描绘，浓阴中的一片池塘，上方的一座山阁，再到小径，镜头由远而近。词的下片，镜头对准了萦绕于作者心中的那座旧馆。那时，屋檐上檐水滴沥，却被风吹开，使斜阳返照入窗。这是作者调动了动态来写静境。檐头所以能够滴水，也是因绿润所致。作者对着旧屋想起此地曾经发生过的一幕：他曾与一个女郎在此对弈，棋下得时间久了，女郎起身挽着纱袖举起纤手将炉香灰烬剪落。这情景委实旖旎，静悄悄地，只有刀剪声和下棋落子的铮铮声传到被浓阴包围的户外。蒋捷的词中常常写到这样的场面，如《喜迁莺》“金村阻风”：“玉局弹棋，金钗剪烛。”《喜迁莺》“暮初”：“无奈绿窗，孤负敲棋约。”然而这一切都已成为陈迹，空余离恨罢了；往事已随风而去，犹如濛濛的杨花飞絮。此时此际，作者的心已迷茫一片，连伊人徙倚的旧馆旁边那棵红杏树也难以辨认，这怎能不让人惆怅不已？词的结尾用“红杏”来收煞，是色彩的转换与对比，犹如作者的名句“红了樱桃，绿了芭蕉”（《一剪梅》）一样，起到丰富色彩的效果。因为这毕竟是对过去的美好回忆，要给它若干亮色的。

【说明】《永遇乐》，有平仄韵两体。仄韵体者，又名

《消息》。一百零四字，上下片各四仄韵。上片“除非是”处，下片“应难认”处，也可作“仄平平”。下片“放得斜阳一缕”之“一”字处，查宋人作词于此处非平声则为入声字，可知也是以入代平。

南浦 春暮

〔宋〕程垓

金鸭懒薰香[1]，向晚来，春醒一枕无
○仄仄平平　仄仄平　平平仄仄平

绪[2]。浓绿涨瑶窗，东风外、吹尽乱红飞
△　○●仄平平　平平仄　平仄仄平平

絮。无言伫立，断肠惟有流莺语。碧云欲
△　平平仄仄　仄平平仄平平△　仄平仄

暮[3]，空惆怅韶华[4]，一时虚度。
△　平○仄平平　●平平△

追思旧日心情，记题叶西楼，吹花
平平仄仄平平　仄平仄平平　平平

南浦。老来觉欢疏，伤春恨、都付断云残
平△　●○仄平平　平平仄　平仄仄平平

雨[5]。黄昏院落，问谁犹在凭栏处。可堪
△　平平仄仄　仄平平仄平平△　仄平

杜宇[6]，空只解声声，催他春去。
仄△　平●仄平平　○平平△

【注释】〔1〕金鸭：铜制鸭形香炉。　〔2〕醒（chéng）：病酒。　〔3〕“碧云”句：南朝梁江淹《休上人怨别》诗：“日暮碧云合，佳人殊未来。”　〔4〕韶华：年华。　〔5〕断云残雨：指男女情事。典出战国宋玉《高唐赋》。　〔6〕杜宇：杜鹃鸟。鸣声似言“不如归去”。

【评析】据《词苑丛谈》卷八载，程垓在锦江恋一

妓，别时作《酷相思》相赠。这首词可能是作者晚年回忆这段情事而作。少年情事老来悲，“惟草木之零落兮，恐美人之迟暮”，真到了迟暮之年，回首前尘，一片茫然，郁郁寡欢——如果他还没有抹去那点心中甜蜜回忆的话。上片写暮春时分，作者恹恹无绪，春愁无聊，对下片来说，这是背景介绍，为“春恨”作铺垫。下片则写愁的原因。顺序而下，步步逼近中心。那是个暮春时节，他炉香也不烧，懒洋洋地，酒醉后恹恹似病，无聊地躺着，看着窗外的浓阴密绿，落红飞絮，心情惆怅。流莺啼鸣，已到了春归时候，一年好景将尽，这使他想起自己的年华渐渐老去，更是感慨无可言说。“碧云欲暮”，引前人诗句，逗起下片的思念情人。词的上片，我们大抵上可以从五代词人冯延巳《蝶恋花》中找到些影子，如：“断肠销魂，看却春还去”；“撩乱春愁如柳絮，悠悠梦里无寻处”；“浓睡觉来莺乱语，惊残好梦无寻处”等等。下片直接用“追思”开首，一下子将现实拉回到过去。“题叶西楼，吹花南浦”，可能包含着作者与恋人相悦相爱的细节，他的《最高楼》也写思念这位恋人的事，其中有两句道：“缃裙罗袜桃花岸，薄衫轻扇杏花楼。”与《南浦》所写当是同一地点发生的事。接下去词又跌回现实中来，而今老矣，人生长恨欢娱少，到老了尤其如此。年轻时的浪漫爱情，对老年人来说，正如过眼云烟，霁后的雨丝风片，不能再得了，空留余恨。这里的“断云残雨”，不能单纯地按小说词汇中的“云雨”一词来解释，而应该是带有点双关性质的。也就是说既有情爱的成分在，也有一去不返的意思在，这两者对作者来说原是联系在一起的。

"黄昏院落"后面的一问，是由我及人。意思是当此薄暮生愁的时候，那人儿也许在倚着栏杆思量吧？这当然是一厢情愿的想法，事实上未必如此，于此也可见作者对这位女子的痴情，到老不变。但是，这都是无可奈何的事，爱情的机缘一旦失去，就永远无法追回，纵然是千万遍悔恨，也无济于事。就像这美丽的春天，稍纵即逝，时光不能倒流，同样的春天是不会再来的。这就是结尾三句的词意，字面写景，骨子里还是写情，叫景中情。上文提及的作者另一首词《最高楼》，同样是晚年相思之曲，意境近似，今附录于此，可以加深对《南浦》一词的理解。

最高楼

程 垓

旧时心事，说着两眉羞。长记得、凭肩游。缃裙罗袜桃花岸，薄衫轻扇杏花楼。几番行，几番醉，几番留。　　也谁料、朝云飞亦散。天易老，恨难酬。蜂儿不解知人苦，燕儿不解说人愁。旧情怀，消不尽，几时休。（按：此非《最高楼》正体。）

【说明】《南浦》，调名或取自于《楚辞·九歌·河伯》："送美人兮南浦。"《词谱》卷三十三云："按唐《教坊记》有《南浦子》曲。宋词盖借旧曲名，另倚新声也。此调有仄韵、平韵两体，宋人多填仄韵词。"程垓此词与张炎词"波暖绿粼粼"、王沂孙"柳下碧粼粼"在句法、平仄上出入较大。程词一百零五字，上下片各五仄韵。上片自"浓绿涨瑶窗"句后至上片结尾与下片自"老来觉欢娱"后至结尾，平仄、句式同。兹将张炎词《南浦》列于下，以示《词谱》正格的格律。

南 浦春水

张 炎

　　波暖碧粼粼，燕飞来，好是苏堤才晓。鱼没浪
　　平仄仄平平　仄平平　仄仄平平平△　平仄仄
痕圆，流红去、翻笑东风难扫。荒桥断浦，柳阴撑
平平　平平仄　平仄平平平△　平平仄仄　仄平平
出扁舟小。回首池塘青欲遍，绝似梦中芳草。　和
仄平平△　平仄平平平仄仄　仄仄仄平平△　平
云流出空山，甚年年、洗净花香不了。新绿乍生
平平仄平平　仄平平　仄仄平平仄△　平仄仄平
时，孤村路、犹忆那回曾到。余情渺渺，茂林觞咏
平　平平仄　平仄仄平平△　平平仄仄　仄平平仄
如今悄。前度刘郎归去后，溪上碧桃多少。
平平△　平仄平平平仄仄　平仄仄平平△

望海潮 凯旋舟次

〔金〕折元礼

地雄河岳[1]，疆分韩晋[2]，潼关高压
●平平仄　平平○仄　平平○仄
秦头[3]。山倚断霞，江吞绝壁，野烟萦带
平◎　平仄仄平　平平仄仄　●平○仄
沧洲。虎旆拥貔貅[4]。看阵云截岸，霜气
平◎　●仄仄平◎　仄仄平仄仄　○仄
横秋。千雉严城[5]，五更残角月如钩。
平◎　○仄平平　仄平平仄仄平◎

西风晓入貂裘。恨儒冠误我，却羡兜
平平仄仄平◎　仄平平仄仄　●仄平
牟[6]。六郡少年[7]，三关老将[8]，贺兰
◎　●仄仄平　平平仄仄　●平
烽火新收[9]。天外岳莲楼[10]。挂几行雁
○仄平◎　○仄仄平◎　仄仄平仄
字，指引归舟。正好黄金换酒，羯鼓醉凉
仄　●仄平◎　仄仄平平仄仄　●仄仄平
州[11]。
◎

【注释】〔1〕河岳：黄河及西岳华山。　〔2〕韩晋：指韩国，是由晋国分出的，辖区相当今山西东南及河南中部地区。〔3〕潼关：在今陕西华阴东面，为战国时秦国东部重要关隘。〔4〕虎旆：画有虎形的旗帜。　貔貅（pí xiū）：猛兽。此指代勇猛的军队。　〔5〕千雉：古代城墙长三丈高一丈为雉。千雉

是很大一个城市了。严：险。　〔6〕兜牟：又作兜鍪，头盔。〔7〕六郡：指陇西、天水、安定、北地、上郡、西河等六郡。《汉书》谓六郡多出名将。　〔8〕三关：指上党关、壶口关、石陉关。《后汉书》有“关西出将，关东出相”的说法。　〔9〕贺兰：贺兰山，在今宁夏中部。当时是金与西夏的争战之地。〔10〕岳莲楼：在华山附近。　〔11〕羯鼓：一种长筒细腰的鼓。凉州：乐曲名。

【评析】这首词题目一作“从军舟中作”，但据词意，更符合“凯旋舟次”的意思。上片极写潼关一带形势的险要与军营气氛的肃杀。潼关雄峙华山以北、黄河南岸，历来是兵家必争之地，属军事要塞。在战国时，潼关正处于秦、韩两国的交接处。词开头就给人一种气象森严的景象，有高屋建瓴的气势。接着又从仰视、俯瞰、远眺的不同角度写这一带地区的高峻、惊险、辽阔，可谓有声，有势，将一幅苍茫壮观的有声图卷展示给读者。在这样的地理环境中，一支雄壮威猛的军队出现了。红旗漫卷，西风烈烈，战云似乎也凝止了，笼罩在大河两岸，布满了肃杀之气。这样勇敢的军队，犹如钢铁铸的都城，使敌军不敢来犯。残月如钩，号角声在拂晓时候凄厉地响起。读者读到这里，真有身历其境的感觉。下片首句用“晓”字与上片结尾“五更”相衔接，可以说是了无痕迹。那时作者正穿着貂裘站立船头，这也许是件破旧的黑貂裘吧，就像当年苏秦落魄归来时穿的那样。面对着威武的军队，再看看自己这副瑟缩穷酸的样子，他不由得恨自己不能早早投笔从戎，去建功立业。看看那班在军中服役的将士们，无论是老的还是少的，这次都因收复贺兰山而建立大功，凯歌归来，就更觉得不是味儿了，更想解下儒冠戴上头盔去冲锋陷阵。战船随着南飞的大雁向京城进发，远处的岳莲楼也隐隐在望了。作者忽然想起，这次回去后，一定要大醉一场，是作为对这次战斗胜利的庆祝，还是为自己刚才的牢骚作慰藉？作者自己也真有点说不清楚呢。词的总体格调是昂扬的，豪迈的，中间有一点身世之感，几丝不快，但并不影响全词的总体风格。清人况周颐说："金词清劲能树骨。"我们从这首词中的确能领略到这一点。

【说明】《望海潮》，始见于柳永《乐章集》。一百零七字，上片五平韵，下片六平韵。第八句"看阵云截岸"，柳永词（《词谱》作为正格）作"仄平仄平仄"（"怒涛卷霜雪"），且句式为"二一三"式，非如折元礼词作"一四"式。下片第八句"挂几行雁字"，柳词作"平仄平平仄"（"乘醉听箫鼓"），句式也非"一四"式。又下片"六郡少年"的"六"字是以入代平。又此调要求对仗之处也很多，如上片第一第二句"地雄河岳，疆分韩晋"；第四第五句"山倚断霞，江吞绝壁"；下片第四第五句"六郡少年，三吴老将"等。宋人填此调也多于此等处用对仗格式，且下片第二、第三句也多用对仗，如柳永词"有三秋桂子，十里荷花"；秦观词"有华灯碍月，飞盖妨花"等。

夺锦标 七夕

〔元〕张 埜

凉月横舟，银河浸练，万里秋容如
○仄平平　平平仄仄　仄仄平平○
拭。冉冉鸾骖鹤驭[1]，桥倚高寒，鹊飞空
△　仄仄平平●仄　○仄平平　仄平平
碧[2]。问欢情几许，早收拾、新愁重织。
△　仄平平●仄　仄平●　平平平△
恨人间、会少离多，万古千秋今夕。
仄平平　●仄平平　仄仄平平平△

谁念文园病客[3]，夜色沉沉，独抱一
平仄平平仄仄　仄仄平平　仄仄●
天岑寂。忍记穿针亭榭[4]，金鸭香寒[5]，
平○△　仄仄平平○仄　○仄平平
玉徽尘积[6]。凭新凉半枕，又依稀、行云
仄平平△　仄平平●仄　仄平○　平平
消息[7]。听窗前、泪雨浪浪[8]，梦里檐声
平△　仄平平　●仄平平　仄仄平平
犹滴。
平△

【注释】〔1〕冉(rán)冉：慢悠悠地。　鸾骖(cān)鹤驭(yù)：指仙人乘坐的车马。鸾，凤类神鸟；鸾鹤在古代神话传说中常作神仙的坐骑。　〔2〕桥倚二句：神话传说每年七月七日牛郎织女相会，众鹊互相衔接为桥以渡银河。　〔3〕文园病客：指西汉辞赋家司马相如。文园是汉文帝的陵墓，司马相如曾

任文帝陵园令，且时常生病，故称。这里是作者自指。　〔4〕穿针：古代习俗于七月七日夜妇女们穿针乞巧。五代王仁裕《开元天宝遗事》载，嫔妃各执九孔针，五色线，向月穿之，过者得巧。　榭（xiè）：台上盖的房屋。　〔5〕金鸭：铜制的鸭形香炉。　〔6〕玉徽：徽是古琴上的音阶标志，用玉、蚌壳等材料制造。此代指琴。　〔7〕行云：此处代指所恋女子的行踪。战国宋玉《高唐赋》："妾旦为朝云，暮为行雨。"　〔8〕浪（láng）浪：形容泪水横流。

【评析】农历七月初七，牛郎织女一年一度相会。这传说似乎起源很早，在《白氏六帖》所引的《淮南子》上就有了记载。自有此传说之后，七月七日就成了中国的情人节。上至帝王卿相，下至黎民百姓，无不将这一天作为定情或忆念情人的日子。贵为天子的唐明皇也曾与爱妃在"七月七日长生殿，夜半无人私语时"立下山盟海誓。历代文人在这一天做诗填词以寄托自己的情思的也很多，著名的如前面已选的北宋秦观的《鹊桥仙》。"金风玉露一相逢，便胜却人间无数"，引起了无数后人的共鸣。张埜（yě，同"野"）这首《夺锦标》也很著名，尤其是词中"问欢情几许，早收拾、新愁重织。恨人间、会少离多，万古千秋今夕"两句，更是惹得万古千秋多少分居两地难得一见的鸳鸯们的感叹。想想看，夫妻长期分居，相会的条件是那么艰难，机会是那么难得，而相逢的境地是那么不堪，"桥倚高寒"，即便是如此，也是"合欢未已，离愁相继"，"忍顾鹊桥归路"，要打算上路分手了。如果说秦观词的"便胜却人间无数"、"又岂在朝朝暮暮"是一种无可奈何的慰藉，那么这里就是踏地抢天的呼喊了。两者表现的方式不同，骨子里却是一样的。难得一见之后又怎样呢？下片就是写别后的心理苦楚。因为刻骨的相思而成病，心绪恹恹，香也无心烧，琴也无心弹，恋人坐在自己身边拈针引线的美好时光更是不堪回忆。痴痴的，凭着牙床，去想象恋人现在的情况，悲从中来，泪如飞雨。我们知道，词的开头写的是一钩弯月如小船般横在空中，银河像闪光白练似地照耀着的“秋容如拭”的晴明天气，所以可以推知结尾的雨声滴滴当是指泪珠而言，而并非真的忽而下起雨来。词传达出万古千秋离恨夫妻的心声，所以是一首好词，可与秦观《鹊桥仙》并传。

【说明】《夺锦标》又名《锦标归》、《清溪怨》。一百零八字，上片四仄韵，下片五仄韵。上片自第三句（“万里秋容如拭”）起至上片结束，与下片第三句（“独抱一天岑寂”）起至下片结束，句式、韵脚同。上片第一、第二句（“凉月横舟，银河浸练”），第五、第六句（“桥倚高寒，鹊飞空碧”），下片第五、第六句（“金鸭香寒，玉徽尘积”）例用对仗。上下片第七句（“问欢情几许”、“凭新凉半枕”）例用“一四”句式。上片第八句“早收拾”，“拾”字是以入声代平声，以用平声为宜。

薄幸 春情

〔宋〕贺 铸

淡妆多态，更滴滴、频回眄睐〔1〕。便
● 平 平 △ 仄 ● 仄 平 平 仄 △ 仄
认得、琴心先许〔2〕，欲绾合欢双带〔3〕。记
● 仄 平 平 平 仄 ● 仄 仄 平 ○ △ 仄
画堂、风月逢迎〔4〕，轻颦浅笑娇无奈〔5〕。
● 平 平 仄 平 平 平 平 仄 仄 平 平 △
向睡鸭炉边〔6〕，翔鸾屏里〔7〕，羞把香罗暗
仄 仄 仄 平 平 ○ 平 ○ 仄 ○ 仄 平 平 ●
解〔8〕。
△

自过了、烧灯后〔9〕，都不见、踏青挑
● 仄 仄 平 平 仄 平 仄 仄 ● 平 平
菜〔10〕。几回凭双燕，叮咛深意，往来却恨
△ ● 平 ○ ○ 仄 平 平 平 仄 ● 平 ● 仄
重帘碍。约何时再？正春浓酒困，人闲昼
平 平 △ 仄 平 平 △ 仄 平 平 ● 仄 平 平 仄
永无聊赖。恹恹睡起，犹有花梢日在。
仄 平 平 △ 平 平 仄 仄 ○ 仄 平 平 仄 △

【注释】〔1〕滴滴：形容娇美。整句也就是《聊斋志异》中“娇波流慧”的意思。　眄睐（miǎn lài）：顾盼。　〔2〕琴心：将情意寄托于琴声，多指男女恋情。《史记·司马相如列传》载，卓王孙之女文君新寡，嗜好音乐，司马相如“以琴心挑之”。　〔3〕绾（wǎn）：打结。　合欢双带：打双结的绣带。象

征男女好合。 〔4〕风月：既是实写，指清风明月，又暗示男女情事。 〔5〕轻颦：眉头微皱，是女子貌美的表现。 〔6〕睡鸭炉：鸭形香炉。 〔7〕翔鸾屏：画有鸾凤飞舞的屏风。 〔8〕香罗：薄纱衫。 〔9〕烧灯：指元宵节。 〔10〕踏青：春日郊游。古代踏青节在农历三月三日或清明节。 挑菜：唐代习俗于农历二月二日至长安曲江拾菜，谓之挑菜节。

【评析】作者贺铸，据宋人笔记记载，貌奇丑，而且是一个秃子，人称“贺鬼头”、“贺梅子”，但所作艳词，婉丽深情，妖冶如揽嫱、施之袪，确是一个多情种子。这首词是记作者自己的一次艳遇和事后的苦苦相思。唐诗人李商隐《锦瑟》诗云：“此情却待成追忆，只是当时已惘然。”但是词人对他与情人这次幽会的情景却是记得那么清楚，一幕一幕，就如过电影似的。那女子薄施粉黛，淡淡的装束，灼灼的目光，明眸善睐，这一切作者都观察得那么细微，印象那么深刻，这都说明作者的情有独钟。他们用眼神交流着彼此的爱慕，终于勇敢地一齐冲向爱情的顶峰。作者在此用深情的笔墨记下了那女子的声容笑貌，柔情与烈火，不仅使作者终身难忘，也使读者如见其人。下片“自过了烧灯后”两句，用了一连串节令名，既补叙了两人幽会的时间，又以时间的延续展示了爱情余波漾起的涟漪。整个春天作者是在等待与相思中度过的。他盼呀盼的，盼着女郎在踏青节、挑菜节里能再次出现，然而一次次都落空了。伊人不来，青鸟使去，蓬山虽不远，无奈“重帘”阻隔，信使难通。这里作者托“双燕”传达心曲，以燕作为信使的代名，而不是一般诗词中用青鸟代指信使，这是即景取材的写法。这“重帘”也许是父母的侦伺与作梗，或其他什么原因。总之，那是一段不可告人的隐秘恋情。“约何时再”，这一问是无须回答的，回答也是无望的意思。因为连信使也难达情意，想来自己更是无法进女方的门了。约会从哪里说起呢？作者在春心花发的日子里，病酒春困，恹恹而睡，希望用酒与睡来麻痹神经，摆脱烦恼，但一觉醒来，太阳还是高高地挂在空中。一方面暮春是“困人天气日初长”的日子，另一方面是这相思实在无法从心头抹去，睡不安稳啊。清人周济在《宋四家评选》中说：“耆卿（柳永）于写景中见情，故淡远；方回（贺铸）于言情中布景，故秾至。”“情中布景”，情盖过了景，所以“秾至”。

【说明】《薄幸》，一百零八字，上下片各五仄韵。下片“踏青挑菜”之“挑”字处，“叮咛深意”之“深”字处，可以以入代平。“几回凭双燕，叮咛深意”也可以标作“几回凭、双燕叮咛深意”。第七第八（“正春浓酒困，人闲昼永无聊赖”）两句，或有作“七五”句式者，如吕渭老词：“尽无言、闲品秦筝，泪满参差雁。”

疏　影 梅影

〔宋〕张　炎

黄昏片月，似满地碎阴，还更清绝。
平平仄△　仄仄●仄○　平仄平△
枝北枝南，疑有疑无，几度背灯难折。依
○仄平平　平仄平平　●●仄○平△　平
稀倩女离魂处[1]，缓步出、前村时节[2]。
平仄仄平平仄　仄仄仄　平平平△
看夜深、竹外横斜，应妒过云明灭。
仄仄平　仄仄平平　○仄仄平平△

窥镜蛾眉淡扫，为容不在貌[3]，独抱
平仄平平仄仄　仄平仄仄仄　仄仄
孤洁。莫是花光[4]，描取春痕，不怕丽谯
平△　仄仄平平　仄仄平平　仄仄●平
吹彻[5]。还惊海上燃犀处[6]，照水底、珊
平△　平平仄仄平平仄　仄仄仄　○
瑚凝洽。做弄得、酒醒天寒，空对一庭春
平平△　仄仄●　●仄平平　○仄仄平平
雪。
△

【注释】〔1〕倩女离魂：唐陈玄佑小说《离魂记》故事：衡州张镒之女倩娘，与镒甥王宙相爱。后张镒将女另配他人，王宙含恨而去。夜间，倩娘的魂追上王宙所乘之船，同往蜀中。五年后，两人同来张家。在家卧病五年的倩娘闻声赶出，两女遂合为一体。　〔2〕前村：五代齐己《早梅》诗："前村深雪里，昨夜

一枝开。”　〔3〕为容句：唐杜荀鹤《春宫怨》诗：“承恩不在貌，教妾若为容。”　〔4〕花光：僧仲仁，宋衡州花光山长老，善画梅。见《冷斋夜话》。　〔5〕丽谯：古代城上建有望楼，称谯楼，用以瞭望城内外敌兵、盗贼、火灾等非常情况。华丽的城楼称丽谯。吹彻：吹到最后一曲。唐李白《与史郎中钦听黄鹤楼上吹笛》诗：“黄鹤楼中吹玉笛，江城五月落梅花。”　〔6〕燃犀：南朝宋刘敬叔《异苑》载，晋温峤至牛渚矶，水底有音乐声，水深不可测，峤燃犀角照之，见到了水族的奇形异状。

【评析】梅花，不与桃李争春，凌寒斗雪而开，傲然独芳，历来被视为有骨气文人的精神象征，受到文人墨客的青睐。“自从识得林和靖，惹得诗人说到今”。尤其当朝政昏暗或朝代更替之际，梅花更成了人们与统治集团或新贵不合作的精神寄托。张炎写《疏影》，专注于梅影。影者，魂也，神也，中国历来是有这种说法的。影是神存世的表象，东晋慧远和尚《万佛影铭》说的“体神入化，落影离形”就是此意。因此，张炎写梅影，就是要突出梅的风骨，梅的精神，而不斤斤于梅的姿态、花枝、颜色，也就是要抽取梅的精华而大写特写。这里面是否有寄托，不得详知。但有一个现象值得注意，就是宋遗民中如周密、王沂孙、张炎、李彭老、唐珏等词人，曾写过大量的咏物词：新月、梅影、落叶、萤、龙涎香、白莲、莼、蝉、蟹等物都成为题咏的对象，而确可考知的是其中相当一部分作品寄托着亡国的哀思。这首词的艺术特色，据《唐宋词鉴赏辞典》邱鸣皋的分析，有所谓“梅影七笔”的说法，约而言之是：初笔“似碎阴”两句，写“清绝影”，先以“碎阴”比梅影，但梅影要比一般碎阴更清绝；次笔以“枝北”三句写“疑似影”，几度绕枝欲折而未能折到，可见词人对梅影的挚爱；三笔“依稀倩女离魂”两句，写梅影形态的轻倩缥缈；四笔“看夜深”两句，用竹、云来衬托梅影；五笔“窥镜”三句，写“洁影”，镜中梅影，形象更为圣洁，而忽又以美人作比，遗貌取神，可谓神来之笔；六笔“莫是花光”，写“贞因影”，突出梅品格的坚贞；七笔“还惊”两句，写“玲珑影”，词人极力写出珊瑚的美，周围如水晶宫一般，透彻玲珑，目的还是在于突出梅影之美。词的结束两句是作者自述为这质美格高的梅影所感动，于此酒醒天寒之时，久久欣赏。角度的不断转换、品格的逐渐拔高，可以说是这首词的写作特色。

【说明】《疏影》，宋姜夔自度曲，又名《绿意》、《解佩环》等。例用入声韵。一百十字，上片五仄韵，下片四仄韵。此调既为姜夔自度曲，其平仄当以姜词为准。张炎词中可平可仄处，均参姜词而定。

过秦楼 秋夜

〔宋〕周邦彦

水浴银蟾[1]，叶喧凉吹，巷陌马声
仄仄平平　仄平平仄　仄仄仄平

初断。闲依露井[2]，笑扑流萤，惹破画罗
平△　平平仄仄　●仄平平　仄仄仄平

香扇[3]。人静夜久凭栏，愁不归眠，立残
平△　平仄仄仄平平　平仄平平　仄平

更箭[4]。叹年华一瞬，人今千里，梦沉书
平△　仄平平仄仄　平平平仄　仄平平

远。
△

空见说，鬓怯琼梳[5]，容消金镜，渐
平仄仄　仄仄平平　平平平仄　仄

懒趁时匀染。梅风地溽，虹雨苔滋，一架
仄仄平平△　平平●仄　○仄平平　仄仄

舞红都变。谁信无聊，为伊才减江淹[6]，
仄平平△　平仄平平　仄平平仄平平

情伤荀倩[7]。但明河影下[8]，还看疏星几
平平平△　●平平仄仄　平仄平平仄

点。
△

【注释】〔1〕银蟾：古代神话传说月中有蟾，故称月为银蟾。　〔2〕露井：无盖的井。　〔3〕笑扑二句：唐杜牧《秋夕》诗："银烛秋光冷画屏，轻罗小扇扑流萤。"　〔4〕更箭：古

代计时器上用以标明时刻的箭头。〔5〕琼梳：梳的美称。〔6〕才减江淹：南朝梁文人江淹，晚年才思衰退，诗文无佳句，时人说是“江郎才尽”。〔7〕情伤荀倩：《世说新语·惑溺》载，荀奉倩与妻感情甚笃，妻死，奉倩伤心过度，不久也去世。〔8〕明河：银河。

【评析】这首词写作者对情人的深切怀念，用的是倒叙法。词人的思绪迈过时间的间隔，越过千里的空间，进入了回忆的时空。那是一个迷人的秋夜，溶溶月色，如流水般地倾泻到地上，把世界涂成一片充满诗意的银白色。凉风微微，吹得树叶吵吵作响。这时，夜渐渐深了，路上行人稀少，马蹄声绝。路旁一座小小的院落内，一个姑娘正靠在井水边，用纨扇扑打着飞来飞去的流萤，嘴里发出格格的笑声。她是那样的专注投入，团团转着，以至于把画罗香扇都弄破了，这样更引起了一串串银铃般的笑声……猛然间，词人的思绪断了，原来这一切全是他倚着栏杆时的遐想。夜深人静，他被这遐想的断片苦苦折磨着，不能入睡，站得很久很久。他叹息年光易逝，如今那人儿远隔千里，无由会面。美丽的过去已成幻梦一场，无法追寻；要寄封书信也难，距离是那么的遥远。真是“刘郎已恨蓬山远，更隔蓬山一万重”。上片就是写了对过去的回忆与今日此时此地的感慨。对那位姑娘，他是刻刻在心，不能放下的，所以下片写他关心的那位姑娘的近况。“见说”，就是听人家说；“空”就是徒然的意思，听了之后也只能伤心罢了，别无他法。这三字说明着他的处处留心打听。他听说她现在人憔悴了，消瘦了，无心打扮了。头发稀疏，以至于怕去梳头；形容消瘦，有镜子可以证明。这一切都是为什么呢？莫非她也为相思受着折磨？接着词人又荡开一笔，写自己所在地的景物：梅雨天气，地上湿漉漉的，青苔滋生，那鲜艳的花枝早已改变了颜色。物犹如此，人更是不堪了，能经受得了多少风雨呢？虽是写景，仍寄寓着作者的愁情。相思难耐，他为此减了才情，损耗了精神，但这一切谁又能相信呢？为一个女子要弄成这样，是会招人笑话的；自己的心思他人无法理解。他只能仰望青天，看那闪闪的银河，点点的星光。这情景宛如清人黄仲则《癸巳除夕偶成》中写的那样："悄立市桥人不识，一星如月看多时。"伤心人别有怀抱。这首词很讲究章法，前后相关，丝丝入扣，并运用对比、倒叙等手法写出心中深深的怀念。倒叙手法，上文已明。对比处如回忆中的那段旖旎风光与现时衰落景象的对比；回忆中那位姑娘的绰约风姿与"空见说"后写她现在时的模样。相关处如"千里"与"书远"；"千里"与"空见说"（人远，自然只能是"见说"）；"愁不归眠，立残更箭"与"但明河影下"（银河影沉，则近拂晓时光了）等等。词旨不一定有怎样的意义，但其写作手法仍可供后人借鉴。

【说明】《过秦楼》，应名《仄韵过秦楼》，或《选冠子》，与李甲作平韵者异体；又名《惜余春慢》、《苏武慢》、《选官子》等。一百十一字，上下片各四仄韵。也有添减字数、句读稍异者，都是变格。此调中注可平可仄处，依宋人方千里、陈永平次周邦彦《过秦楼》词而酌定，不考虑其他用变格所作《过秦楼》词声律。上片第一、第二句（“水浴银蟾，叶喧凉吹”），第四、第五句（“闲依露井，笑扑流萤”），下片第一、第二句（“鬓怯琼梳，容销金镜”），第四、第五句（“梅风地溽，虹雨苔滋”），例用对仗。

沁园春 有感

〔宋〕陆 游

孤鹤归来，再过辽天，换尽旧人[1]。
○仄平平　仄仄平平　仄仄仄◎

念累累枯冢，茫茫梦境，王侯蝼蚁[2]，毕
仄○平○仄　○平●仄　○平○仄　●

竟成尘。载酒园林，寻花巷陌，当日何曾
仄平◎　●仄平平　○平●仄　○仄平平

轻负春。流年改，叹围腰带剩[3]，点鬓霜
○仄◎　平平仄　仄○平●仄　●仄平

新。
◎

交亲散落如云，又岂料、而今余此
平平●仄平平　仄●仄　平平○仄

身。幸眼明身健，茶甘饭软；非惟我老，
◎　仄●平○仄　○平●仄　○平●仄

更有人贫。躲尽危机，消残壮志，短艇湖
●仄平◎　●仄平平　○平●仄　●仄平

中闲采莼[4]。吾何恨，有渔翁共醉，溪友
平○仄◎　平平仄　仄○平●仄　○仄

为邻。
平◎

【注释】〔1〕孤鹤三句：晋陶潜《搜神后记》载，丁令威，本辽东人，后学道于灵虚山，学成后化鹤归辽东，集城门华表柱，见物是人非，叹道："有鸟有鸟丁令威，去家千年今始归。城郭

如故人民非，何不学仙冢累累。”〔2〕王侯句：唐杜甫《谒文公上方》诗：“王侯与蝼蚁，同尽随丘墟。”蝼蚁，蝼蛄与蚂蚁，指微小生物，这里比喻地位低微的人。〔3〕围腰带剩：喻人老病。《南史·沈约传》：“（约）言己老病，百日数旬，革带常应移孔。”〔4〕蓴（chún）：水生植物名，又名水葵，可作羹。陆游《寒夜移疾》诗自注云：“湘湖在萧山县，产蓴绝美。”

【评析】南宋淳熙五年（1178）秋，陆游从四川回到了阔别了九年的故乡山阴。这首词当是返乡之后所作。故土久别重回，自有一番辽东化鹤归来之感。老成凋谢，少者成长，使作者难免会感到人生无常。有道是“世间公道惟白发，贵人头上不曾饶”；“贤愚千载知谁是，满眼蓬蒿共一丘”。人生犹如大梦，自己又何尝不是处于梦境中呢？面对着这变化了的一切，他回忆起在这片土地上自己的青春岁月，当年也曾载酒寻花，到处留下足迹，享受着大自然的赐与，没有辜负青春年华。但这种念头只是一闪而过，那毕竟是过去了的绮梦，老境侵寻，沈腰潘鬓消磨，是摆在眼前的事实（陆游当时已五十四岁了），不能不让人叹息。这本来应该是很使人伤感的事，但作者在下片写了许多自慰语和旷达语，以掩饰心中的惆怅。开头两句与上片“换尽旧人”以下数句对应。尤其“又岂料、而今余此身”与上片是反接法，换尽旧人我未换，累累枯冢我还在。反接的效果是更加悲凉，孑孑一身，怅惘之情可想。但作者还是极力安慰自己，这是阿Q式的无可奈何的宽解。对此作者曾多次写到这种心态。如《书喜》诗云：“眼明身健何妨老，饭白茶甘不觉贫。”与“幸眼明身健”四句用词均同。作者万里西归，为什么还总是那样戚戚不欢，一而再、再而三地要用自慰来解脱呢？原来陆游一生志在恢复，希望自己能为祖国抗击金人的入侵作出贡献，“平身万里心，执戈王前驱”（《夜读兵书》），但是一切的努力后来眼看都化作了泡影，“胡未灭，鬓先秋，泪空流”（《诉衷情》），他的心是无法宁静的。这首词中虽然一再自慰，但也在最后露出了点消息，“躲尽危机，消残壮志”，他为了抗金大业，放言直陈己志，却屡屡遭到朝廷公卿的排挤，屈居下僚。危机虽然侥幸躲过，然而壮志已经消残。词中“吾何恨”三字也很可玩味。如果无恨，这问就显得无理；如果有恨，又是恨什么呢？对这个问题，作者只有采用王顾左右而言他的办法，这恨就更加使人痛苦难耐了。因此这词的后片，看似写得旷达轻松，实际上是含泪的微笑。读陆游的作品，常会使人血脉偾张，为他的爱国热诚所感动。梁启超《读陆放翁集》诗云：“辜负胸中十万兵，百无聊赖以诗鸣。谁怜爱国千行泪，说到胡尘意不平。”如移之于读放翁的词集，也会有此同感的。

【说明】《沁园春》，又名《寿星明》、《洞庭春色》、《大圣乐》等。《沁园春》取汉沁水公主园以名调。此调平仄及注据《词律》而定。一百一十四字，上片四平韵，下片五平韵（下片第二字“亲”字为暗韵，可不叶）。上片第四句（“念累累枯冢”）、下片第三句（“幸眼明身健”），都以一字（“念”、“幸”）领四言四句，领字宜用去声字；此四句可作四字两联对仗（如秦观词：“正南浦春回，东风寒退；粼粼鸭绿，袅袅鹅黄。”）。此调宜抒写壮阔豪迈的情感。

摸鱼儿 送春

〔元〕张翥

涨西湖、半篙新雨，麴尘波外风
仄平平　仄平平仄　●平平仄平
软〔1〕。兰舟同上鸳鸯浦〔2〕，天气嫩寒
△　○平平仄平平仄　平仄仄平
轻暖。帘半卷，度一缕、歌云不碍桃花
平△　平仄△　●仄仄　○平●仄平平
扇〔3〕。莺娇燕婉。任狂客无肠〔4〕，王孙有
△　○平●△　仄○仄平平　○平●
恨〔5〕，莫放酒杯浅〔6〕。
仄　●仄仄平△

垂杨岸，何处红亭翠馆。如今游兴
平平仄　○仄平平●△　平平平仄
全懒。山容水态依然好，惟有绮罗云散。
平△　○平●仄平平仄　○仄○平平△
君不见，歌舞地、青芜满目成秋苑。斜阳
平仄△　○●仄　○平●仄平平△　○平
又晚。正落絮飞花，将春欲去，目送水天
●△　仄仄仄平平　○平●仄　●仄仄平
远。
△

【注释】〔1〕麴（qū）尘：麴上所生菌，色淡黄如尘土，故称。麴是酿酒或制酱用的发酵物。　〔2〕兰舟：木兰船，船的美称。　〔3〕歌云句：宋晏幾道《鹧鸪天》："舞低杨柳楼心

月，歌尽桃花扇底风。”歌云，指歌声响遏行云。　桃花扇：歌舞时用的扇子。　〔4〕无肠：古人称蟹为无肠公子。因其横行，故称狂客。　〔5〕王孙有恨：《招隐士》：“王孙游兮不归，春草生兮萋萋。”王孙此指游子。因离家故有恨。　〔6〕莫放句：五代王衍《醉妆词》：“莫厌金杯酒。”

【评析】这首词写春日泛舟西湖所引发的感慨。上片写景，下片抒情，不胜今昔之感。上片是景中情，好风好雨好天气，一片喜气洋洋；下片是情中景，昔日繁华风流云散，气象萧索。上片一开头词人用寥寥数笔勾勒出雨后西湖的美丽清新，湖水涨满，微风轻拂。在乍暖还寒的天气中，人们结伴出游。用“嫩”字、“轻”字形容江南仲春天气，可称绝妙。这也就是所谓的“通感”手法。歌女轻脆而嘹亮的歌声从半卷的帘中飘出，与婉转的莺声、呢喃的燕语相配合，组成了美妙的春之歌。在这样的风光声色中，春色如酒，春情如酒，谁不是酒不醉人人自醉呢？无人不暂时忘却了平日的拘谨和烦恼。下片写今日的情绪。如今春光虽好，但是这里已经没有了昔日的繁华。杨柳岸边不见了红亭翠馆，歌舞之地满目荒凉，野草丛生，那亭中、馆中、花中的歌女们早已成过眼云烟，四散而去。在一片残照下，流水落花春去也；词人极目水天，空余惆怅；也使读者在篇终处低回想象，寻绎无穷。全词运用对比手法非常突出，同样是春天，前者是“波外风软”，“天气嫩寒轻暖”；后者是“青芜满目成秋苑”，“落絮飞花”。前者的人物“兰舟同上鸳鸯浦”，“任狂客无肠，王孙有恨，莫放酒杯浅”；后者的人物是“游兴全懒”。前者歌舞之地热闹非凡，后者是“绮罗云散”。总之上下片之间几乎都可以一一对照。生长在那个时代的张翥，不一定对前朝有很深的感情，他的感慨也许并不像宋遗民那样会有故国之思，或许是另有原因，但他对人情物景的变迁还是相当敏感的，因此面对美丽的西湖之春，发出了如此深沉的叹息。

【说明】《摸鱼儿》，又名《安庆摸》、《陂塘柳》、《买陂塘》、《摸鱼子》、《迈陂塘》、《双渠怨》等。各家字数及句读均小有出入，有多体。张翥此调与晁补之所作《买陂塘》同。一百十六字，上片六仄韵，下片七仄韵。上片第九句（“任狂客无肠”）之“任”字，下片第九句（“正落絮飞花”）“之”正字，都是领字，例用去声。

贺新郎 春闺

〔宋〕李 玉

篆缕销金鼎[1]，醉沉沉、庭阴转午，
●仄平平仄　仄平平　○平●仄

画堂人静。芳草王孙知何处[2]，惟有杨花
仄平平△　○仄○平平○仄　○仄○平

糁径[3]。渐玉枕、瞢腾初醒[4]。帘外残红
●△　●仄仄　平平○△　○仄平平

春已透，镇无聊[5]、殢酒恹恹病[6]。云鬓
平●平　仄○平　●仄平平△　○仄

乱，未忺整[7]。
仄　仄平△

江南旧事休重省。遍天涯、寻消问
○平●仄平平△　仄平平　○平●

息，断鸿难倩[8]。月满西楼凭栏久，依旧
仄　仄平平△　●仄○平平○仄　○仄

归期未定。又只恐、瓶沉金井[9]。嘶骑不
○平●△　●仄仄　平平○△　○仄●

来银烛暗，枉教人、立尽梧桐影[10]。谁伴
平平●仄　仄○平　●仄平平△　○仄

我，对鸾镜[11]。
仄　仄平△

【注释】〔1〕篆缕：香炉中的烟升空如篆字形状。〔2〕芳草王孙：汉淮南小山《招隐士》："王孙游兮不归，春草生兮萋萋。"　〔3〕糁（cǎn）：细碎物。此作动词用。　〔4〕瞢

(méng)腾：朦胧，迷糊。　〔5〕镇：久。　〔6〕殢(tì)酒：病酒。　〔7〕忺(xiān)：高兴。　〔8〕倩(qìng)：请人替自己做事。　〔9〕瓶沉金井：唐白居易《井底引银瓶》诗："井底引银瓶，银瓶欲上丝绳绝。"喻情爱断绝。又喻音信全无，南朝齐释宝月《估客乐》："莫作瓶落井，一去无消息。"　〔10〕枉教人句：传说五代吕岩《梧桐影》诗："今夜故人来不来，教人立尽梧桐影。"　〔11〕鸾镜：饰有鸾鸟图案的妆镜。

【评析】此词以一女子的口吻，述说相思之苦。上片着重描绘女主人公的慵懒、恹恹无聊的情态，下片则写她所以慵懒、恹恹无聊的缘由。上片的环境是暗淡的，静滞的。炉烟袅袅，已到中午时分，华丽的厅堂里静悄悄地，这些都突出房中唯有一个"醉沉沉"的佳人在。她在想着情人，然而情人行踪不定，不知到了哪里。"杨花糁径"，是暗用典，指情人未归。《诗经·小雅·采薇》："昔我往矣，杨柳依依；今我来思，雨雪霏霏。"又宋苏轼《少年游》："去年相送，余杭门外，飞雪似杨花。今年春尽，杨花似雪，犹不见还家。"显然作者用的是后者句意。由于醉沉沉，她打了个盹，迷迷糊糊醒来，醉眼矇眬地看到了帘外的暮春景色，花红已残，象征着佳人也因为要在等待与企盼中老去而自怜自惜。她久久地沉浸在百无聊赖中，任云鬓散乱，没有兴致梳理。"自伯之东，首如飞蓬。岂无膏沐，谁适为容。"词上片的结句即从《诗经·卫风·伯兮》中化出。下片首句"江南旧事休重省"，点明她与情人在江南有过一段风月史。"休重省"是不忍去重省的意思。自别后，她也曾到处托人打听，但无结果；托人传信，也无人可托，恐怕也无处可以投寄，这与上片“芳草王孙知何处”相呼应。“月满西楼”，可知她一整天都处于苦恋之中。“依旧归期未定”，推想起来，情人临别时曾约定过归期，后来过了归期未归，又曾推迟过回来的日期，但是现在又过了约期，而且连信息也全无了。这更使她六神无主，相思难耐了。但是她并没有因此而失去信心，依然盼呀等的，但终究不见郎骑白马来，叫人立到更深夜静。五代和凝《江城子》词：“斗转星移玉漏频，已三更，对栖莺。历历花间，似有马蹄声。”人家的等待，还有希望，听到了马蹄声，可是词中的女主人公简直要绝望了，嘶骑最终仍未出现。她感到寂寞，独对鸾镜，照见自己因苦思而憔悴的面容。青春渐老，残红春透，这愁字怎么了得。词中的女主角声吻哀婉，絮絮而谈；她善良、温柔、对爱情有着执着追求，使人非常同情，也有点感到可怜。

【说明】《贺新郎》，又名《金缕衣》、《贺新凉》、《金缕曲》、《貂裘换酒》、《乳燕飞》、《风敲竹》等。排比宋人所作《贺新郎》，于平仄、句读出入较大。如此词之上下片第四句“芳草王孙知何处”，“月满西楼凭栏久”中连用四个平声，多数人如此填（而且下片第四句也作“平仄平平平平仄”），但也有一些人不这样填。又如“枉教人、立尽梧桐影”，也常可作不必顿开之一句。此取较相似句读之词，可平可仄略加斟酌而定。词的上下片除首句不同外，其余句式、韵脚全同。一百十六字，上下片各六仄韵。龙榆生《唐宋词格律》云：“大抵用入声韵部者较激壮，用上、去声韵部者较凄郁，贵能各适物宜耳。”

春风袅娜 游丝

〔清〕朱彝尊

倩东君着力〔1〕，系住韶华〔2〕。穿小
仄平平●仄　仄仄平◎　平仄
径，漾晴沙。正阴云笼日，难寻野马〔3〕；
仄　仄平◎　仄平平○平　○平●平
轻飏染草〔4〕，细绾秋蛇〔5〕。燕蹴还低〔6〕，
○平●平　●仄平◎　仄仄平平
莺衔忽溜，惹却黄须无数花〔7〕。纵许悠扬
平平●仄　仄仄平平平仄◎　仄仄平平
度朱户，终愁人影隔窗纱。
仄平仄　平平平仄仄平◎

惆怅谢娘池阁〔8〕，湘帘乍卷，凝斜
○仄●平○仄　平平仄仄　○平
盼、近拂檐牙〔9〕。疏篱罥〔10〕，短垣遮〔11〕。
仄　仄仄平◎　平平仄　仄平◎
微风别院，好景谁家。红袖招时〔12〕，偏随
平平仄仄　●仄平◎　○仄平平　○平
罗扇；玉鞭堕处，又逐香车〔13〕。休憎轻
平仄　仄平平仄　仄仄平◎　平平平
薄，笑多情似我，春心不定，飞梦天涯。
仄　仄平平●仄　平平仄仄　平仄平◎

【注释】〔1〕倩（qìng）：借助。　东君：日神，此指春神。〔2〕韶华：春光。宋周邦彦《蝶恋花》词："韶华已入东君手。"宋葛立方《雨中花》："拟倩游丝，留住东君。"　〔3〕野马：

指浮动的云气，语出《庄子·逍遥游》。 〔4〕飔（sī）：凉风。〔5〕绾（wǎn）：缠绕。秋蛇：喻游丝。 〔6〕蹴（cù）：踏。〔7〕黄须：指花蕊。雄花蕊色黄，细长如须。 〔8〕惆怅句：唐温庭筠《更漏子》："香雾薄，透帘幕，惆怅谢家池阁。"谢娘，指所钟情的女子。 〔9〕檐牙：屋檐上翘起像月牙的建筑装饰。 〔10〕罥（juàn）：挂。 〔11〕垣（yuán）：墙。 〔12〕红袖句：五代韦庄《菩萨蛮》词："骑马倚斜桥，满楼红袖招。"〔13〕香车：指女子坐的车。五代张泌："晚逐香车入凤城。"

【评析】游丝是蜘蛛或其他昆虫吐出来的丝，它飘浮在空中，轻灵悠扬，细细的，柔柔的，粘粘的，拂去还来。虫与蜘蛛经常吐丝，但在我国的旧诗词中，它总是与春天联系着；又因为它的质性与谐音关系，常被比作情丝。这是首咏游丝的诗，内容也不外乎春与情。游丝是飘动的，所以词在写法上是尽量使游丝活化、拟人化。上片词一开头，作者就想请游丝借助春神的力量，将春光挽住。然而游丝是自由自在的，它到处飞扬，穿过小路，在沙上晃来晃去。这时阴云遮住了日光，游丝离开晴沙，去追逐云气去了。春风又绿芳草，它又依偎到绿草上去。一忽儿，它又飘荡在空中，燕子见了，去踩它，它就向低空飘去；黄莺儿见了，去啄它，它却溜走了。后来还惹了一身的花粉。以上所写，总还离不开物，游丝四处乱钻，沾花惹草，都是依附在景物上。这其实不是单纯地写游丝，而是通过游丝的触觉——如果它有触觉的话——去写春天，赞美春光。接着笔触便转到人事上来，并使上下片联成一气。先是外围，游丝飞到朱门大户旁，隔着窗纱向里

“窥望”。它看到了纱窗里的人，里面的人当然也看到了它，这春天的衍生物，而且快要接近春天尾声的衍生物，于是窗里人不免引起迟暮之感，所以“惆怅”起来。窗里人卷起湘帘，向外凝视，游丝立即飞上檐牙。这一连串的“小动作”，作者写来，笔致轻灵悠忽之极。清人陈世焜评此词说：“风鬟雾鬓，若有若无，极尽此题之妙。”大概就是指此而言。接下去作者写游丝一忽儿挂到竹篱上，一忽儿撞上矮墙回廊，一忽儿飞进别的院落，一会粘在了佳人的罗扇上，一忽儿又粘上了美人的香车。总之，游丝不像上片那样在景物上晃来晃去，而是与人，特别是与美人沾惹上了。这是作者的本意所在。最后作者归结到自己，说别嫌恶游丝轻薄，因为这春光太美了，春天太短促了，人在这迷人春色中尚且把持不定，心猿意马，春心荡漾，何况是游丝呢？实际上游丝本是无情物，词中写游丝的依恋，其实是写人在春色播弄下心的蠢蠢欲动。

【说明】《春风袅娜》，宋冯伟寿自度曲。一百二十五字，上下片各五平韵。上片第三、第四句（“穿小径，漾晴沙”），第九、第十句（“燕蹴还低，莺衔忽溜”），下片第四、第五句（“疏篱罥，短垣遮”）用对仗。下片第八、第九句与十、十一句（“红袖招时，偏随罗扇；玉鞭堕处，又逐香车”）也用对仗。又，上片“正阴云笼日，难寻野马”两句，冯伟寿词此处作上三下六一句（“倚红阑、故与蝶围蜂绕”）。此调这里注的可平可仄据冯词校定。

多丽 西湖

〔元〕张翥

晚山青，一川云树冥冥。正参差、烟凝紫翠，斜阳画出南屏[1]。馆娃归，吴台游鹿[2]，铜仙去、汉苑飞萤[3]。怀古情多，凭高望极，且将尊酒慰飘零。自湖上、爱梅仙远，鹤梦几时醒[4]。空留得、六桥疏柳[5]，孤屿危亭。

待苏堤、歌声散尽，更须携妓西泠[6]。藕花深、雨凉翡翠；菰蒲软[7]、风弄蜻蜓。澄碧生秋，闹红驻景，采菱新唱最堪听。见一片、水天无际，渔火两三星。多情月，为人留照，未过前汀。

【注释】〔1〕南屏：山名，在杭州南。　〔2〕馆娃：馆娃宫，春秋时吴王夫差为西施所筑宫馆，遗址在今江苏吴县西南灵岩山上。吴台：姑苏台，在今江苏吴县西南。其邻长洲苑，是围猎之所。　〔3〕铜仙句：汉武帝于神明台上作承露盘，立铜人舒掌接甘露，和玉屑饮用，以为可以长寿。三国魏明帝时，下诏迁承露铜人至洛阳。　〔4〕爱梅二句：宋初诗人林逋，居于杭州孤山，不入城市二十年，妻梅子鹤。　〔5〕六桥：杭州苏堤上六座桥：映波、锁澜、望山、压堤、东浦、跨虹。　〔6〕西泠：桥名。在杭州孤山。　〔7〕菰蒲：水生植物，俗称茭白。

【评析】这是一首即景赋咏、流连光景之作。开首几句，用淡淡的色彩勾勒湖上景色：暮霭沉沉，青山隐隐，四围树色幽深。晚烟把一切染上了青紫的色调，唯南边的南屏山峰上，犹存一抹斜阳，留下了几许明丽。这里作者运用了明暗对比的手法，画出了湖上的光景。然而江山永恒，人事代谢，当此暮色苍茫之际，“江晚正愁予”，不由得作者思发怀古之幽情，想起昔日苏州馆娃宫一带，当吴王夫差全盛时期，是何等的热闹。帝王嫔妃醉生梦死，但不久之后，西施出走，姑苏台上一片冷清清景象，野鹿出没。又想起当年汉武帝为求长生，铸造金人捧露盘，曾几何时，铜人被迁走，昔日繁华的汉苑荒芜冷落，流萤飞度。就拿眼前的杭州来说，当年林逋隐于孤山，妻梅子鹤，一时传为佳话，如今风流云散，人去山空，只剩下六桥烟柳，几座荒岛，几个废亭，冷清地伫立在晚风斜日中。作者怀古抚今，深深地感到世事如梦，扑朔迷离，不可捉摸。念天地之悠悠，望故乡而不见，湖海飘零，感慨万千，他只得浊酒一杯，以消愁肠。下片对上片而言，是时间的顺延，写西湖的夜景。这时苏堤上歌声散尽，人们携妓向西泠走去。荷花在夜气中呈暗红色，深碧的荷叶经过雨打平添了几分凉意。微风过处，菰蒲摆动，欲立蜻蜓不自由。世界是这么宁静。澄澄秋夜，年光偷换，唯有这欣欣向荣的荷花留驻着即将逝去的良辰美景。采菱人儿悠扬的歌声传来，那么婉转，那么动听。接着作者又将目光投向远处，但见水天一色，几点渔火一闪一闪，闪烁在沉沉的暗夜。不久，云破月来，流光徘徊，照耀人间，如有无限依恋之情。全词以船的行进作为视角的转换（此词原有题“西湖泛舟夕归，施成大席上，以‘晚山青’为起句，各赋一词”），因此词中写景多变，就像摄像机似地不断切换镜头，有时推近，有时拉远，将西湖秋日傍晚至晚间的景象一一映现出来。细微时，连蜻蜓弄风的细小画面也被放大特写；拉广角时，南屏一角夕阳、六桥烟柳、两三星火，都隐隐约约。但是词中夹入一段怀古文字，写得那么感伤，似与全词基调不大相称，有因文造意之嫌。

【说明】《多丽》，又名《绿头鸭》、《跨金鸾》、《陇头泉》等。《填词名解》云：“《多丽》，张均妓名多丽，善琵琶，词采以名。”有平仄韵两体。平韵者一百三十九字，上片七平韵（上片首句也可不叶韵，则为六平韵）；下片五平韵。上片第五、第六句（“馆娃归、吴台游鹿；铜仙去、汉苑飞萤”），下片第三、第四句（“藕花深、雨凉翡翠；菰蒲软、风弄蜻蜓”）例作上三下四句法，并宜对仗。上片第七、第八句（“怀古情多，凭高望极”），下片第五、第六句（“澄碧生秋，闹红驻景”）均宜对仗。

上片第三句以下至上片结束与下片句式、平仄同。

附录一

词林正韵

第一部

平聲

一東二冬三鍾通用

東涷蝀辣通蓪侗恫狪涌蝀同童僮侗曈瞳銅峒桐橦絧罿艟筒筩穜董潼烔衕鮦鶇犝獞酮氃戙籠櫳聾嚨曨朧襱蘢瓏礱瀧籠龐蓬芃篷韸髼韼蒙幪濛雺朦矇艨鸏蠓懵譹怱聰葱轗繱驄嵏騣鬉豵猣鯼螋椶稯緵嵕樅鬷艐叢篵潨洪葓篊紅鴻魟虹訌泒烘空箜崆倥悾椌涳公工功攻釭玒蚣翁螉嗡豐酆灃僼豔風楓瘋馮渢堸瞢儚嵩崧娀菘充珫忼茺沖終螽蘴戎駥狨絨茙崇漴中衷忠忡沖盅翀蟲爞沖隆癃窿霳瓏融瀜彤雄熊弓躬躳宮穹芎窮藭

冬零彤㠓鼕農噥癑儂儂膿蕽鬆宗棕賨悰琮淙鬃

鍾鐘松妐忪鈆舂摏蹖惷鰆衝憧鳙慵茸笲毧氄媶蜙淞凇樅鏦瑽摐縱蹤松從蹤丰荎蜂鋒桻烽峯封崶葑逢縫傭邕重蝩龍蘢醲濃襛穠鬞容鎔溶庸鄘鎔鏞槦榕蓉溶墉瑢鱅鰫螪珙恭龔供共珙匈胷凶詾洶邕廱雝雍噰饔灉癰顒禺喁鰅蛩蛬邛笻

仄聲

一董二腫一送二宋三用通用

上聲

蓮董蝀懂侗桶恫動嘞峒籠攏琫玤蠓俸唪菶埲蠓曚矇懵懞捅總蓯偬稯㧐蓯鬷傱嗊孔空汞蓊霿滃螉塕䱵䩯鞛

腫種踵尰冗毧氄竦悚慫聳駷捧冢湩寵隴壠甬埇勇踊慂俑衞湧蛹洶詾恐拱珙鞏栱碧擁壅

去聲

送凇糉偬緵嵏鯼鞻凍涷棟蝀痛洞峒詷慟恫弄哢齈濃哄鬨控鞚空貢贛贛扛贛萯甕幪霿夢瞢瞤諷鳳眾霂銃嗊中仲

宋綜統糉嘁湩

用俸縫葑縱瘲頌誦訟從種踵重緟恐供拱共雍灉壅

第二部

平聲

四江十陽十一唐通用

江茳豇扛杠矼釭腔椌跫降缸洚邦梆垹龐誵逄龙庬駹蛖韸咙雙艭篗䨴䨴窗摐鏦淙漴椿幢撞瀧

陽暘煬揚徉佯洋鍚瘍颺楊鴹羊垟禓芳妨方坊肪祊枋鴋蚄房防魴亡忘望宋鋩襄緗纕瓖驤相廂箱蘘瀼湘鑲蠰瑲鏘將槍蹌斨牄嗆鶬將漿蔣醬詳祥牂庠翔牆檣戕嬙薔商觴傷殤湯鬺螪昌倡閶猖菖鯧鶬章彰嫜璋墇漳樟麞常裳嘗徜償鱨鵗穰禳鬤攘懹纕瓤瀼躟勷霜孀驦鸘創瘡愴莊妝裝奘牀張粻漲蔒倀瞠餦長腸場萇良量糧粱梁涼凉飃踉駺娘香薌鄉膷麘羌蜣薑韁姜僵漒橿韁蠷強繮央殃鞅鴦鉠泱秧雵怏王惶鍠徨匡筐恇劻眶狂涯

唐餹堂塘溏篖棠螗鰽螗螳碭當襠璫鐺簹艡湯蕩鏜郎廊閬哴踉浪峎硠琅鋃蓈筤稂桹榔狼駺蜋囊蠰幫挷彭滂雱磅旁傍螃芒茫邙蘉盳桑喪騻倉蒼滄鶬臧贓牂藏穅康慷岡剛鋼綱亢棡迒蔨卬昂馹棢航杭行桁翃吭頏蚢汪尪巟荒慌肓衁幌絖光洸胱桄黃皇媓遑徨惶喤鍠瑝璜簧篁餭煌堭隍潢湟艎凰騜鱑蝗鷬

仄聲

三講三十六養三十七蕩四絳四十一漾四十二宕通用

上聲

講港耩㧞項缿棒玤蚌

養癢瀁膁象像潒潒橡蟓獎蔣槳兩緉裲魎鞅怏鞅柍強鏹仰搶愴想鯗掌爽騻塽敞氅廠倣響蠁享饗蠁繈襁丈杖

仗祀壤穰攘賞仿紡髣罔網惘蝄輞昉倣瓬枉往暀怳謊長上俇迋

蕩盪崵璗簜黨讜灙曭帑儻倘惝朗硠閬曩灢榜牓蒡莽霿漭蟒蟒艴顙嗓磉搡蒼駔髒沆吭慷坱泱盎晃幌滉愰慌恍廣瀇

去聲

絳降洚巷糉戇幢幢撞

漾羕樣恙養咩煬颺訪放舫妄忘望相醬將匠鴫餉向鄉唱障嶂瘴尚上讓壯裝創愴狀帳脹漲粻悵暢邕韔仗長杖諒亮喨醇飀量兩緉釀鄉旺王迋況貺誑

宕踼碭儻盪蕩當擋浪哴埌謗搒傍蹡喪葬藏臟吭行桁亢抗伉閌炕盎醠曠壙纊桄

第三部

平聲

五支六脂七之八微十二齊十五灰通用

支枝肢紋衼禔梔巵只氏赦鳷吱眵匙施葹絁弛釃籭褷欐吹炊差齹嵯衰匙鍉垂陲倕兒唲痿斯廝澌凘虒鷉螔槲雌貲訾髭媊觜紫疵玼骴茈隨隋知蜘腄箠摛螭魑黐痴馳篪池褫鬌錘甀離鸝蠡麗縭褵羅罹蘺籬樆醨灕璃驪孋蠬鵹劙糲羸披帔陂罷碑錍詖皮疲郫糜醿縻蘼靡卑庳裨俾椑革箄陴埤脾紕彌瀰鸍移栘匜椸箷簃扅酏暆蛇迤祇岐歧伎蚑軝芪蠵隋窺規摫羈羇奇畸掎剞犧羲巇曦巇攲崎觭踦螭碕奇騎錡埼漪猗椅宜儀蟻扆涯崖為溈鰞麾撝虧媯隗逶委蝣萎危

脂衹泜砥鴟佳雖睢錐尸鳲蓍師篩獅鰤螄衰榱鴟推萑誰蕤綏浽私綏雖濉咨資齎姿粢齍濱醨呰茨瓷胝追絺郗瓻墀坻遲菭蚳椎槌鎚糙棃蔾犂黧蜊螯虆藟藟樏嫘尼怩呢

泥夷姨洟痍彝鮧蛦惟維唯遺濰䲵帷伊咿蛜飢肌机㔹䰦耆
鰭鬐祁葵馗逵夔騤戣巋丕邳伾岯秠駓魾悲毗比琵枇笓貔
魮阰紕眉嵋湄楣葿篃黴麋郿虋

之芝菑緇輜錙淄鶅鯔詩邿蚩媸嗤颸時塒蒔鰣漦而
髵洏胹陑栭輀鴯鮞思偲罳緦箟絲司蕬茲孜孶孖仔滋嵫鶅
鎡鰦耔詞辭祠慈磁鶿玆嵫癡笞治持釐犛貍貍梩飴頤宧台
眙怡貽詒僖嬉嘻禧熙嘻欺僛姬期基箕其萁醫噫疑嶷觺其
期棋旗琪碁綦萁蘄淇祺麒騏鵋蜞

微薇溦霏菲緋妃斐裶騑非誹斐扉緋飛肥腓淝芭痱
機鐖禨幾譏饑璣磯鞿歸希稀俙欷晞桸鵗暉輝揮鶤徽褘翬
褌徽衣依譩威葳媁蝛沂豈巍犩祈頎旂畿圻蘄韋違幃闈圍
禕

齊臍蠐檌西棲栖撕嘶犀妻萋淒凄霋悽齋躋擠齏氐
低磾鞮羝梯緹鵜題嗁提媞禔綈螔蹏醍隄稊荑銻趧騠蝣鯷
蕛泥䵒黎瓈藜雞稽乩笄谿鸂螇醯兮奚媄傒蹊䍃榽嵇磎鷖
瞖嫛堅黳嫛倪齯䘌輗鯢霓蜺麑猊郳圭閨窐邽袿鮭奎刲攜
觿蠵鑴畦酅篦榧錍幒狴椑批鈚砒鼙玭迷麛

灰虺虺恢詼悝魁盔隈椳㟪煨緭偎傀瑰櫰回佪洄槐
茴桅嵬磓追搥堆鎚錐䨓推蓷頹頹雷儡礧欙挼毸崔陮催摧
漼梧胚坏醅抔阫裴徘培掊毰紑陪枚梅莓媒禖脢玫鋂煤

入聲作平聲

室鞊實石祏碩鼫射湜殖埴植食蝕溼十什拾入褶悉
膝蟋昔惜席蓆夕汐錫裼晳析淅息熄習襲隰唧疾嫉蒺積
脊迹鯽籍藉績寂即緝葺輯準集怭佖泌苾弼佛甓逼幅愎踾
窒挃銍帙秩姪隻擲躑職織陟稙直犆值吉戟激擊極亟𪗈棘
急給級及笈赩赫嚇格覈翮核劾黑獲畫或惑的適嫡蹢甋鏑
滴菂逖籊狄敵踧迪覿滌笛荻翟賊鰂蠈

仄聲

四紙五旨六止七尾十一薺十四賄五寘六至七志八未十二霽十三祭十四太半十八隊二十廢通用

上聲

紙砥坻只咫枳軹疻弛豕侈哆誃恀姼是諟氏舐爾邐躧鞿屣簁纚蓰釃䙰揣捶箠錘菙縈蘂蕊徙璽此佌泚紫茈訾呰批魮髓瀡䉢觜惢褫豸廌阤杝灑柅觬旎䞐酏迤企跂跬頍綺觭碕掎踦剞技妓倚旖輢齮徛螘錡艤頠姽硊鵤委䁯萎蔿䲹薳闖毀燬烜檓郈頯垝詭祪鮠桅蛫跪俾髀鞞箄庀仳蚍婢庳弭瀰敉芈瞇彼被埤靡孊䴠蘼紫

旨恉指厎矢視水死姊秭兕峛雉澁履柅壘累嵬藟蘽櫐漯誄耒唯壝瀢癸揆几机麂跽洧鮪巋軌簋匭晷宄厬氿鄙嚭秠否痞圮美眯匕比妣秕疕

止趾址沚畤芷祉齒茝始市恃耳駬珥滓笫胏史使駛士仕柹戺俟涘枲葸子仔耔梓似巳祀姒耜汜圯莒徵恥峙跱痔塒里理俚娌悝裏李鯉梩以已苡矣唉喜蟢嬉起屺杞芑己紀巹擬儗薿譩你

尾娓亹斖梶斐朏悱朏菲誹匪篚棐榧豨唏蘱豈𧯞蟣幾機扆顗螘䞀偉煒暐韡葦瑋緯韙虺卉鬼磈

薺鱭穧洗姺濟泲擠米瀰陛邸氐疷底柢詆抵觝弤砥阺體涕緹醍弟娣悌遞禮醴澧蠡鱧禰嬭泥昵䄵啓棨綮堄睨覞

賄悔傀嵬塊瘣匯廆猥椳痿琲浼每痗漼璀皠罪蜚腿磊藟礧櫑蕾儡餒娞

入聲作上聲

質鑕礩騭蛭窒挃銍隻摭蹠炙職織陟執汁失室釋適奭襫螫識飾式軾拭濕叱尺赤斥敕飭鷘悉膝蟋昔腊惜舄磶錫裼晳析淅蜥息熄七漆戚鏚慽鼜碱緝葺輯楫戢塈積襀脊

蹐迹績勣即喞稷鯽必畢鞸鷝滭珌韠蹕篳鉍蓽泌飶苾辟襞璧碧壁躄逼匹僻癖澼擗劈筆北詰蛣乞泣吉拮姞佶訖吃戟劇屐激擊亟襋棘急給級汲芨一壹乙鳦瑟璱飋蝨澁迄汔隙郤綌檄薂闃吸潝的適嫡蹢靮鏑滴樀菂踢惕剔摘闃鶪殛測惻德得忒慝塞則黑克剋刻國

去聲

寘忮觶翅啻施豉鯷惴吹瑞倕睡諉韉屣賜刺莿庛載積漬觜柴眥智詈離縋槌錘硾甀累嫘易貤施袘椸企跂蚑縊螠恚觖戲寄徛芰騎輢倚踦義議誼為餧委偽譬臂躄避比帔賁詖陂跛髲被骳

至摯贄懥礩鷙織嗜視示謚二貳樲出帥率四肆駟泗柶次佽髮絘恣自邃粹睟誶祟翠醉檇遂燧鐩隧襚旞璲繸檖篲檖穗萃顇悴瘁地致質疐躓輊懫屎緻稺稚治遟雉穉利痢蒞颲膩墜懟類纇淚蘱肄勩廙棄遺壝蜼悸痵季㔷咥器冀覬穊驥洎葥暨懿饐噫劓位蔚喟愧餽騩匱櫃簣蕢饋畀庇鼻庳寐祕秘毖閟鞁泌邲費轡柲濞淠備贔奰糒犕媚魅鏥

志誌識痣幟試熾埴饎侍蒔時餌珥咡刵胾鶅椔駛使廁事笥思伺寺嗣飼字孳置值植吏異食意亟記忌惎諅意檍薏

未味費鬻蠶芾沸怫誹濆厞蜚扉費翡狒蜚饑塈愾熂氣摡氣嘅既溉衣毅胃謂慣媦緯渭鮹彙蝟諱卉浒貴尉慰畏罻蔚瑋霨魏犩

霽濟擠隮穧細壻些切砌妻嚌隮懠劑齊薺媲睥閉薜謎帝諦嚏楴蒂螮締替剃揥涕裼屜薙弟第悌娣髢睇遰遞禘棣杕麗隸儷戾悷盭颲颰沴蛎棙荔唳泥詎系繫係褉盻殢契鍥瞀脊計繼髻薊檵蛣医翳緊嫕殪噎堅瞖蘙鹼詣栺羿睨堄霓慧惠蕙槥蟪繐嘒嘒嘒㵔桂罣趹

祭際穄傺歲繐脆毳彗轊篲世貰勢掣澨制製晣鬶淛

誓噬筮逝澨税説祱帨餟涚毳竁橇贅惙汭芮枘蜹餲瘞鷍憩揭猘罽繝瀱偈衛讆躛劌橛蹶鱖滯皢墆例厲礪禲勵犡蠣糲綴餟曳拽袣裔詍滳栧潩洩睿鋭蓺藝槸囈蔽鷩潎敝幣斃獘獙袂

貝鯆茷梖狽娧蜕駾兑酹霈沛旆眛沬昧韎最會繪璯譮翽噦濊儈會禬膾獪廥澮旝檜薈憎膏外

隊霨薱憝錞逮瑇對碓敦退類擂耒内背禙輩配妃佩琲背悖焙邶妹痗黴瑁秣碎誶倅淬焠啐晬綷潰嬇讃繢萯誨悔晦靧塊憒磓

廢祓橃肺吠茷乂刈鳷薉穢鐬濊喙

入聲作去聲

日衵馹入廿蜜宓蔤謐密覓冪塓汨栗慄溧飅篥歷靂癧礫瓅皪鬲轢櫪靂瀝櫟力立粒笠苙逸佚佾軼泆溢鎰一壹乙逆益嗌齸繹襗醳掖腋亦奕弈帟懌歝射譯驛嶧埸液易蜴役疫惄溺鷁艗鷊匿慝弋杙翼翊翌妜億憶臆抑醷域淢罭棫蜮緎閾揖挹熠邑浥悒裛唈劇屐勒肋扐泐墨默冒纆

第四部

平聲

九魚十虞十一模通用

魚漁於箊淤虛驢歔噓巘墟袪阹胠魼祛居据椐裾琚車腒渠鶏蕖蘧籧鐻璩磲醵胥湑糈蝑蝑疽蛆雎狙趄沮岨麆苴且罝徐蔬梳疏練書舒紓瑹初葅諸藷櫧礑蠩鋤耡駔蜍如茹洳鴽豬瀦攄摴樗璓除儲躇滁篨蒢臚閭廬櫚瀘驢袽絮余予歟譽妤悇輿旟餘畬萸璵狳騟雓鱮芧歟

虞禺愚娛澞嵎隅蝺鰅喁于迂盂釪竽雩玗杅汙訏吁盱昫姁㖃紆靬陓雩宇區嶇驅摳軀鮬拘齁眗跔俱駒岣鮈痀約劬癯躍衢瞿氍鸜枸敷藪莩麩稃桴艀孚俘紨罦郛蚹枹鴮

琈痡膚趺夫鈇玞柎粰扶符苻芙莨夫泭梟蚨鉜無毋蕪巫誣
嘸璑鵐廡磃須鬚需繻嬃蕦趨諏輸毹愉萸樞芻朱邾絑珠侏
袾硃儔𦨈殊銖殳洙茱雛儒濡襦繻嚅醹鱬孺株誅跦蛛鴸
姝貙踰廚躕幮慺婁蔞鏤漊瘻俞逾渝愉覦窬牏瑜貐榆楰臾
腴瘐揄歈諛褕騟羭蝓愉

模摹謨膜嫫獏鋪逋晡餔蒲蒱酺匍蘇麻酥麤租徂殂
阼都闍瑹稌徒途塗鵌鍍荼圖屠瘏酴駼鵌鵚菟盧罏鑪壚顱
矑嚧櫨纑壚瀘艫轤蘆鱸鸕奴孥帑駑砮笯胡乎壺瓠葫瑚餬
糊醐弧湖狐猢鶘孤辜姑酤沽觚柧菰呱橭罛鴣蛄枯刳桍骷
呼謼滹嫭吾吴齬鋘珸梧鼯蜈鼯烏洿杇鴮嗚鄔陓穿浮

入聲作平聲

斛觳槲鵠鶻濮幞僕暴曝瀑匐孛艴勃浡渤蔟鏃族蹙
顣跛緎牘讀讟黷嬻櫝髑匵櫝瀆獨篤督毒纛突伏服復紱茯
輹複鵩佛咈怫茀坲孰熟塾淑蜀蠋屬襡鸀贖術述秫朮逐柚
軸舳遂躅育楠鬱菀蔚熨續藚俗局跼倔掘玉聿遹霱潏繘鷸
驈兀扤杌矹舤核

仄聲

八語九噳十姥九御十遇十一暮通用

上聲

語齬圄圉禦籞敔許滸去蚨舉莒筥椐巨拒秬柜距虡
鉅詎炬歫稰糈醑湑蝑苴疽敍序緒醧潊嶼鱮咀沮跙所阻詛
俎楚齼礎齟暑鼠黍蝵癙鬻渚杵處墅紓抒汝籹茹眝著紵楮
褚宁佇苧紵杼羜呂膂旅侶女與予萸

噳麌俁傴噢嫗詡啍昫欨煦姁栩訏蛡齲踽矩椇枸豿
窶羽禹偊雨宇鄅瑀撫柎拊弣甫府俯腑脯黼簠斧蚁莆䴸父
輔䩉釜腐稃武舞侮嫵憮膴廡墲碔甒䳇取聚數籔主炷麈豎
裋樹乳醹黈拄柱縷褸僂謱嘍漊簍蔞庾斞愈瘉瘐窳楰貐

姥莽牡普溥浦補譜圃簿部韛祖珇組睹賭堵土吐杜

莊肚魯虜鹵櫓艣怒弩砮努拏虎琥滸苦箬古詁鼓瞽股賈盬蠱罟牯羖估酤户怙祜婟扈鄠岵篃楛雇隖鄔滆五伍仵迕午缶否母某畝

入聲作上聲

屋剭沃鋈兀杌屼哭酷嚳窟矻縠轂谷告牿梏骨汩愲滑淈卜撲醭速餗蔌樕蔟簇秃鵚福腹複幅輻復蝠輹葍馥拂刜髴弗韍黻紼紱茀泼肅夙宿飀蓿鷫驌蹙蹴蹴菽叔俶縮謖踧束祝粥粥竹竺筑築燭屬矚矚瘃斸矗畜慉觸歜蓄旭勖頊洫麴曲苗屈詘倔裾匊掬踘鞠鞫鵴菊鶪掘獝橘郁澳隩燠噢薁鬱蔚熨篤督粟剰卹恤賉戌促趗足卒

去 聲

御馭敘語飫醧棜瘀菸淤去據倨踞鋸鐻据遽醵絮覷狙怚沮疏詛組助麆恕庶處翥署曙薯茹洳著箸除宁慮鑢櫖女豫預譽與轝礜澦蕷鸒

遇寓禺嫗傴煦昫酗姁呴樞屨軁絇句瞿蒟懼具埧俱颶芋雨裕諭籲覦赴訃仆付傅賦附坿袝跗賻駙鮒蚹柎務婺霧鶩騖娶趣足聚戍輸注註炷鑄鞋蛀疰彝呏樹裋澍孺數駐軴遇住屢

暮慕募墓怖鋪布佈步捕哺餔酺素訴愬愫泝塑嗉措唶錯醋作祚阼胙妒妬斁蠹秅兔吐度渡鍍路輅賂璐露潞簬鷺笯怒護濩頀嫭婟瓠互枑冱涸頀謼庫袴胯顧雇詁故固錮酤痼汙惡杇誤悟寤晤捂迕忤婦負阜副富

入聲作去聲

木沐霂桼鶩目睦繆牧苜穆没歿祿漉盝琭簏麓摝醁轆肉辱溽褥縟溽鄏入六陸稑蓼戮録籙綠碌淥騄菉律繂葎率育毓昱煜鬻堉彧稶郁澳燠欲慾浴鵒玉獄蔚聿遹矞霱繘鷸驈勿物岉沕訥肭

第五部

平聲

十三佳半十四皆十六咍通用

佳街膎鮭鞵徯厓崖涯睚捱牌簰崽籭篵釵差靫柴紫羞

皆偕階楷稭湝喈鶛蝔揩緒挨諧骸乖懷櫰槐淮齋豺儕排俳埋霾㜿

咍開該賅垓陔峐荄絯豥痎咳孩頦鎧侅哀唉埃娭皚敳鮐胎台邰鮐臺儓駘擡苔薹箈炱能來徠秾麳萊崍騋鯠腮顋頤毢猜偲哉烖栽裁纔才材財

入聲作平聲

白帛舶鮊宅澤擇襗檡蘀翟獲鑊砉湱剨畫劃嫿嚄懎蚱舴塞

仄聲

十二蟹十三駭十五海十四太半十五卦半

十六怪十七夬十九代通用

上聲

蟹解獬澥解矮枴罫擺罷買嘪鷶灑躧鞡纚廌豸嬭攋

駭絃駴豥鍇楷緒挨騃

海醢愷凱塏闓鎧嘅改胲亥閡欸靉僾倍痱采採綵彩寀棌宰載在茝待迨殆駘𨽍怠紿箈乃鼐

入聲作上聲

率帥倅蟀櫛迮窄蚱舴咋責嘖幘簀摘謫拍魄珀劈百伯迫柏瓸檗擘拆赧策册栅測惻客喀挌克剋刻格挌骼觡隔鬲膈革搹鬲槅嗝砉湱剨虢瀫馘幗摑嘓減蟈索溹摵揳愬瘷捒側仄昃萴崱色嗇穡濇嬙

去聲

太泰汰忲帶大賴賚癩瀨籟柰奈蔡縩害蓋丐藹餲靄

壒嗑溘艾鳷外

懈廨嶰邂解隘搤嗌派粺稗賣矖攦瘥衩債呰眦

怪蒯蕢簣喟塊壞瀤聵戒誡介价界犗玠疥衸屆魪芥械薤瀣骱齘欸拜湃憊韛糒肦韎鎩殺瘵祭

夬獪澮快噲駃譮躛餲敗唄邁勱怵寨嘬啐蠆薵

代岱黛袋逮埭隶玳靆貸態戴襶倈睞賚耐鼐褦塞簺賽再載縡菜埰綵在慨愾嘅欬鎧溉摡槩愛僾薆靉曖璦礙閡

入聲作去聲

陌佰貊駬貘驀麥霢脈覛墨啞額詻客厄阸搤軛鞨掖

第六部

平聲

十七真十八諄十九臻二十文二十一欣二十三魂二十四痕通用

真禛畛桭甄磌鷏侲振袗稹縝申身娠伸呻紳柛瞋嗔辰晨宸臣神人仁辛新薪莘親津璡秦螓繽賓矉檳濱蠙頻顰嚬顰嬪蠙蘋繽民份彬玢邠豳貧玭岷閩旻緍泯珍甄陳塵鄰嶙粼磷潾璘瞵轔麟驎獜獜鱗燐紉因姻諲歅禋絪氤緸裀茵陻闉湮駰硜寅夤螾巾銀珢誾狺垠嚚

諄惇肫春純蒓蓴醇錞淳焞鶉脣蓐漘紃犉撋瞤荀詢恂洵郇峋珣逡踆鵔皴遵鷷旬巡循馴紃揗屯迍窀杶椿輴鶥倫綸掄淪侖棆輪艪錀匀畇沟鈞均贇頵蝹筠菿囷菌箘麕

臻搸榛溱蓁莘姺侁詵甡駪

文紋玟駇汶鳼聞蚊雯芬雰帉紛棻衯分饙汾枌魵棼賁蕡濆轒豶焚蕡墳幩羒豮頒氛黂酚雲云芸耘妘鄖涓澐紜沄員訡篔煴氳緼馧蝹韞熏薰纁曛獯醺臐勳葷焄煇君軍皸羣裙

欣炘訢昕殷慇斤筋勤懃慬芹旂齗听

魂餛渾煇獋緷昆裩崐琨錕蜫鯤騉鶤温轀豱緼瘟蒕
昏婚惛閽棔涽坤髨奔賁鷾歕噴盆湓門捫毴璊樠糜孫猻搎
蓀飧村尊罇存蹲袸敦墩弴暾燉啍屯沌飩庉豚臀炖囤論崘
磨

痕根跟恩呑

仄聲

十六軫十七準十八吻十九隱二十一混
二十二很二十一震二十二稕二十三問
二十四焮二十六圂二十七恨通用

上聲

軫診疹眕鬒黰賑軙袗紾縝昣稹矧哂腎裖蜃忍訒檵
儘盡藎牝臏蠙泯黽筤愍慜閔憫敏黽紖靷緊引縯釿蚓磒隕
殞霣湣愪窘菌箘

準蠢惷鬊駗僢盾吮楯輴筍簨隼尹允鈗駺狁

吻脗抆刎忞忿鼢粉黺憤弅坋鼢惲藴褞韞緼醖揾

隱濦磤轞讔檃謹堇巹槿瑾齔近瘽听

混渾緷焜棍梱閫壼悃捆綑衮緄輥蓘滚錕鯀穩本畚
笨樨弇懣損忖刌撙噂蕁鱒囤盾沌遯腯

很詪懇墾齦

去聲

震賑振侲娠袗鬒慎蜃刃軔仞訒認軔牣儐鬢殯擯信
訊卂迅阠汛晉縉搢璡進燼贐藎櫬襯儭酳鎮瑱疢趁陣診吝
躙燐藺允靷輔菣印釁僅覲瑾廑墐瘽鍾殣憖

稕諄舜蕣瞬鬊順閏潤峻陖濬浚駿稄俊儁晙餕畯駿
鵕鵔寯殉徇

問聞紊絻抆汶忿鼢糞拚瀵僨奮分坋運暈餫緷韗鄆
韻鶤訓熏捃皸郡宭醞慍熅緼藴

焮靳近隱檼𢤱垽

圂恩溷惛困搵顐諢奔噴歕坌悶巽潠遜寸焌簮挨鐏
瘔頓敦鈍遁腯論嫩

恨艮硍饐

第七部

平聲

二十二元二十五寒二十六桓
二十七刪二十八山一先二仙通用

元原源邍沅嫄羱騵豲杬榞黿蚖袁爰援媛園垣轅湲猿暄喧諼諠萱壎狟晅咺鴛鵷蜿冤怨眢棬韈言攑軒掀騫鞬犍鞬翻旛幡繙番反藩樊蕃轓煩繁緐袢璠礬墦蹯膰燔蟠笲蘋蘩樠璊圈

寒韓邗汗翰犴預鼾看刊鼾干乾肝竿杆玕榦安鞍豻跚珊姍餐殘單襌殫丹簞癉鄲灘攤嘆嘽幝壇檀彈澶癉驙驒鱣闌讕欄蘭襴瀾欗難

桓梡完丸峘洹汍紈綄芄莞萑脘皖歡讙驩貛寬髖官倌冠觀棺剜岏刓潘拚般槃盤般蹣胖媻瘢鞶磐磻蟠瞞漫謾樠顢鬗蹣墁曼槾饅鏝鬘鰻酸痠霰鑽攢欑襸穳耑端褍耑鍴觽湍煓團剸慱摶漙鷒糰鱄鸞鑾巒欒巒灤圞孌

刪潸關癏擐彎灣彎蠻還環鐶鍰寰闤轘澴鬟䴉圜姦菅顏豩班斑頒般鬜鳵玢攀眅蠻鸞鬘

山疝訕潺虢孱僝斒斕閑憪嫺覸癇𩦠鷴掔慳鬜閒艱蕑顛殷鰥綸頑

先跣千阡芊箋鞴籛濺諓戔前駢邊籩萹編楄鯿蹁褊胼骿軿駢眠顛巔癲驞滇天涎田佃畋填闐軥磌鈿沺年蓮憐零堅肩鈃鳽豜經蒨牽岍汧蚈枅賢弦絃舷礥煙燕咽湮妍研趼涓蠲鵑稍睊蜎鞙狷鋗駽弲玄懸蚿淵龣

仙鮮鱻鸐蹮秈鮮禴遷韆櫏箋煎湔鬋媊涎錢羶扇煽

燀嘽饘旃栴氈鸇禪嬋蟬然邅驙鱣脡綎梴纏躔廛瀍蟺連謰聯漣鏈槤嗹鰱甄嗎嫣延埏筵綖誕鋋蜒漹焉焉蔫鄢愆褰騫攓搴乾虔犍騝鍵揵鞭箯篇偏煸媥扁翩便平姬楩緜棉芇緡鸜宣揎詮銓拴痊佺悛駩絟筌縓荃鐫旋還鏇璿璇漩嫙全牷泉穿川專顓膞甎篿剸遄篅船堧瑌椽傳攣沿鉛櫞捐鳶緣翾儇蠉嬛娟悁員圓勸卷桊棬權拳瘃惓顴踡婘棬齤蠸蜷鬈

仄聲

二十阮二十三旱二十四緩二十五潸二十六産二十七銑二十八獮二十五願二十八翰二十九换三十諫三十一襉三十二霰三十三線通用

上聲

阮沅宛婉晼踠琬鞔鞔琬畹苑菀蜿遠咺愃諼暅烜綣綣圈卷幰攇蟪楗揵楗齴巘甗蹇偃匽偃隁堰郾褗鼴鼴鰋蝘反返皈飯笲鴘晚挽娩

旱睅罕厂熯侃衎笴稈散繖傘饊鬢趲瓚亶癉坦但袒誕舶繵蜑嬾讕

緩捖漧綄梡莞盌惋款窾管琯盥痯逭脘滿懣鉡伴拌算篹纂纘酇穳短裋斷疃緞卵暖餪

潸狻蝬撰饌赧戁僩憪撊睆皖綰掊版板蝂鈑阪魬

産滻犍嵼汕涟剗鏟弗孱醆琖棧輚峨戲限簡襇柬揀眼

銑洗筅跣毨姺杴扁匾緶萹辮艑眄典腆覥悿淟殄餮蜓紾抮顯韅蜆晛繭蠒皽峴睍犬蜎畎狷羂泫鉉琄鞙駽鋗

獮鮮燹癬蘚淺翦揃戩諓媥鬋籛譾踐俴餞選巽雋吮闡幝嘽燀顫饘善嬗膳墠墡鱓蟮鱔舛喘荈膞剸鱄軟碝蝡譔僎褊諞惼楩緬愐勔湎沔辨辯免娩勉冕展襢輾蕆邅輦謰璉轉篆瑑臠孌遣繾演衍縯戭黃蝩蚩蠉沇駪兗蹇謇攓搴褰鍵件嵃巘讞卷鞏捲

去聲

願愿遠瑗媛楦券絭綣勸圈怨獻憲建健楗鍵堰甗甗
販畈飯萬万曼輓蔓獌

翰螒騂豻悍汗瀚扞釬垾閈軒漢暵厈看侃衎旰旰幹
蘇骭斡洝按案岸頇喭犴繖帴散粲璨燦娎贊讚饡襸趲瓚酇
旦疸觛鳱炭嘆憚但彈爛爤糷瓓讕難

換逭喚奐焕涣貫冠觀祼悺痯館瓘爟灌罐盥鑵鸛惋
腕婉玩翫半姅絆靽判泮沜沜畔叛伴縵幔鞔漫墁攢筭蒜竄
攛爨鑽鍛斷碫彖稼段斷緞亂亂偄

諫晏瞍騴鷃曣鴈贗慣丱患宦轘繯槵豢豢襻販慢嫚
謾訕汕疝鏟棧輚戲綰孿篡

襉閒覵繝澗莧幻扮盼瓣辦袒羼

霰先蒨茜綪倩篟薦荐洊跈袸殿唸瑱電殿奠甸畋佃
鈿淀澱靛闐填練鍊湅揀楝萰晛見現鬋俔蜆見宴讌醼咽嬿
燕硯趼豣縣眩炫袨衒泫絢眴睊酮罥鋗遍片麪瞑眄巘洒綻
騗

線箭鬋濺煎餞羨賤選潠縼漩旋鏇縼嫙扇謆煽蝙戰
顫繕禪膳嬗擅單墠剸釧穿玔堧饌譔僎撰腰纏邅輾碾囀轉
傳瑑戀衍延莚涎譴掾緣彖蝝絹狷悁彥唁諺甗讞瑗援媛褑
院鍰楥眷睠桊倦便面偭變卞汴弁抃忭玣

第八部

平聲

三蕭四宵五爻六豪通用

蕭簫箾櫹蟰飉蠨熽貂雕鵰刁琱彫凋芀船鯛祧庣挑
恌朓條迢跳佻髫齠調鞗條苕岧蜩鰷鮡怊聊膋瞭嘹飂僚寮
寥遼撩嫽憀料敹廖鐐繚橑簝漻潦嫽墽鷯蟟驍梟蟂澆膮嘵
憢蹺蹻幺怮紗堯嶢垚僥蕘嬈

宵消霄颵逍痟綃銷硝翛猶揱魈筱幧焦燋蕉膲椒噍
蘸鐎蟭醮鷦樵憔譙猋飆剽標摽杓幖熛薸瞟旚驃彯漂嫖僄
鶚飄謤影螵瓢薸鑣儦瀌穮麃苗描貓燒弨昭招釗韶軺玿饒
橈蕘超颭朝鼂朝潮遥媱傜繇飖窯鰩銚姚摇謡愮陶鷂褕洮
瑶猺窕鮡珧䔄要腰邀褼喓葽鷅翹荍鴞妖夭嚻枵歊獢藮驕
憍嬌鷮簥撟矯喬僑嶠橋趫礄轎蕎蟜

爻肴姣誵殽筊崤淆交詨教咬膠艽轇郊嘐茭蛟鮫鵁
敲磽墝虓哮烋痚顤窅坳凹聱警磝包胞苞脬抛泡庖炮咆跑
靤麅茅媌罞蝥梢艄捎髾鞘弰旓䘰孁筲鮹蛸謏鈔訬顟罺抓
巢轈啁嘲颭鐃呶譊怓撓猇

豪毫號嗥濠壕蒿薅尻栲高皋羔膏餻橐鼛篙槔簮鏖
敖遨翺摮慠嗷熬嶅鏊鼇鰲螯驁鷔獒璈褒袍毛髦髳氂旄芼
毷騷搔繅臊鱢鰠溞艘颾慅篕操糟遭曹嘈褿槽艚漕螬傮刀
魛忉舠饕叨慆詜絛韜弢艄滔駋陶燾淘濤鱭掏逃翿䄻鞫醄
詢咷萄桃檮綯騊蜪幬勞嘮澇牢簩醪撈蟧癆猱猸

入聲作平聲

學鸄嶨嶨嶨嶨剝駁爆雹齙爆鰒瓝博髆餺搏鎛欂泊
薄簿箔礡鉑亳樸朴撲粕涊鷟濁濯擢斀鐲靃縛嚼嚼杓芍汋
著噱醵臄籰鐸度愎剫踱喥澤昨酢鑿柞筰䉂怍鶴貉涸穫鑊
濩臒蠖臛

仄 聲

二十九篠三十小三十一巧三十二皓

三十四嘯三十五笑三十六效三十七号通用

上 聲

篠皛謏鳥蔦寫朓窱窕挑掉嬥了繚衼瞭憭嫽舠醪釕
蓼撩褭嬝嫋嬲嬈皛濕杳窅窈騕葽窔鷕磽曉膮皎皦璬筊皦
恔僥

小悄剿勦少沼紹佋袑擾繞遶趙肇晁兆垗旐駣狣狣

鮡絩溔舀夭殀麇矯撟敿憍譑蹻蟜鱎褾縹醥篻摽鬃膘鰾眇渺淼藐篎秒杪表殍

巧絞狡攪筊鉸姣佼咬拗曉皵飽鮑骲靤卯泖媌昴茆稍炒訬爪瑵笊抓獠

皓翯昊顥晧皡浩灝鎬鄗鰝好考薧拷栲杲縞藁菒橐笴槁媼燠襖懊寶葆鴇堡保褓抱菝娼芼嫂燥埽草慅懆早蚤璪澡璅繅繰棗藻皂梍造倒擣禱島幬討套道稻纛老恅轑橑潦栳潦澇腦惱瑙

入聲作上聲

覺角捔桷搉榷較珏腳蹻屩殼縠慤确埆矍攫躩钁玃卻恪渥喔齷握幄約葯剝駁爆朔數槊削齪捉斮穛穱斲琢焯椓掭卓踔倬諑啄涿灼勺酌妁礿斫著浞鷟碏趞皵鵲爵雀爝鑠爍綽婥諕託橐柝拓魄擇飥博髆襮搏鎛索搽鋜錯遣作鑿柞膗郝壑嗃熇各閣惡堊廓鞟擴漷郭椁彍

去聲

嘯熽弔釣糶眺覜頫趒調掉銚蓧藋跳嫽璙嘹料鐐廖尿竅叫訆噭徼突

笑肖鞘峭悄哨俏帩醮釂嚼僬爝勦噍誚少燒照詔邵劭饒繞召燎療獠鷂燿曜耀鷂要褸嶠轎勡剽僄漂彯驃票妙裱廟

效傚斆恔校孝磽教覺校較窖珓挍絞靿㘭袎詏樂豹爆爆儤趵窌炮礮皰靤鉋泡貌稍鈔抓笊罩趠踔櫂橈淖鬧

号號耗好犒靠誥告郜膏槁奧隩燠懊傲奡驁報暴虣醁帽冒瑁耄旄媢鶡芼艒噪燥譟懆操造慥糙竈躁漕到倒韜套導翿纛燾盜悼蹈勞嫪潦

入聲作去聲

嶽岳樂鷟藥躍礿瀹爚龠籥鑰約犖洛酪落絡珞樂烙駱雒末沫抹秣莫幕漠暝膜摸瘼寞鏌弱蒻若箬芍略掠諕虐

瘧矱嬳諾惡咢噩嘌諤愕鄂崿蕚鍔鶚鱷

第九部

平聲

七歌八戈通用

歌哥柯牁菏珂軻訶呵阿娿痾何河荷苛莪䄉哦娥峨峩鵝俄蛾睋娑抄鬖些莎桫蹉瑳搓磋傞齹醝鹺嵯瘥艖嵳差髽艖多他拖駝佗馱驒狏鮀鼉沱陀迱跎袉酡紽羅蘿籮饠邏儸囉邏鑼玀儸那儺哪囊難挪

戈過鍋緺堝科窠薖蝌髁倭渦窩和禾吪訛囮波番碆頗坡陂婆鄱皤摩磨麽魔蓑莎桫梭莏姓鬖唆趖魦矬痤銼垜䆀詑牠堶贏騾螺稞鏍挼韡肥瘸伽茄迦

入聲作平聲

學濁躅濯擢鐲躅佛縛孛勃誖浡渤垺焞餑鵓曷褐毼鞨鶡鶴合郃盒盍闔嗑榼溘活越豁濊斗括穫鑊跋拔犮魃軷鈸芨博泊薄箔鑮礴餺亳杓鐸度昨酢鑿筰怍

仄聲

三十三哿三十四果三十八箇三十九過通用

上聲

哿舸笴菏哦可軻坷荷閜旃椏婀我硪騀左㔎哆姼癉拕多柁舵砢攞邏娜那㛁袲橠縒瑳姿瑳鬌

果裹輠蜾顆堁敤火禍夥婐姽跛駊播簸頗叵麽鎖瑣脞硰坐朵綵垛鞢髻褓埵妥婑惰嫷墮篅艠裸卵贏蓏

入聲作上聲

璞朴扑粕數齪浞捉琢掾卓啄涿曷餲遏閼頞惡喝猲渴瘍葛割藹轕各閣閤合韐鴿蛤抹活括聒适栝鵠郭豁濊涸藿矐霍癨闊斡掯艧臒撥跋襏鉢鱍芨膊搏撮錯緝攥作掇剟裰咄脫棁索廓擴

去聲

箇个個呵呼坷齣賀餓䳗些磋蹉左佐作癉馱大邏那過裹貨課髁堁和涴臥播譒簸嶓破頗磨摩剉莝銼挫侳蓌座坐桗剁唾蜕惰媠挼懦糯縛

入聲作去聲

末袜沫抹秣莫幕漠膜摸瘼寞鏌捋刟洛酪落絡樂烙弱蒻若箬諾惡堊咢噩諤愕鄂崿蕚鶚鱷

第十部

平聲

十三佳半九麻通用

佳涯娃哇洼媧緺騧蝸蛙

麻蟆葩舥巴蚆豝芭笆鈀疤爬杷琶跁些嗟罝差邪斜奢賒車硨遮奓遮闍佘蛇荼沙砂髿紗裟鯊叉杈差靫艖楂齇皻樝渣濾髽查皻楂爹檛撾侘秅詫媣荼拏詉笯攎耶椰琊鋣揶茒椰遐蝦鍜霞赮瑕騢碬鰕遐煆谺岈呀閜豭嘉加家珈袈跏痂瘕枷迦笳葭茄豭猳麚鴉椏丫啞牙齖芽枒衙華驊鷨蝉划譁花誇夸荂姱胯瓜抓窊窪汙呱靴

入聲作平聲

𤄫掘撅橛鱖鐍月穴揭竭碣傑桀搩伐罰垡閥橃筏乏嶭栨怛妲靼闥撻達沓黯譗踏遝涾騇榙蹋闟䈎滑猾拔炦耋絰凸跌迭咥垤軼瓞眣牒楪諜喋揲疊氎堞蝶鰈艓蹀纈襭擷頁頡蹩搬瘪別絶踅舌折涉哲徹撤轍蟄輒雜巂磼閘插霅喋睫婕捷諜協叶勰裌脅愶挾俠洽袷峽狹硤烚袷狎匣柙押恰

仄聲

三十五馬十五卦半四十禡通用

上聲

馬瑪把笆寫瀉且姐灺捨舍撦者赭社惹若喏灑鮓槎

絆奼野也冶下夏廈閜賈斝假遐瘕檟椵捓啞娅雅房踝輠触鮭髁峠寡窊篙剐瓦打耍那

入聲作上聲

闕闋缺厥瘚劂蹶蕨蟨玦鴃觖决抉訣譎駃鴂歇蠍猲血泬威嚇熁嗋揭羯偈謁暍髮發法躠薩撒趿靸鈒馺颯卅闥撻達澾獺塔嗒漯榻塌遢搨闒戛秸契夾袷韐甲胛乞札扎紮蚻劄八朳殺煞鎩畝嬖唼箑萐霎察臿锸插瞎呷評刮刷屑糏薛褻媟契洩躃楔燮躞切竊妾唼節癤接楫鐵餮驖帖怗貼挈契蛣客篋愜怯結桔拮潔鍥孑頰筴鋏莢劫擎瞥嫳雪蕝橇設攝葉韘歙掣轍徹撤澈浙晣折哲蜇讋慴摺褶啜拙梲茁輟惙啜剟說鼈鱉别蛤罨帀咂嚐答搭踏褡嗒笈恰搯

去聲

卦挂註罣畫絓

禡罵謌杷怕霸壩灞靶弝欛杷罷卸瀉蝑借唶謝榭褯躤藉舍厙赦騇柘蔗炙鷓射麝貰嗄詐笮溠乍蜡咤奼詫侘秅夜鵺偌暇下夏罅嚇駕架價假嫁幏稼亞娅啞稏欲訝迓齖砑房華摦樺鱯話化跨胯窊踠捓汊杈衩

入聲作去聲

月刖軏越鉞曰粵樾蠘狘悅閱襪刺辣揧拉搚臘蠟鑞邋擸末帓袜沫抹秣劼刮髺軋猰鴶比魞押壓鴨壓茁刷妠納衲擜軜涅埕篁捻苶齧闑臬隉蜆嵲孽蘖糵蘗聶鑷躡驫蔑懱巕曦篾蠛滅熱若爇吶列烈洌冽裂蛚茢鬣獵躐劣跲鋝埒拽葉鍱饁業鄴

第十一部

平聲

十二庚十三耕十四清十五青

十六蒸十七登通用

庚賡更秔羹鶊坑硍亨脝行衡珩桁蘅横黌觵祊騯浜磞泙烹澎彭輣棚膨蟚盲蝱撐瞠棖振鬇兵平評坪枰苹明盟鳴生甥笙牲狌鼪鎗槍鐺傖京荊驚麖卿擎勍黥檠鯨迎英瑛霙榮嶸瑩禜兄

耕鏗摼硜牼娙罌甇嚶鸚鶯櫻譻莖宏閎紘鈜翃泓訇渹鍧轟琤錚争箏狰崢鬇丁橙瞪儜薴獰絣怦姘伻砰弸甍萌甿氓

清精晶菁鶄蜻睛旌箐餳情晴觪騂并栟名洺聲征正鉦怔鯖成郕城誠盛晟禎貞楨檉赬蟶呈程酲裎跉令盈楹嬴籯瀛羸籝輕鑋䡖嬰纓攖癭營塋瀯傾瓊焭惸縈煢

青綪星惺醒篂腥猩竮甹丼簈俜瓶軿屏萍箳帡冥顈幎銘溟蓂螟丁釘玎疔仃叮虰聽廳汀綎桯町庭廷亭停渟婷霆莛鼮蜓楟靈零泠伶竛聆鈴玲醽酃齡囹瓴櫺舲軨苓笭羚鴒翎蛉寧嚀薴經涇馨蛵形刑硎型鉶陘郱邢娙熒螢扃坰駉

蒸烝脀承丞繩憴乘澠塍鱦升昇陞勝稱偁仍礽陾艿冰掤淜砅凭憑馮繒鄫驓橧嶒甑噌徵癥僜澄懲陵淩凌輘殑綾崚菱鯪庱碐蠅膺應鷹蠯譍凝興磳兢矜殑

登燈毴簦豋騰滕謄幐縢螣藤籘驣籐棱楞能崩朋鵬堋輣瞢儚薨僧鬙增曾憎罾矰層曾竲揯縆䱍恒峘薨肱弘鞃

仄 聲

三十八梗三十九耿四十静四十一迥

四十二拯四十三等四十三映四十四諍四十五勁

四十六徑四十七證四十八隥通用

上 聲

梗哽鯁骾綆埂杏荇礦猛艋蜢打炳浜冷丙昺怲蛃邴秉病皿省眚瘖影璟景璥境儆警檠永憬暻囧詠

耿幸倖悻黽鼆䱍

静靖婧阱狰靚省惺渻箵篂請井整逞騁裎悜領嶺袊

頸癭郢梬潁穎頃餅鉼併屏

迥洞炯絅詗褧熲 銅婞脛涬謦䛘剄瓶竝茗嫇酩溟冥醒

頂奵鼎酊珽脡侹頲町鋌挺艇梃娗莛濘薴

拯殑庱殑洗

等肯

去聲

映敬璥曔竟獍鏡更䋁硬行絎橫孟蜢倀偵𢤱幀柄怲

炳病命瀞慶競儆檠迎詠泳縈瞖

諍迸倂

勁輕夐詗摒併聘娉性姓婧凊倩凈瀞穽靚請聖正政

証盛偵遉鄭令

徑經涇陘剄罄磬罊謦脛瑩瀅暝瞑艴矴釘訂飣定顁聽

庭定錠奠甯佞濘

證烝勝稱乘賸甸甑禵凭瞪淩孕媵興應凝

隥嶝磴鐙凳墱鄧蹬塍堋懵䠙蹭贈亙絚

第十二部

平聲

十八尤十九侯二十幽通用

尤疣郵訧休庥咻髹貅鵂烋丘蚯惆鳩剌求裘俅絿仇

厹逑毬捄觩頄觓釚銶球賕艽朹牛懮優憂瀀麀櫌怮蚴呦由

揄卣遊繇猶猷悠攸滺油櫾槱輶庮鮋蝣蝓儵莜輈啁譸盩侜

舟鳥抽妯瘳儔躊幬裯紬綢疇稠籌檮留遛劉憀瘤鏐旒斿琉旈

硫榴流瀏飀騮駵鵅鶹蟉鎏脩羞滫鱐秋鞦萩楸鶖湫鰍䲡愀

揫䵸啾楢囚泅鮂酋遒蝤收莜犨周賙州洲舟婤翢鵃酬詶醻

柔揉蹂鶔搜廋蒐郰叟鎪颼溲搊掫篘謅鄒鄹陬緅菆棷騶㛏

娵愁不䳕紑浮涪桴芣烰罘蜉謀眸侔牟麰矛鍪蛑蝥

侯猴鍭喉餱篌謳嘔歐漚區甌鷗彄摳鏂瞘鉤鉤句枸

軥苒溝韝褠篝抔瓿棓踣掊裒涑諏剽鯫兜偷婾頭投骰婁樓
廔塿僂髏慺謱褸鞻摟窶蔞貗螻

幽泑髟彪瀌滮樛朻糾鬮虯璆繆

入聲作平聲

叔倏祝粥粥孰熟塾淑婌蜀蠋贖逐妯柚軸舳

仄聲

四十四有四十五厚四十六黝四十九宥

五十候五十一幼通用

上聲

有右友栯朽糗九久玖韭臼舅萛咎懮酉牖羑誘卣槱
琇莠缶否婦負阜蝜萯滫醙酒湫首手守帚歸醜受授綬壽蹂
揉溲醙獀鯫肘丑杽紂柳罶懰綹瀏鄮䮷紐忸鈕扭狃杻

厚后後郈呴吼犼口叩扣敂釦耇詬訽玽垢苟笱狗枸
毆嘔偶耦藕掊剖蔀部培瓿錇母拇踇畝某䳇牡莽姆叟瞍嗾
廋擻藪籔趣棷走斗抖陡蚪姤黈鋀毎塿嘍嘍鞻篓㲎

黝怮眑岰泑蚴糾赳朻鬮蟉

入聲作上聲

宿菽叔倏俶縮束祝粥粥竹竺筑燭

去聲

宥又右佑祐侑酭痏囿齅糗救究疚灸厩舊柩鮥狖鼬
褎柚槱副覆仆富鍑復秀琇繡鏽宿僦岫袖就鷲狩守獸首臭
咒授綬壽售鍒蹂肉瘦莲簉縐甃媰皺驟僽晝咮畜胄宙籀酎
溜霤廇鎦塯窌瘤糅狃

候堠郈逅後鍭鱟缿后厚詬吼蔻寇扣釦冓構遘覯媾
姤購句彀雊韝瞉搆漚軀戊茂楙袤懋瞀姆務貿霧漱嗽嗾湊
輳簇腠楱蔟奏走鬭豵透豆餖脰逗酘竇窬荳讀漏陋鏤嘍耨
譳

幼柚䡂蹎螑謬繆

【白香词谱】

入聲作去聲

肉辱蓐褥縟溽鄏六陸勠戮僇朒恧衄畜

第十三部

平聲

二十一侵獨用

侵駸浸綅心杺祲梫尋鐔鬵灊潯鄩燖樳鱏深斟鍼箴瑊葴諶忱煁湛壬任妊紝鵀森槮蔘襂棽滲摻參簪岑涔梣踸砧椹琛賝郴沈霃莐忱魫林箖臨琳霖淋痳淫霪蟫愔窨音陰黔瘖喑吟崟歆廞欽衾嶔今金衿襟禁琴擒庈黅芩檎禽

仄聲

四十七寢五十二沁通用

上聲

寢浸鋟梫寑罧蕈審諗瞫淰魫沈腍嬸瀋枕甚葚訦飪稔恁袵荏棯瘁潹稟品踸朕黮縢黮廩懍凜錦噤唫顉澿飲怎

去聲

沁浸祲僭枕甚傑妊任衽紝鵀恁滲槮讖譖揕鴆臨菻賃禁僸襟紟噤澿紟妗蔭癊醅窨喑飲深痒撿吟鐔蕈森

第十四部

平聲

二十二覃二十三談二十四鹽二十五沾二十六咸

二十七銜二十八嚴二十九凡通用

覃譚潭橝蟫驔鐔醰醰曇壜蕁貪探耽酖妉湛眈婪嵐南男楠諵毿鬖槮參驂簪鐕撍蠶岭䤁酣唅蜬龕堪戡弇淦含函頷頷涵鋡篏蜬諳鵪媕韽醃盦庵菴唵

談郯惔倓痰餤錟甜聃儋擔甔藍籃襤三慚槧蚶憨坩甘磨泔柑疳姏苷酣邯甝鉗笘蚺

鹽檐欄閻閻阽譋棪厭餍銛纖綅孅襳摻暹靎殲瀸籤
簽僉憸鋟尖漸熸蘄燗潛灊鬵燂燖苫痁襜幨詹瞻占沾蟾薝
鸕噡棎撏髯誗衻枏霑覘廉帘匳鎌鐮蠊簾黏鲇炎淹閹崦稴
鬑噞嶮箝拑鈐鉗鈐鍼黔黚搣砭

沾添譫髫甜銛恬湉鬑磏鮎拈䭠謙兼縑鶼粅蒹羂鰜

嫌

咸諴鹹函輱鰔蝛葴瑊椷緘黬嵒碞攕撕讒儳纔饞韉

毚獑詀喃

銜監尉礛嵌巖礹衫縿彡髟杉芟欃攙巉嶃鑱劖獑

嚴巖巉杴蘞忺欦廞嵁醃腌

凡帆颿芝

仄 聲

四十八感四十九敢五十琰五十一忝

五十二儼五十三豏五十四檻五十五范五十三勘

五十四闞五十五豔五十六㮇

五十七驗五十八陷五十九鑑六十梵通用

上 聲

感礠灨鱤坎焰輡轗欿壈顑頷顄撼菡蜭晻黤黭唵闇

醃糝椮慘憯噆黲寁歁魿黕眈衴紞禫肬監噞禫髧糫醰嘾窞

黮霮萏壈轗湳罯

敢橄喊澉槧鏨嵌膽礵黵晻菼緂毯裧啖澹淡憺覽攬

欖灠

琰琰剡焰扊棪黶檿魘擫襹檿厭䃼塹憸漸磛蘄閃㳠

睒覢陝颭冉姌染苒箅枏諂斂獫瀲蘞險嶮譣玁獫槏顩隒鎌

檢撿臉儉芡奄弇掩揜罨裺閹媕晻渰崦醃貶窆

忝餂銛點玷簟店稴溓淰鼸嗛歉慊

儼曮嬐广噞鰜埯

豏獫槏減鼸減黯摻撕斬瀺巉湛

檻艦轞䉷槧闞玁黵
范萰笵範犯鋄

去聲

勘譀憾琀唅顑鱤紺黕淦贛暗闇喑謲參馾鴆僋撢探
醰

闞瞰嵌憨三暫鏨蹔擔甔憺啗淡澹賧睒濫懢醂纜爁
黶焰焱鹽灩厭饜壓愝俺壍槧瀸漸閃燗掞襜韂蹭占
瞻髯覘

棪譫忝店坫點痁墊唸玷磹稴念総舍磩僭瞀
驗釅噞鰜窆砭歛殮瀲檢儉脅欠劍
陷臽銘船艄蘸站賺
甓槧譀鑑監歛懺摲鑱
梵帆泛汎氾盜

第十五部

入聲

一屋二沃三燭通用

屋剭黫熇縠哭瀫穀㱿穀轂殼谷䐶縠斛觳嚳槲瀔卜濮轐嬕樸蹼纀襆撲扑墣醭䑑朴僕暴瀑蠌匐木沐霂罧楘鶩蚞速遬餗殐涑蔌樕蛓觫簌蔟簇瘯䃚鏃嗾族禿誘揍鵚牘讀讟黷嬻犢殰髑匵櫝瀆璳隮獨韣祿录漉盝琭碌簏簶麗麓䴪娽摝角轢槺轆鹿騼蟅福腹複幅輻復蝠箙鍑鶝輹楅覆葍蝮蕧伏虙服復紱茯琡軷箙栿棴洑菔馥鵩鰒目睦繆牧坶苜穆肅夙宿潚艏𢳆橚蓿礵鷫翽驌鱐蹙顣蹴踧噈摵菽叔倏倏儵鯈俶琡祝㭱粥柷孰熟塾淑肉衄縮莤謖蹜珿矗竹竺筑築茿蓄畜滀搐逐妯柚軸舳蓫䱚蚰六陸稑薩蓼輘勠戮騉鯥蜯朒恧育毓昱煜錥鬻稸楠蛸淯堉畜慉麴匊掬踘鞠蝌鞫鋦菊睸鵴鮈彧稶郁澳燠噢薁鴿栯國

沃鋈鵠翯嚳熇膗皋歊嗃酷焅硞譽告牿梏郜襮犦鏷
轐雹鞄泦褻篤督毒藩纛碡北

燭屬囑矚纚蠲束倲觸歜斶蜀蠋屬韣鐲欘贖辱蓐褥
縟溽鄏粟剩促趣數足哫續蕒俗幞瘃斸欘孎豕楝亍躅録籙
逯綠淥醁騄菉欲慾浴谿猞鵒旭朂頊曲苖趗臼挶輂局跼駶
侷玉獄

第十六部

入聲

四覺十八藥十九鐸通用

覺角捔桷榷較傕玨瑴殼謞滈嗃㱿縠搉慤確礐埆學
鷽嶨學礐确渥媉偓喔齷握幄嶽鸑剥駮駁爆鸔璞樸擈颮砎
雹暑爆鰒暴邈貌眊毣藐朔數槊捌欂梛娖齪擉捉浞濁汋籗
篧斵琢椓涿卓倬逴諑啄涿濁躅濯擢戳鐲鸀鸐灂搦犖礐轢

藥躍躪礿瀹爚龠籥鑰爚蘥濼鸙蠕蘥縛削欂碏踖皵
鵲猎鯌爵雀皭嚼爝鑠爍灼焯勺酌妁彴䄎斫犳趵斮綽婥杓
仢汋弱嫋都蒻若箬渃芍著逴躇婼臭蟵略掠蝝謔卻腳屩噱
醵蹻臄約葯箹虐瘧钁玃遻矍貜戄護躩彏戄攫钁韄貜鸜腰
韄嬳謔

鐸度慶剫踱喥澤託槖柝拓托跅魄擇鐸馲飥洛酪落
絡輅珞硌樂挌烙轢駱鸔鮥雒洛諾博髆餺襮礴搏薄鎛鑮
爆猼欂膊粕膊泊薄簙箔礴鉑亳莫幕漠塻瞙膜摸瘼寞鏌索
捸颾褬錯剒作柞昨酢鑿筰岝怍怍笮鶴貉涸矐臛鰝鄗郝壑
嗃謞熇矐恪各閣格惡堊咢噩齶諤遌鄂崿碍萼遻鍔鶚鱷穫
鑊濩鑊檴擭霍爀霍藿攉癨廓鞟廓擴嘟郭椁彍蠖鑊艧陌

第十七部

入聲

五質六術七櫛二十陌二十一麥二十二昔二十三錫二十四職二十五德二十六緝通用

質鑕劕晊桎櫍礩眰郅騭蛭躓失室叱實日衵馹率帥蟀䘹悉膝蟋膝七桼漆堲嚱蝍喞疾嫉槉蒺蒺必畢蹕鞸鷝滭滭珌彃韠蹕覕鮅縪蓽匹鵯邲怭佖飶苾鉍駜蜜宓謐筆弼佛密沕滵蔤樒窒庢挃銍螲抶咥秩紩帙袟姪猤栗慄瑮搮溧凓飃篥鷅暱昵㥾尼逸詄佚佾軼泆溢鎰駃妷故佶恄咭詰趌劼蛣吉拮郜洁狤一壹肸姞佶鮚乙鳦颲抶汩耋垤獝

術述沭秫出卹恤賉䘏戌珬蛾卒啐崒踤捽誶怵窋茁遻䍜黜詘趉怵术律繂葎膟率壘聿遹趫矞霱燏潏繘鴥鷸蟜驈鱊橘蕎

櫛櫛瀄瑟璱蝨

陌袹貊貘驀拍魄霸珀百伯迫柏瓸佰白帛舶鮊礫擽坼拆㧯宅澤擇檡蠌踖搦垎輅赫嚇幱客喀格假挌骼觡茖鵅蛒啞額頟詻峉謋砉湱剨虢瀖謔擭韄嚄濩碧索迮窄岝笮蚱舴唶虩隙郤綌戟戟劇郤屐逆

麥霢脈覛蔴檗擘疈繫繴㯗摵愬涑策筴册栅䇲責嘖幘簀賾鰿摵棫摘讁覈㵊翮核隔篇膈革鬲槅嗝厄阸軶搤扼軶貎嗌鬲䳾轕畫劃嫿繣澅獲馘漍幗摑嘓蟈蟈剨礪

昔腊焟惜舄磶舃猎潟皵刺磧踖積襀膌脊蹐嵴迹鶺蟦鯽席蓆夕穸汐籍耤藉瘠塉釋適奭襫螫尺赤斥隻摭蹠跖炙石祏碩鼫射擲躑益嗌睪繹襗掖醳掖腋亦奕弈帟懌斁射譯驛嶧埸圛燡液易蜴役疫辟躄襞壁僻癖澼擗辟闢

錫裼緆晰晳晰析淅蜥戚鏚慼鼜磩績勣寂壁霹劈甓覓䒗冪幎鼏幦汨的弔適嫡蹢靮玓甋鏑滴樀菂啇逖逷趯踢倜惕剔鬄狄敵踧迪頔覿糴滌笛籊荻翟妯歷壢靂瀝嚦躒歷

礫瓅皪鬲轢櫪靂瀝濼瀝藶櫟惄溺檄虉覡闃赥喫激擊鑿獥鷩噭譤鶪霓艗虉闃狊鼰鶪湨郹殈瞁

職織膱樴蘵蟙識飾式軾拭絉杙寔湜殖埴植食蝕側仄昃稄汄色嗇穡濇測惻畟崱息熄鄎即稷陟稙敕飭鷘直犆幀值力屴匿慝弋杙翼翊翌廙杙釴潩默蝌瀷殛亟愜淶棘蕀僰艴畫億憶臆繶抑醷檍䗷極嶷薿觺域罭淢罭棫蜮鴳緎閾魊洫侐堛畐稫副愊逼楅幅湢愎糧

德得忒慝特縢勒肋扐仂泐玏北菔匐踣墨默纆蠌艒塞城則賊鰂蠈蕆刻黑克剋刻勀或惑國冒

緝葺咠諿輯霵鞀卌鈒嗛潗湒稘樴習謵襲褶潪霫隰鸐騽鰼箵集濕曮執汁十什拾入廿澀戢濈觙縶蟄立粒鉝笠苙晉潽籋揖挹熠煜吸噏歙翕撿闟滃嬆噏泣湆急伋給級汲芨跲及笈邑浥悒裛浥唈猒岌圾

第十八部

入 聲

八勿九迄十月十一没十二曷十三末

十四黠十五舝十六屑十七薛二十九葉

三十帖通用

勿物岉沕芴拂刜髴怫祓艴䟧茀霏弗不韍黻紱綍紼怫柫汱颰沸佛咈佛弟坲炥屈詘鶌蝠猦跍緍屈厥剧豩倔掘裾楓崛鬱菀蔚熨爩䵻灪罻

迄肸釳汔乞芞契訖吃扢疙仡圪屹忔

月刖軏越鉞曰粵絨樾蠘泧颰狘蚎闕厥礮瘚劂橛蹶蕨蹷蟩鱖鱖撅蹷趣橛噦孆钀紇歇蠍猲訐揭鍻羯藒竭碣楬謁暍髮發颰伐茷罰垡墢閥瞂筏韤

没殁孛侼勃誟悖浡渤埻焞醇餑桲脖鵓騲窣猝卒卒倅稡捽崒咄柮怞黜突腯葖揬埃艐鰇裻硉訥吶麧齕扢搰扫

鶻忽惚昒笏窟崫堀骨汩愲榾鰨兀扤杌矹屼軏阢卼

曷褐毼鞨鶡蝎喝渴瘍磕鶍葛割藹蓋轕遏閼堨頞嶭

櫱薩薩撥擦縩怛妲靼笪靼狚闥撻達澾獺鰨達剌辣攋瘌鬁

捺

末侏袜韎沫抹秣活豁濊闊括聒銛佸适栝筈萿鴰斡

捾撥襏鉢墢鏺潑鱍跋胈犮魃軷馛坺茇妭撮襊繓掇剟裰脫

奪鮵捋脟

黠鞊劼刮髻戛楔嘎秸鴶軋揠猰窫鳦圠滑磆猾鰨螖

婠穵八朳捌汃叭拔殺鎩樧察札紮犰鴽蛰扎茁竅鵽貀唽嗻

犖轄瞎鶷齾刮秣刹唽

屑糏偞滐切竊節癤楶蝍鯽截鐵餮驖耋絰凸跌迭咥

蛭垤捩涅揑篞苶纈襭擷頁絜頡獺猰挈契鍥結桔袺拮潔蛣

噎咽噎狪搕齧視闑臬隉鵺蜺穴鴥血泬闋玦鷸觖潏決訣譎

憰趹駃鴂鴃抉妜撇嫳瞥彆蹩馝蔑懱蠛覕幭篾鸔鱴蠛

薛紲絏褻晢媟契卨渫洩齛躠楔雪膬絕設蔎揲掣瘛

浙晣折舌折熱說歠啜拙炪棁蝃爇刷唰哲徹撤晢䲜轍澈列

烈咧洌冽裂挒鴷鴷蛚茢栵叕輟罬餟惙啜醊涰劣鋝埒浖蛶

拽孑釨悅說閱蜕威缺蒛朅愒偈傑杰桀榤孽櫱讞糵蘖钀甈

鼈鷩鷩潎滅箣別莂別

葉偞楪鍱魘厭靨擫燁饁极笈衱裛妾鯜緝淁接椄楫

睫婕萋疌捷譂崨攝欇懾葉韘歙霎箑萐翜謵咶讋慴襵摺涉

拾欇讘囁輒輒牒鬣獵欍儠擸躐邋鬣騷讔聶爛籋鑷躡驫

帖怗貼鉆碟喋跕牒諜疊疉堞褋篻渫蝶鶵鰈艓蹀捻

錜敜埝惗協叶勰挾俠袷頰莢鋏莢蛺篋愜婡岋慊燮屧躞浹

第十九部

入 聲

二十七合二十八盍三十一業三十二洽

三十三狎三十四乏通用

合部盒欲閤合匌敆頜幹鴿蛤鮯姶㛅唈趿鞁鈒㚺馺颯卅啑帀咂噆䢇䞙雜雥雜答搭褡嗒鎝幨鞳黭遝嚃潔鞳沓譶搭踏遝涾騭楂拉納衲軜妠軜蒳㕯

盍磕闔蓋嗑譠榼搕㔩瞌轋溘顩鎑蓋閘鰪匌磼囃搨搨嗒榻傝塌遢毾䮪蹋溻䌈闒塔蹋䈳壛臘蠟鑞爉邋擸

業鄴僷䕞驜䳾脅胠嗋㥦㩵怯抾劫刦抾衱袷蛣跲梜笈腌浥裛

洽袷峽狹恰帢掐夾郟裌筴鵊㰰臿鍤插眨霅譗萐瀓騽牐鰈劄

狎匣諈柙甲胛押壓鴨厴呷翣徢唼箑霎霅霅喋

乏法㺥䂲

附录二 词人简介

李白（701—762），字太白，号青莲居士。陇西成纪（今甘肃天水附近）人，长于绵州昌隆（今四川江油）。唐天宝初，受诏入长安，供奉翰林。未几去职，浪迹江湖。安史乱中，因参加永王李璘叛军，后被谴长流夜郎，中途遇赦。卒于当涂（今属安徽）。唐代著名诗人，有《李太白集》。《尊前集》录其词 12首，其中部分作品真伪莫辨。

王建（767？—831），字仲初，颍川（今河南许昌）人。贞元、元和年间，历居幕府。后官陕州司马，罢职居咸阳。以乐府诗与宫词著称，有《王司马集》十卷。存词10首。

白居易（772—846），字乐天，晚年号香山居士。原籍太原（今属山西），后迁居下邽（今陕西渭南）。唐贞元十六年（800）进士，授秘书省校书郎。元和中任翰林学士、左赞善大夫，后因上书言事，贬江州司马。长庆初任杭州刺史，宝历初任苏州刺史。晚年以太子宾客及太子少傅分司东都，官终刑部尚书。早年诗多反映国家政治问题及民生疾苦，切中时弊。有《白氏长庆集》，收有词作30多首。

温庭筠（812—870），本名岐，字飞卿，太原祁（今山西祁县）人。累举进士不第。唐大中十三年（859）始授随县尉，终国子助教。庭筠才思敏捷，八叉手而成八韵诗，时称“温八叉”。词为花间词鼻祖，侧艳华丽。有《温飞卿诗集》，词存《花间集》中，共60余首。

冯延巳（903—960），一名延嗣，字正中，广陵（今江苏扬州）人。南唐烈祖时为秘书郎。南唐中主时历官翰林学士、户部侍郎，累官至中书侍郎拜平章事。善写词，思深辞丽。有《阳春集》，存词112首，或杂有他人作品。

李璟（916—961），本名景通，后改名璟，字伯玉，徐州（今属江苏）人。南唐保大元年（943）即位，在位十九年。庙号元宗，又称南唐中主。有词4首。词有意境，风格凄怨。

李煜（937—978），字重光，初名从嘉，自号钟隐、钟峰白莲居士。徐州（今属江苏）人。南唐建隆二年（961）即位。宋开宝八年（975），宋兵攻入金陵，李煜降宋，封违命侯，后被毒死。世称李后主。能诗文、书画、音乐。入宋前词多写宫廷生活，降宋后多抒发亡国之恸，拓展了词的境界。后人将其词与李璟所作词合刊为《南唐二主词》，存词40首。

寇准（961—1023），字平仲，华州下邽（今陕西渭南）人。宋太平兴国五年（980）进士。累官至中书侍郎同中书门下平章事，封莱国公。后为丁谓所构陷，贬雷州司户参军，卒于贬所。有《寇莱公集》。存词5首。

范仲淹（989—1052），字希文，吴县（今属江苏）人。宋大中祥符八年（1015）进士，历任陕西经略副使、参知政事诸职，守边多年。卒谥文正。有《范文正公集》，存词5首。词风格多样，不乏佳作。

柳永（？—1053？），字耆卿。初名三变，字景庄。排行第七。崇安（今属福建）人。宋景祐元年（1034）进士。官至屯田员外郎。世称柳三变、柳七、柳屯田。他是开始大量制作长调的第一人，擅长描绘都市风光、歌妓生活、个人飘泊不定的生活及感受。语言俚俗，善于铺排、形容，每创作一词，即为世人传诵。有《乐章集》。

张先（990—1078），字子野，湖州乌程（今浙江吴兴）人。宋天圣八年（1030）进士。晏殊知永兴军，辟为通判。官至都官郎中。晚年退居乡里。词多反映士大夫生活，长调、小令兼擅。词以善用“影”字著名，人称“张三影”。有《张子野词》。

张昪（992—1077），字杲卿，韩城（今属陕西）人。宋大中祥符八年（1015）进士。累官参知政事、枢密使，以彰信军节度使、同中书门下平章事判许州，改镇河阳，以太子太保致仕。存词2首。

宋祁（998—1061），字子京，安州安陆（今属湖北）人，后迁居开封雍丘（今河南杞县）。宋天圣二年（1024）进士。累迁知制诰、工部尚书、翰林学士承旨等。尝修《新唐书》列传。词多写优游闲适生活，工丽生动。存词6首。

叶清臣（1003—1049），字道卿，乌程（今浙江湖州）人。宋天圣二年（1024）进士。六年召试，授光禄寺丞，充集贤校理。历官翰林学士，权三司使，罢为侍读学士，知河阳。存词2首。

欧阳修（1007—1072），字永叔，号醉翁，晚号六一居士。庐陵（今江西吉安）人。宋天圣八年（1030）进士。累擢知制诰、翰林学士、历枢密副使、参知政事。神宗朝，迁兵部尚书，以太子少师致仕。卒谥文忠。北宋诗文革新运动领袖。文为唐宋八大家之一。著有《新五代史》、《欧阳文忠公集》、《六一词》。词风委婉清丽。

司马光（1019—1086），字君实，陕州夏县（今属陕西）涑水乡人。宋宝元元年（1038）进士。神宗时与王安石不合，出知永兴军。官终尚书左仆射兼门下侍郎。卒谥文正。有《司马文正公集》，主修《资治通鉴》。存词3首。

王安石（1021—1086），字介甫，晚年自号半山老人。抚州临川（今属江西）人。宋庆历二年（1042）进士。神宗朝两度为相，实行变法。封舒国公，改封荆国公。卒谥文。有《王临川集》、《临川先生歌曲》。

王安国（1030—1076），字平甫，抚州临川（今属江西）人。王安石弟。宋熙宁元年（1068）赐进士出身。除西京国子教授，崇文院校书。历官大理寺丞、集贤校理。存词3首。

孙洙（1032—1080），字巨源，真州（今江苏仪征）人。年十九举进士，补秀州法曹。复举制科，迁集贤校理，官终翰林学士。存词2首。

王观，字通叟。如皋（今属江苏）人。宋嘉祐二年（1057）进士，累迁大理寺丞，坐知江都县枉法受财，除名永州编管。有《冠柳集》。存词16首。

苏轼（1037—1101），字子瞻，号东坡居士。眉州眉山（今属四川）人。宋嘉祐二年（1057）进士乙科，对制策入三等。历任翰林学士、端明殿学士、礼部尚书等职。绍圣初，坐讪谤，惠州安置，徙昌化。卒于常州。谥文忠。诗文词、书法、绘画俱佳。词开一代豪放清旷流派。有《东坡先生全集》、《东坡词》。

黄庭坚（1045—1105），字鲁直，号山谷道人、涪翁。排行第九，世称黄九。洪州分宁（今江西修水）人。宋治平四年举进士。为叶县尉，历秘书丞、著作郎。绍圣初，贬涪州别驾。建中靖国初，召还，知太平州。除名，编管宜州。卒，谥文节。“苏门四学士”之一。黄为江西诗派宗主。词风与苏轼为近，甚疏快，好用俚语。有《豫章集》、《山谷词》。

秦观（1049—1100），字少游，一字太虚，号淮海居士。排行第七，世称秦七。高邮（今属江苏）人。宋元丰八年（1085）登进士第。元祐初，除秘书省正字、兼国史院编修官。绍圣初，坐党籍削秩，监处州酒税，徙郴州，编管横州，又徙雷州。徽宗朝，赦还，至藤州卒。“苏门四学士”之一。词风谐婉，深有情致，多男女相思、感伤身世之作。有《淮海集》、《淮海居士长短句》。

贺铸（1052—1125），字方回，号庆湖遗老，卫州共城（今河南辉县）人。娶宋宗室女，授右班殿直。元祐中，通判泗州，又倅太平州。晚年退居吴下，筑室于横塘。词题材广泛，风格多样，甚得时誉。有《庆湖遗老集》、《东山词》。

周邦彦（1056—1121），字美成，自号清真居士。宋元丰中，献《汴都赋》，召为太学正。徽宗朝，仕至徽猷阁待制，提举大晟府。出知顺昌府，徙知处州。秩满，以待制提举洞霄宫。晚居明州。精音律，善制新调。词多男女情爱、感慨身世及咏物之作。词风典雅精工，格律严整。有《清真集》（后人又题作《片玉词》）。

赵企，字循道，南陵（今属安徽）人。神宗朝举进士。大观间宰绩溪。重和时任台州通判。存词2首。

谢逸（？—1113），字无逸，号溪堂。临川（今江西抚州）人。屡举不第，以诗文自娱。有《溪堂词》（汲古阁本），存词63首。

毛滂，字泽民，衢州江山（今属浙江）人。宋元祐初，为杭州法曹。元符二年（1099）知武康县，就县舍筑东堂。崇宁初，除删定官。政和中，守嘉禾。有《东堂词》。

万俟咏，字雅言，自号词隐。应举不第，充大晟府制撰。宋绍兴五年（1135），补下州文学。存词29首，有赵万里辑本《大声集》。

蒋元龙，字子云，丹徒（今江苏镇江）人。以特科入官，终县令。存词3首。

李清照（1084—1151？），号易安居士。济南（今属山东）人。李格非之女，赵明诚妻。宋建炎三年（1129）夫卒，流寓浙江一带。词以靖康之变为分界。前期作品多写闺怨，后期词抒发亡国破家后的感受。语言清丽，格调凄婉。词论提出“词别是一家”之说，崇尚典雅。后人辑有《漱玉词》。今人王仲闻《李清照集校注》，为世所称。

李玉，生平不详。《唐宋诸贤绝妙词选》录其词1首。

聂胜琼，汴京歌妓，后归李之问，存词1首。

朱淑真，号幽栖居士。生活于南宋初。钱塘（今浙江杭州）人。嫁一俗吏，与夫感情不合，郁郁而终。前期词多写少女天真生活，后期则抒发所遇不淑之感。有《断肠集》、《断肠词》。

孙道绚，号冲虚居士，黄铢之母。赵万里辑本存词8首。道绚作品与他人词多互相混杂难辨。

陆游（1125—1210），字务观，自号放翁，越州山阴（今浙江绍兴）人。以荫补登仕郎，历枢密院编修官。宋绍兴三十二年（1162），赐进士出身。曾官镇江、隆兴、夔州通判，在四川投身军旅。后官至宝章阁待制。晚居山阴。陆游一生志在恢复，所作诗歌多忧国忧民之思，词亦如之，慷慨情深。有《剑南诗稿》、《渭南文集》、《放翁词》等。

赵长卿，自号仙源居士。南丰宗室。有《仙源居士惜春乐府》九卷。

辛弃疾（1140—1207），字幼安，号稼轩。历城（今属山东济南）人。早年参加抗金义军，后投归南宋。授承务郎，差签判江阴、建康通判，累官至浙东安抚使、镇江知府。卒谥忠敏。一生力主抗金北伐，数度上书，未被采纳。其词激扬奋厉，千古豪放派第一词人；间亦作婉约词，但清刚疏快。有《稼轩长短句》。

程垓，字正伯，眉山（今属四川）人。宋淳熙间曾游临安。有《书舟词》。

刘过（1154—1206），字改之，号龙洲道人。吉州太和（今江西泰和）人。屡试不第，尝伏阙上书言事，并写信给执政，陈恢复方略。不报。流落江湖。词学辛弃疾，风格豪迈，失之粗率。有《龙洲集》、《龙洲词》。

姜夔（1155？—1221？），字尧章，号白石道人。鄱阳（今江西波阳）人。终身未仕，四处依人为清客。精通音律，词集中多自度曲，有17首词旁注工尺谱，成为后人研究词乐的重要资料。词风清峻，多抒个人身世之感及情思，对清词影响甚大。有《白石道人诗集》、《白石道人歌曲》等。

吴礼之，字子和，钱塘（今浙江杭州）人。词有时誉，能以寻常语言为极透脱文字。有《顺受老人词》五卷。今存词19首。

史达祖，字邦卿，号梅溪。汴（今河南开封）人。韩侂胄为相，史为堂吏，表章及往来文字，俱出史手。曾随李壁出使金国。韩败，株连受黥刑。以咏物词著名，流连光景，但也有“写怨铜驼，寄怀毳幕”之作。词风秀逸。有《梅溪词》。

朱藻，号野逸，其他不详。存词1首。

吴文英（1212？—1272？），字君特，号梦窗，晚号觉翁。四明（今浙江鄞县）人。曾为浙东安抚使吴潜幕僚、荣王门客，出入贾似道、史宅之（权相史弥远子）之门。精音律，能自度曲。对吴文英词的评价，历来出入很大。大抵说来吴词工于冶炼，词风密丽，但失之生涩。有《梦窗词》。

蒋捷，字胜欲，自号竹山，阳羡（今江苏宜兴）人。宋咸淳十年（1274）进士。宋亡不仕，隐居太湖竹山中，抱节以终。词颇多追昔伤今之思，语多创获。有《竹山词》。

张炎（1248—1320？），字叔夏，号玉田、乐笑翁。先世凤翔（今属陕西），寓居临安（今浙江杭州）。张俊六世孙。宋亡，落魄江湖。元至元二十七年（1290）往元都，失意南归。晚年旅居浙东、苏州等地。词写国破家亡之痛，追怀往昔，亦多咏物作品。著有《词源》，论述词的艺术形式，提倡"词要清空，不要质实"，对清代浙西词派有很大影响。有《山中白云词》。

吴城小龙女，宋人传说中神怪人物。

吴激（1090—1142），字彦高，号东山，建州（今福建建瓯）人。宋靖康末，使金被留，官翰林待制。金皇统初，出知深州。工诗文书画，词风格清婉。有《东山乐府》。

折元礼，字安上，侨居于忻（今属山西）。金明昌五年（1194）两科擢第。官至延安治中。存词1首。

元好问（1190—1257），字裕之，号遗山，太原秀容（今山西忻州）人。金兴定五年（1221）进士。官至行尚书省左司员外郎。金亡不仕。元好问是金元之际最负盛名的诗文家，平生注意网罗金代文献。词近苏、辛，风格沉郁。有《遗山集》，编有《中州集》、《中州乐府》。

曾允元，字舜卿，号鸥江，太和（今江西泰和）人。事迹无考。

张埜，字野夫，邯郸（今属河北）人。约生活于元世祖至元年间。官翰林学士。有《古山乐府》。

萨都剌（1272—？），字天锡，号直斋，回族，雁门（今山西代县）人。元泰定四年（1327）进士，授镇江录事司达鲁花赤，除翰林国史院应奉文字。七十八岁时以弹劾权贵左迁淮西江北道廉访司经历，不久致仕。后事迹无考。工诗词，善书画。词多怀古之作，激楚苍凉。有《雁门集》。

张翥（1287—1368），字仲举，晋宁（今属山西）人。至正初，召为国子助教，不久退居淮东。会修宋、辽、金三史，起为翰林国史院编修官。累迁至翰林学士承旨。词取法姜夔。有《蜕庵集》、《蜕岩词》。

刘基（1311—1375），字伯温，青田（今属浙江）人。元至顺二年（1331）进士，曾任江西高安县丞、江浙儒学副提举等职，不久归隐。后辅佐朱元璋建立明朝，官至御史中丞兼太史令，封诚意伯。晚年为胡惟庸所谗，忧愤而死。谥文成。有《诚意伯文集》。

朱彝尊（1629—1709），字锡鬯，号竹垞、金风亭长、小长芦钓鱼师，浙江秀水（今浙江嘉兴）人。清康熙十八年（1679）举博学鸿词科，授翰林院检讨，充《明史》纂修官。后入直南书房，充日讲官。博通经史、诗词古文兼擅，有《曝书亭集》。词师法姜夔、张炎，风格清空醇雅，为浙西词派的创始人。与陈维崧词合称“朱陈”，刻有《朱陈村词》。

汪懋麟（1640—1688），字季角，号蛟门，江都（今属江苏）人。清康熙六年（1667）进士，授内阁中书舍人，补刑部主事。入史馆，充编修官。有《百尺梧桐阁集》、《锦瑟词》。

黄之隽，字石牧，号唐堂，江南华亭（今属上海）人。清康熙六十年（1721）进士。官至右春坊右中允，督学闽中，因公落职。乾隆元年（1736），年过七十，参加博学鸿词试，未能完卷，累及荐主。著有《香屑集》、《唐堂词》。